講談社文庫

ヒーローの選択

行成 薫

講談社

ヒーローの選択

THE HERO'S ALTERNATIVE KAORU YUKINARI

目次

ヒーローの選択

THE HERO'S ALTERNATIVE KAORU YUKINARI

ヒーローの選択(前編《イントロ》)

「ここまで来たことは褒めてやろう、エスカータの諸君」

「お前が、アンゴルモア!」

悪の秘密結社・アポカリプスと戦うために組織された「世紀末戦隊エスカータ」の五人は、満足に歩けないほど消耗していた。すでに敵の大幹部たちと死闘を繰り広げてきたのである。無理もない。

アポカリプスの総帥《そうすい》・アンゴルモアは車椅子《くるまいす》のような機械に座り、弱々しく落ちくぼんだ目をこちらに向けていた。体は痩《や》せ衰え、頭は禿《は》げ上がり、くしゃくしゃの後ろ髪も真っ白になっていた。悪の総帥には似つかわしくない、老いさらばえた男だ。震える足をなだめながら、エスカータ・レッドこと陣健作《じんけんさく》はアンゴルモアに一歩ずつ近づいていった。

「まさか、父、さん」

アンゴルモアの正体は、陣健作が幼い頃に生き別れになったままの父であり、世界を守る秘密戦隊の基礎を作り上げた陣周作《しゅうさく》博士その人であった。見る影もなく老いてはいるが、陣健作は追い求めた父の面影《おもかげ》を忘れてなどいなかった。まさかこのような形で再会することになろうとは。

「なぜ、この美しい世界を滅ぼそうとするんだ！」

若いな、とアンゴルモアは笑い、弱々しく震える指で陣健作を指した。

「かつては、私も世界を守ろうとしたのだ。世界に害をなす悪を研究し、そして悪に対抗する正義の秘密戦隊を組織した」

「だったら、なおさらなぜだ！」

「いいか、健作。正義のヒーローだと思っていた私たち自身こそ、この世界を蝕《むしば》む癌《がん》細胞のようなものであったのだ！」

なんだって！　と、五人のヒーローが口をそろえた。

「この世界は、死にたがっている」

「死にたがっている？」

「世界は、すでに老いたのだ。私と同じように、痛みに苦しんでいる。お前は、病に蝕まれ、苦しみ、泣きながら死なせてくれと訴える哀れな老人になんと答える？　正義を振りかざして、生きろと言うだろう。無情にな」

「たとえ苦難が待ち受けていようとも、それでも生きることこそ、希望だ!」

「絶望だとも」

陣健作の声を、しわがれているはずのアンゴルモアの声が呑《の》み込んだ。

「生は絶望、死こそ安息。私にも世界にも、死を選択する権利がある」

「しかし」

「諸君、見たまえ」

アンゴルモアは自らの背後に鎮座する巨大な装置を手で指し示した。赤黒い有機物、まるで人の心臓のような装置は、大きく、ゆっくりと拍動している。

「これが超爆弾ハルマゲドンだ。人類が誕生する以前、宇宙からやってきた知的生命体がつくり上げ、ひそかに隠していたものだ。我々は、彼らを〝神〟と呼んでいるがね」

超爆弾ハルマゲドン。世界中の人間を死に追いやる、究極の破壊兵器。陣たちエスカータの使命は、アンゴルモアを倒し、ハルマゲドンの起動を阻止して世界を守ることだった。

「〝悪魔〟の間違いじゃないのか」

「〝神〟は、世界にも死があることを知っていた。そして、その時が来ることを予言していたのだ。我々の持つ黙示録にそれが記されている」

アンゴルモアの手には、アポカリプスの「教典」が握られていた。

「未来なんてわかるものか!」

「予言は絶対だ。世界の死は、全人類の死を意味する。まさに地獄《じごく》。みな苦しみ悶《もだ》えながら、じわじわと死に絶えていく。だが、地獄からの救いがある。それがこのハルマゲドンだ」

「爆弾が、救いだって？」

「人々が絶望の中で死に絶えていくことがないよう、神は全生命を一瞬にして安らかな眠りに導く手段を残してくれたのだ。これは、我々に与えられた救いなのだよ」

超爆弾による全人類の滅亡を「救い」と言われて、陣健作は混乱した。ならば、今までの苦しい戦いは、エスカータとは、いったいなんだったと言うのか。

「私が死ねば、ハルマゲドンを動かせる者はもはやおるまい。人類を救済するのは、今しかないのだ」

もっとも、もはや私一人では無理だが、と喘《あえ》ぎながら、アンゴルモアが手をかざす。ハルマゲドンがまるで生き物のように動きながら光を放ち、内部を照らし出した。何かが中に取り込まれている。人間だ。

「のぞみ！」

ハルマゲドンの中にいたのは、アポカリプスに拉致《らち》されてしまった陣健作の恋人・のぞみであった。どうやらまだ息はあるようだ。だが、陣の悲痛な声にも反応はない。

「のぞみを、どうするつもりだ！」

「彼女は、器だ」

「器？」

「ハルマゲドンの起動には生命エネルギーが必要なのだ。私はアポカリプスを組織し、手下を集めて人間のエネルギーを奪った。そして、器に捧げなければならなかった」

アポカリプスが人々を襲う理由は生命エネルギーを奪うためか、と、陣健作は歯噛《はが》みをした。そのために犠牲《ぎせい》になった人がどれほどいただろう。

「のぞみを放せ！」

「勘違いするな。彼女は多くの人が絶望から解放されるならと、その身をハルマゲドンに捧げることを自ら選んだ」

「嘘を言うな！」

「嘘ではない。彼女は理解したのだ」

「理解、だと？」

「正義は残酷だということをだ。正義は正しさを求めるがゆえに、弱さを認めない。だが、私は老いて弱って、ようやく理解したのだ。殺人という悪でさえ、弱き人を救うこともあるのだということをな」

それはつまり、「私の正義」なのだ、と、アンゴルモア・陣周作は高らかに吠《ほ》えた。

「それでももし、お前たちが今あるこの世界を守りたい、と言うなら、選択しろ」

「選択？」

「彼女と私はエネルギー・チューブで繋《つな》がっている。私の残りわずかな命を器に捧げれば、ハルマゲドンにエネルギーが満ちる」

アンゴルモアの胸からは金属のチューブが伸びていて、背後の巨大な装置と繋がっている。だが、どうすれば。

「そうはさせるものか！」

「ならば！」

アンゴルモアの声が、最後の輝きを放つように、凛《りん》と響き渡った。

「そのレーザーガンで、私の心臓を撃ち抜けばいい」

陣健作は腰に装着している、レーザーガンに手をやる。

「殺せ、というのか」

「そうだとも。私が死ねば、ハルマゲドンは動かない」

できるかね？　と、アンゴルモアは勝ち誇ったように笑った。

「人殺しは、悪だ」

「だが、私を殺さなければ、全世界の人間が死に絶えるぞ。彼女もだ。お前たちにとってどちらの結末がいいのか、比べる余地などあるのかね？」

「しかし」

「さあ、どうするのか考えろ。人一人殺すのをためらって、何十億人という人、そして恋人を破滅に追いやるのか？　それとも、正義の名を盾に、この何もできない、弱々しく老いた実の父を殺すのか？」

陣はレーザーガンを構えた。だが、人差し指にはなかなか力が籠《こも》らなかった。

「時間はないぞ。ほどなく、終末の鐘《かね》は鳴るだろう」

超巨大爆弾が不気味な音を立てて起動を始めた。陣の耳に、懸命に叫ぶ仲間たちの声が聞こえてくる。

「撃て、撃つんだ、陣！」

「そうよ、もう時間がないわ！」

「世界を守るんだ、それが俺たちの使命だ！　そうだろ！」

だがしかし、と、陣は躊躇《ちゅうちょ》した。選択肢のどちらを選んでも、正義は死ぬ。

苦悩する陣健作を見ながら、アンゴルモアは満足そうな笑みを浮かべた。

「さあ、選択しろ、健作」

アンゴルモアの嘲笑《ちょうしょう》を浴びながら、陣健作はまた一歩、足を踏み出した。悪の総帥である父の前に仁王立ちになり、両足で地を踏みしめ、両腕を広げて天に突き上げる。

「俺は、世界を、守る！」

Verse.1

宅訪ブルース

「うわ、おいしーい！」

大げさに感動する女の横で、男はそうでしょう、と言わんばかりに大きくうなずく。びしっとしたスーツ、日焼けした肌、白くて美しい前歯。均整の取れた体に、低くて説得力のある声。テレビ画面には、「水の伝道師・ネイチャーマン」というテロップが出ている。

「このお水は、日本人に一番馴染《なじ》むと言われる、超軟水のお水なんですよ」

男は、わざとらしく「超、軟、水」という言葉を強調しながら、カメラ目線で手にした無色透明の液体入りコップを前に出した。

「でも、これほどすばらしいお水だと、月々やっぱり、結構いっちゃうじゃないですか」

ここからが、男の真骨頂だ。目鼻立ちのはっきりした女性アシスタントから台本通りのパスを受けて、ネイチャーマンのエンジンがかかる。ミラクルネイチャーウォーターの安全性、おいしさを強調し、様々な用途をざっと一通りおさらいする。専用サーバーがオシャレでインテリア代わりにもなることを説明し、その専用サーバーのレンタル料を含む、家族五人で平均的な使用をしたとする場合の月々の料金が約——、というところまでまくしたてて、ひと呼吸置く。独特のリズム感。流れるような話術だ。

アシスタントや他のタレントの視線を一身に浴びた後、じゃん、という効果音とともに、男は値段の書かれたフリップを前に出した。おばちゃんたちの歓声とともに、タレントたちが口々に「安い」「信じられない」「もうペットボトルの水なんて買えない」と煽《あお》り立てる。

ネイチャーマンは、カメラに向かって、「安心安全、奇跡の水、ミラクルネイチャーウォーターです！」と、完璧なタイミングで決め台詞《ぜりふ》を決める。


よし、と腹に力をこめる。僕は昨夜観た通販番組をイメージしながら息を深く吸い込み、心を少し落ち着けた。ネクタイを締め直し、ドアホンについた小さなカメラレンズに向かって精いっぱいの笑顔を作ると、人差し指を伸ばしてドアホンのボタンを押した。ぽーん、という軽やかな音がする。少しの間があった後、ハイ、というくぐもった声が聞こえた。

「安心安全、奇跡の水、ミラクルネイチャーウォーターです」

ネイチャーマンと同じ決まり文句を、マニュアル通りのテンポとリズムで伝える。元気よく、さわやかに。背筋を伸ばし、顎《あご》を軽く引く。カメラ付きのドアホンの場合はレンズをまっすぐ見て、挨拶《あいさつ》をしてから二秒間笑顔を作る。研修で何度も練習してきた通りだ。

「家庭用ウォーターサーバーの無料お試しキャンペーンのご紹介で参りました」

はあ、と、気の抜けた声が聞こえた。女性の声だ。おそらく、小さな子供を持つ主婦だろう。玄関先に立てかけたベビーカーが見える。

――小さな子供がいる場合は、水の安全性をアピールすること。

――主婦の場合、お試し期間中は無料であることを説明すること。

「うちは結構です」

マニュアルの記述を思い出している間に、口を開く間もなく通話が切れ、ぶつん、という音が聞こえた。ああ、とため息をつきたいのを我慢して、家の人が見ているかもわからないドアモニターに向かって丁寧に頭を下げた。毎日何度も繰り返していることではあるのだが、やっぱりいまだに慣れない。心臓の辺りを風が通り抜けていくような、寂しい気持ちになってしまう。

「また、日を改めてお伺いします」

僕が宅配水・ミラクルネイチャーウォーターを展開する「株式会社奇跡カンパニー」

に転職して半年が経った。営業部販促一課に配属された僕の仕事は、与えられた営業エリア内の一般家庭を回って、ウォーターサーバーの利用契約を取ることだ。いわゆる「宅訪営業」という仕事である。

会社は現時点で宅配水業界シェア二位。一位奪取に向けて、全社的に鼻息が荒い。深夜のテレビ放映枠を一週間まるまる帯で押さえて宣伝番組を放映していて、CMもバンバン打っている。「ネイチャーマン」というキャラクターは、何を隠そう自社の社長だ。

だが、会社の成長スピードとは裏腹に、僕は今月も「新規契約ゼロ」のワースト記録を更新中だ。足を棒にして歩き回っても、契約が一件も取れない日が続いている。めげそうになる心を奮い立たせて、僕は向かいの家の前に立った。割り当てられた営業エリア随一の豪邸だ。月額の支払いもサーバーの設置スペースも、きっとこの邸宅ならば問題にならないはずだ。今月のノルマ達成に向けた切り札として温めていた家である。

ここを外したら、万事休す。

緊張しながらドアホンのボタンを押すと、はあい、と声がして、門扉の向こうの玄関ドアから、人のよさそうなおばあさんの顔が覗《のぞ》いた。ドアホン越しの会話をすっ飛ばして、すんなりと住人が出てくることはめったにない幸運だ。

「あの、安心、安全」

あまりにも自然に玄関が開いてしまったことに驚いて、僕は決まり文句を決めきれずに思い切り嚙んだ。のっけから躓《つまず》いて動揺する。

「セールスマンの方かしら」

「あ、はい、そんなところです」

「お名前は？」

「え、あ、清水《しみず》、清水勇介《ゆうすけ》と申します」

いきなり名前を聞かれて動揺した僕は、なぜかフルネームで答えてしまった。おばあさんは、ころころと笑いながら、「社名でよろしかったのに」とやんわり僕の勘違いを指摘する。慌てて、奇跡カンパニーです、と言い直した。

「どうぞ。お入りになって」

「し、失礼します」

外から見ても大邸宅だったが、庭も立派だ。枝ぶりのいい松の木は、きっと植木職人が丹念に仕上げているのだろう。玉砂利の敷き詰められた道を歩いて、僕はおばあさんの待つ玄関に入った。

玄関ドアが閉まるなり、僕はエンジン全開でマニュアルトークをまくしたてた。本来なら、庭の松がすばらしいですね、などとさもわかったようなことを言って相手の心を摑《つか》もうとするべきなのかもしれないが、生憎《あいにく》、僕にはそんな余裕も話術もない。下手に話を引き延ばせば、不審がられて心を閉ざされてしまうかもしれない。僕はこの幸運をものにしようと、とにかく気ばかりが焦っていた。

ミラクルネイチャーウォーターの安全性やおいしさを説明、専用サーバーのデザインがオシャレなことを強調する。この一ヵ月、ネイチャーマンこと社長のトークを繰り返し見て練習を重ねてきた成果か、ここまでは流れるように舌が回った。専用サーバーのレンタル料を含む、家族五人で平均的な使用をした場合の、月々の料金が約――。

「あのね、清水さん」

「え、あ、はい、なんでしょう」

トークのクライマックス、金額の提示で驚いてもらうはずだったのに、おばあさんは薄い笑みを浮かべながら僕のトークをさえぎった。

「ごめんなさいね。ここ、独り住まいなのよ」

「あ、申し訳ございません」

失態だ。

豪邸ではあるのだけれど、言われてみると家はひっそりとしていて人の気配がない。このだだっ広い家に、おばあさんは独りで住んでいるようだ。もしかしたら、日々孤独に苛《さいな》まれて生活しているのかもしれない。そんなおばあさんに家族五人用のウォーターサーバーの話をしたら、どう感じるだろう。そう思ってしまうと、舌が強張って回らなくなった。

「昔は賑やかだったんだけどねえ。でも、夫も亡くなって、子供たちも独立しちゃって」

「それは、寂しいですよね」

そのまま、僕はおばあさんのペースに呑《の》まれていった。一人暮らしは寂しい、膝が辛い、といった愚痴《ぐち》を延々聞かされているうちに、なんだか本当にかわいそうになってきて、完全な聞き役となってしまったのだ。しまいには、孫に似ている、と涙ながらに手を握られて、もらい泣きをする体たらくだった。

だが、仕事を放棄して単なる話し相手になってしまったにもかかわらず、僕はおばあさんから「せっかくだから試してみようかしら」という奇跡の一言を引き出すことに成功した。もしかしたら、孫に小遣いでもねだられているような気分になったのかもしれない。慌ててお試し無料レンタル用の契約書を取り出すと、震える手で玄関先に広げた。解約の申告がない限り、一ヵ月後にはこれがそのまま正式な契約書となる。解約率は十パーセントを下回る程度。一度設置して使ってしまうと、撤去するのも面倒だしまあいいか、と使い続けてしまう人が多いからだ。必要事項を記入の上、右上の「印」の欄《らん》にハンコをついてもらえれば、僕の連敗脱出がほぼ決まる。

だが、居間に印鑑を探しに行ったまま、おばあさんがなかなか戻ってこない。どこにしまったか忘れてしまったらしい。これだけ広い家の中から印鑑一つ見つけ出すのは、なかなか大変そうに見えた。腕時計に目を落とす。数字が動くたびに、心が落ち着かなくなっていく。好事魔多し、なんていう格言もあるくらいだ。何か横やりが入りませんようにと祈るような気持ちで待っていると、急に玄関奥に置かれた電話が鳴った。全身から血の気が引いて、背骨の上を悪寒《おかん》が全力疾走していった。

悪い予感というのは、もはや「予言」なのではないかと思うほどよく当たる。電話を切ったおばあさんは、申し訳なさそうに「急用ができちゃって」という絶望的な一言を告げた。

「ごめんなさいね。印鑑は探しておくから、またいらしてね」

食い下がろうとはしたが、どうもかなりの急用であったようだ。おばあさんはすっかり外出モードに切り替わってしまい、次回訪問のアポイントすら取ることができなかった。経験上、一度取り逃がした契約が再訪で取れる可能性はほぼない。僕は、せめてとばかり名刺とパンフレットを残し、追い出されるように家を出た。

外に出ると、もう日が落ちて街灯が光っていた。雑談で時間を食い過ぎたのだ。夜暗くなってからの営業活動は原則禁止されている。忙しい夕食時に訪問をかけるのは、家計を握る主婦にいい印象を与えないからだ。

つまり、今日はもうタイムリミット。連敗記録更新だ。

摑みかけた契約を漏らしたショックで茫然《ぼうぜん》としていると、胸ポケットの中で社用携帯が震えだした。エリア長の波多《はた》からだ。営業状況確認という名目のサボリチェックだろうが、今日もダメでした、と言った瞬間に罵詈雑言《ばりぞうごん》の嵐が降ってくるに違いない。出るか、無視するか。どちらを選択しようか迷っているうちに、電話は切れた。

やってしまった。

不在着信、という表示を見ながら、僕は猛烈に後悔した。今この場で罵倒される恐怖からは逃れられたものの、着信無視の言い訳をするためには、ますます結果を出すことが必要になった、ということだ。

契約ゼロが確定する。連敗記録を更新する。それがどういうことなのか、想像するだけで心臓がばくばくと脈打った。数字の取れない営業は、人間扱いされない。ましてや、ワースト記録のタイトルホルダーとなれば、羽虫やバイキン以下だ。

焦った僕は、突き動かされるように手近な建物の敷地に飛び込んだ。昭和の香り漂う安アパートだ。人を拒むような独特の空気に包まれていて、立ち入るのに少し勇気がいる。普段ならきっと、避けて通り過ぎる物件だ。部屋にはウォーターサーバーを置くスペースなんてないだろうし、回るだけ無駄足になることが多いからだ。

僕は半《なか》ばやけくそになってアパートの二階に駆け上がり、奥から順番にドアチャイムを押していった。ろくな反応もなく、二階は全滅。一階に降りて、また同じことを繰り返す。心の中で、頼むから誰か出てくれ、と叫んでいた。

もうだめか、と心が折れかけた時、「一〇五号室」のドアが開いた。慌てて笑顔を取り繕《つくろ》い、「安心安全、奇跡の水、ミラクルネイチャーウォーターです」と挨拶をした。

「よう、清水」

すっと開いたドアの向こう、薄暗い玄関に立っていた男は、「はあ」とも、「そういうの結構です」とも言わず、いきなり僕の名を呼んだ。心臓を高鳴らせて戦闘態勢に入っていた僕は、予想外の展開に頭が真っ白になって固まった。

「清水が水の営業って、なんの冗談なんだよ」

玄関先でへらへら笑う男は、かなりファンキーな風貌をしている。ドレッドヘアに鼻ピアス、手足が異常に細く、ひどい猫背。レゲエアーティストか何かを陰干しにして、適度に水分を抜いたような顔だ。

「あ、あの」

「何？」

「どこかでお会いしたことが、ありましたでしょうか」

まだ名刺も出さないうちから僕の名前を知っているのだから、男とは面識があるはずだ。だが、こんな浮かれた格好の人間とは今までに会った記憶がない。にもかかわらず、レゲエ男は、きょとんとした顔で、え？　と、聞き返してきた。俺だよ、俺。覚えてないの？　という心の声が、顔全体からあふれ出している。

「なんだよ、そういうのいいって」

「あ、いや、その」

「え、ほんとに？」

「あ、す、すみません」

「よく遊んだじゃんか、昔さあ」

昔遊んだ、ということは、小中時代の同級生だろうか。頭の中で必死に卒業アルバムのページをめくるが、生来、人付き合いが悪く、同窓会も面倒で行かないというタイプの僕は、顔を覚えているクラスメイトなんかほとんどいない。

「ご、ごめんなさい」

「じゃあさ、ヒントね、ヒント。苗字の最初が、お」

面倒だから全部言えよ、とは思ったが、僕は「お」から始まる苗字を列挙することにした。オオバ、オオハシ、オニヅカ。

「お、やまだ、か？」

小山田《おやまだ》信吾《しんご》という名が出てくるまでに、結構な時間を要した。なにしろ、小山田とは小学校の一年生の時にクラスが同じだったというだけで、卒業以来一度も会っていないのだ。顔の特徴的なほくろがなかったら、名前は出てこなかったかもしれない。

「まあ、入ってよ」

小山田は、さも日ごろ付き合いのある友人であるかのように手招きをしたが、ノリに任せて「じゃ、お邪魔します」とは言えなかった。僕はしどろもどろになりながら、仕事中だから、と告げた。

「大丈夫。ウォーターなんちゃらの契約はするからさ。とりあえず上がって」

「は？」

「それならいいでしょ？　ね？」

契約につられて居間に上がり込む。仏壇のある祖父母の家のような、独特の臭い。狭苦しい和室二間の部屋は、僕と同い年、二十九歳の男が一人住まいするには年季が入りすぎているように見えた。布団を剝《は》ぎ取ったコタツの脇におそるおそる正座すると、小山田は冷蔵庫から取り出した紙パックのグレープジュースを僕の前に置いた。

「久しぶりだなあ」

「そ、そうだな」

「変わんないね、清水」

「そう、かな」

「そうだよ」

お前はえらいこと様変わりしたな、という言葉を呑み込む。

小山田信吾のことで覚えていることと言えば、小猿のような顔と、クラス一背が低かったということ。母子家庭で育っていて、学校を休みがちだったことくらいだ。遊んだことはうっすらと覚えているが、特別仲が良かったというわけでもない。つまり、付き合いでウォーターサーバーの契約をしてもらえるような間柄ではない、ということだ。

ならば、新興宗教か、はたまたマルチ商法の勧誘か。

僕が身構えていると、小山田は僕の正面に陣取り、契約の話は後でするから、とりあえず先に話を聞いてくれ、と言いだした。僕は、ほらきた、と胸の中で天を仰いだ。

「いいか清水」

「なんだよ」

「このままいくと、世界が終わるんだ」

「は？」

「は？　じゃないんだよ」

「ちょっと、何言ってるかよくわかんない」

何がわかんないんだよ、と、小山田が被《かぶ》せ気味にツッコんでくるが、わかるわけがない、としか返しようがない。

「今、世界は完全に、終わる方に向かっちゃってる」

「向かっちゃってるのか」

「向かっちゃってるんだ」

「ええと、また隕石《いんせき》でも落ちてくるのか」

僕は唖然《あぜん》としたまま、適当に話を合わせる。

「そんな簡単な話じゃないってば」

「じゃあ、どんな話なんだよ」

小山田は枯れ木のように細い腕を広げ、口を開けた状態で固まった。

「詳しいことは俺もよくわかんないんだけどさ」

「わかんないのかよ」

「そう。でも、世界の終わりが来るんだ。絶対に」

小山田と、しばし見つめあう。僕は、うんわかったとうなずき、立ち上がろうとした。このままだと、トチ狂った小山田に何をされるかわかったものではない。契約一件は惜しいが、諦《あきら》めねばならない。

「違っ、違う」

「何が違うんだよ」

「そういう話じゃないんだって」

「じゃあ、どういう話なんだよ」

「どういうって、とにかく世界が終わるから、ヤバいんだってば」

「そんなざっくりとした世界の終わりがあるかよ」

「頼むから最後まで話を聞いてくれ。な、頼むよ。聞くだけ。とりあえず聞くだけ。ほんと」

小山田は強引に僕を座らせると、冷蔵庫から今度はオレンジジュースを取り出してきて、まだグレープジュースに手をつけていない僕の前に置いた。ジュースがあれば僕が居座ると思っているのだろうか。

「本当の話なんだって」

「そりゃ、いつかは終わりも来るんだろうけどさ」

「いつかもわかっている」

「いつだよ」

「八百四十一年後」

「はっぴゃく、よんじゅう？」

「そう。もう時間がないんだ」

「いや、アホほどあるじゃないか」

仮に、小山田の言うことが真実であっても、自分の子供どころか、孫ひ孫も死んだ後のことなど、正直知ったことではない。

「俺の友達で、ケンジってやつがいるんだけど」

「ケンジ？」

「ケンジは、予言者なんだ」

「予言者って、ノストラダムスとか、エドガー・ケイシーとかそういう？」

小山田はきょとんとした顔で、誰それ、と言った。僕は思わず、知らないのかよ、と舌打ちする。

「もういい。続けてくれ」

「ケンジはさ、未来が見えるんだ」

「例えば？」

「ガリガリ君を五本連続で買うと、その五本目が当たる、とかさ」

「当たったのか」

「当たった。一気に六本食ったらお腹壊した」

「一気に食ったら、そりゃそうなるだろう」

「それから、ハチクマのチケットの取り方とか」

「なんだそのハチクマってのは」

何気なく僕が聞くと、小山田は目を丸くして僕を見つつ、ハチクマを知らないのか、と言って絶句した。小山田の話によれば、「ＨＯＮＥＹ《ハニー》＆《アンド》ＢＥＡＲＺ《ベアーズ》」という今大人気のアイドルグループがいて、略して「ハチクマ」と呼ばれているらしい。普段、テレビはニュースと夜中の通販番組くらいしか見ることのできない僕は、残念ながら最近のアイドルグループなどまったく知らなかった。

「とにかくだ、ケンジのおかげで俺は、ハチクマのライブに行けたわけだ」

偶然だろ、と僕が言うと、小山田は激しく首を振った。

「今まで、何度もチケットを取ろうとしてきたのに、一回も取れなかったんだぞ。電話予約もダメ、抽選でもダメ。アレもダメ。コレもダメ。全部ダメ」

「それが、予言で取れたってのか？」

「そう。ケンジが予言した場所で買ったCDについてたチケット抽選券が大当たり」

「ほんとかよ」

「ケンジの予言はさ、必ず当たるんだ。そのケンジが、本気の予言をしたんだ」

「八百四十一年後に、って？」

「そう。世界が終わる」

「信じるのか」

「当たり前じゃんか。ケンジのおかげでハチクマのチケットが手に入ったんだぞ？」

小山田は、信じざるを得ない、というテンションで話すのだが、知らねえよと返さざるを得なかった。

「まあ、わかった。その予言は予言として、なんで僕が関係するんだ」

「俺たちで、守るんだよ、世界を」

「はあ？」

「今日、清水がここに来ることは決まってた。予言で」

小山田は急に立ち上がって、二つ三つ咳払《せきばら》いをした。タンスの中からいまどきあまり見ない電池式のCDラジカセを引っ張り出し、ラベルの貼られていないCDをセットして再生ボタンを押した。そして、流れてきたドンツクドンというバックトラックに合わせてヒザを曲げ伸ばしし、気持ちの悪い上下動を始める。

「おいちょっと待ておい、小山田」

小山田はいったん音を止め、迷惑そうに俺を見下ろし、なんだよ、と不機嫌そうに返事をした。

「なんだよ、じゃねえよ。なんで急に音楽をかけるんだよ」

「ケンジは、いつも予言する時、ラップで予言するんだ」

「ラップ？」

「そう。ラップ。予言ラップ」

「なんなんだ、そのふざけた予言者は」

小山田は、僕を無視してCDをリスタートする。ラジカセから、薄くて妙に甲高《かんだか》い声が聞こえてくる。

お前の待つシ　ミズ　ってヤツ、YO
重いの持つ日　水を八つも
歩き回る炎天下　また事務所戻るなり減点だ
鎮魂歌が聞こえはじめてんだ　絶望だスーツの厭世家《えんせいか》
端から制覇ドアチャイム　ゲームはロスタイム
He is a〝LOST CHILD《ロスチャ》〟
たどり着いた一〇五　物語がいよいよ始まるぞ
OH よう、清水　って　言え
OH YO 清水 SAY YEAH

唖然とする僕を顧みることなく小山田はたっぷりワンコーラスを結構な音量で流し、「一般人がラッパーと聞くと真っ先に思い浮かべるであろうポーズ」を取った。「フレミングの左手の法則」のような形の手を、前に「ヨウ」と突き出すアレだ。どうだ、と感想を求められているのだとしたら、ダサい、の一言に尽きる。

「まあほら、いきなり予言とか言われても、やっぱり信じられないだろうしさ、とりあえず、一度ケンジに会ってみて欲しいんだ。そして、世界を守り隊に入ってさ」

「ちょっと待て、世界を、なんだって？」

「世界を守り隊」

「なんだよそれ」

「清水はブルーな。水だから。俺がレッド」

　小山田は「俺が世界を、守る！」などと叫びながら、両拳を天に向かって突き上げた。僕が子供の頃、全国のチビッ子を虜《とりこ》にした特撮ヒーロードラマがあったのだが、主人公の決め台詞がそれだった。僕も当時は夢中になったチビッ子の一人だが、まさか三十手前になった今、再びそのセリフを聞くことになるとは思わなかった。

　僕は小山田をしばし上から下まで眺めた後、「じゃあそういうことで」といった具合に立ち上がり、部屋を出ようとした。小山田は、「ごめん」「違う」「調子のった」などと言いつつ、僕の肩に全体重を乗せて座らせた。

　ほどなく、僕の前には紙パックのパインジュースが供《きょう》された。

清水勇介　22年前

『撃て、撃つんだ、陣！』

『そうよ、もう時間がないわ！』

『世界を守るんだ、それが俺たちの使命だ！　そうだろ！』

　真っ暗なリビングに、テレビの画面だけが浮かび上がっている。リビングに入って、ようやくかすかに聞こえるくらいの小さな音声。ちかちかと瞬《またた》く画面の前、かじりつくようにして座り込んでいる小さな背中が見えた。息子の勇介だ。

『俺は、世界を、守る！』

　清水早紀恵《さきえ》は、手近にあったテレビのリモコンの電源ボタンを押した。部屋が突然真っ暗になる。電灯のスイッチを入れると、天井で蛍光灯がちかちかと瞬いた。白い光が部屋に満ちて、ぽかんと口を開けた息子の呆《ほう》け顔が浮かび上がってくる。

「何をしているの？」

壁掛けの時計を見ると、もうすでに深夜二時を過ぎている。夏休み中とはいえ、小学一年生の子供が起きていていい時間では到底ない。にもかかわらず、息子は親が寝るのを見計らって、こそこそとくだらない特撮番組を見ていたようだ。さすがに、この時間には子供向け番組などやっていないだろう。日中にこっそりとビデオテープに録画したものを、親に隠れて見ていたのだ。子供にしては小賢《こざか》しい、と早紀恵は舌打ちをした。

「何を、しているの」

「あの、おかあさん、ちがくって」

息子の言葉をさえぎるように、ものすごい風が雨戸を揺らす。今晩は付近を台風が通過しているらしい。豪雨と暴風の音で、早紀恵は珍しく目を覚ましてしまった。眠い目をこすりながらトイレに入ろうとしたところ、リビングでテレビをつけている息子に気がついたのだ。もし早紀恵が起きなかったら、息子は夜中にしれっと言いつけを破ってテレビを見、明日の朝には何食わぬ顔で起きてくるつもりだったのだろう。

早紀恵の腹の中で、怒りがふつふつと湧《わ》いてきた。

こんなことしてるから、いつまで経っても勉強ができるようにならないのだ。

息子には将来苦労をさせないようにと、今のうちから早紀恵ができる限りの教育をしている。夫は普通のサラリーマンで家は特別裕福ではないが、幼稚園の頃から目の玉が飛び出そうな月謝を取られる塾に通わせてきた。にもかかわらず、小学校受験はすべて失敗。あれだけお金をかけたのに、何もせずとも入れる公立校に行くことになった。早紀恵が頭を掻《か》きむしりたくなるほど悔しい思いをしているのに、本人は呑気なものだ。昨日持って返ってきたテストもそうだった。あれほど見直しをしろと口酸っぱく言っているのに、どうしようもないケアレスミスで満点を逃していた。

そして、今日はこのありさまだ。

息子が見ていた特撮ドラマのことは、他の子のママたちからいろいろ聞いて知っている。ドラマは昨年から放送が開始されているもので、幼稚園から小学校低学年の男の子を中心に、社会現象とも言えるほどの爆発的人気を博しているらしい。タイアップした玩具《がんぐ》が品薄になったり、ショーを行った会場が黒山の人だかりになったりして、夜のニュース番組にも取り上げられたほどだ。

あまりの人気ぶりに、一年で終わるはずだったドラマは急遽《きゆうきよ》半年間放送が延長された。子供の世界では「見ていない者は人にあらず」というくらいの異常人気だそうだ。息子も周りにつられて番組を見たがったが、早紀恵は絶対に許さなかった。人気があろうがなかろうが、なんの知識にも教養にもならない番組など子供に見せるつもりはない。

「おかあさん、あのね」

「何？」

「今、これ、さいごでね。もう、ほんとにあとちょっとだけで」

「それで？」

「これ、みおわったら、ぼく、もうテレビみないから、だから」

あとちょっとだけ。

親の言うことを聞かずにこんなことをした挙句、さらに続きを見せろという図々しい息子の言葉には唖然とさせられた。もはや怒りを通り越して、寒気すら感じるほどだ。

「あなたはこんなもの見る必要なんかないの。早く、寝なさい」

いらだちをなんとか抑え込みながら、寝なさい、と、リビングのドアを指さす。が、息子はじっとりとした視線を早紀恵に送ってくるばかりで、動こうとしない。

「何してるの？　言うことを聞きなさい」

「あしたから、ちゃんとべんきょうするから。だから、あとちょっとだけ。これだけ」

「毎日勉強するのは当たり前なの」

「でも」

「でも、何」

「もし世界がおわっちゃったら、べんきょうしても、いみなくなるし」

瞬間、早紀恵の頭が沸騰《ふっとう》した。何をバカなことを言っているのか。こんなくだらないものを見ているから、現実と非現実の区別もつかなくなるのだ。

「世界が、終わるわけないでしょ！」

早紀恵はビデオデッキからテープを取り出すと、ケースの隙間から磁気テープに指を引っかけた。そのまま磁気テープを引っ張り出し、滅茶苦茶に丸めた。こうすれば、もうビデオなど二度と見ることができない。

途中、息子が「やめて」などと言いながら腕にしがみついてきた。ふざけるな。親の言うことを聞け。そうわめきながら、息子のほっぺたを張り飛ばした。ばちん、という音とともに、息子はうずくまって肩を震わせ、めそめそと泣き出した。かわいそうだとは思わなかった。当然の報いだ。

「少しは、自分のしたことを考えなさい！」

早く寝ろ！　と、息子に向かって怒鳴りつける。二階から、夫が「うるせえぞ！」と怒鳴る声が聞こえてきた。

Verse.2
残滓プライド

結局、小山田が僕に言いたかったことをまとめると、「八百四十一年後に世界が終わると予言したケンジとかいう予言者に会って話を聞け」ということだった。

もちろん遠慮したいところだが、小山田はそれと引き換えに「定期お届け五ガロンボトルコース」の契約をしてもよいと言う。僕は、「五ガロンでお前、十九リットルだぞ」「そのボトルが月に二本届くんだぞ」と念押しをしたが、小山田は世界を守るためなら仕方がない、と、妙な覚悟を見せた。契約書を取り出したい気持ちは山々だったが、いまいち恐怖感が先に立って、一歩踏み出すことができなかった。最終的に、明日もう一度来る、というところに話を落としこんだ。

小山田の家を出て、綿のように疲れた体を引きずりながら事務所に戻ったのは、午後十時過ぎだった。事務所につくなり、肩から下げていた営業専用カバン、通称「苦行」を下ろす。会社から営業社員に支給される「苦行」には、投函《とうかん》用パンフレットや試供品のペットボトルをぎっしり詰め込んでいかなければならない。肩に食い込む重さから逃れるためには、一件でも多く家を回って、中身を早く配り切るしかないのだ。言い出したのが誰なのかは知らないが、「苦行」とはまさに言葉通りのネーミングだった。

　今日は振られ続けで、試供品をほとんど配ることができなかった。取り出して並べると、まだペットボトルが八本も残っている。八本？　と、僕は一人でつぶやいた。

　――重いの持つ日　水　を八つ　も

　まさかとは思いながらも、意味不明なラップを思い出して、鳥肌が立った。もちろん、小山田に「苦行」の中身など見せた覚えはない。


「おい清水」

「は、はい」

　一人の世界に入ってしまっていた僕は、背後から急に声をかけられて飛び上がった。振り返ると、顔を怒りで引きつらせた男が一人、僕を見下ろしていた。

「なんで電話に出ねえんだよ」

「すみません、気づきませんでした」

　事務所に唯一残っていたのは、エリア長の波多だ。歳は僕と同い年だそうだが、すでに幹部社員にまで出世し、部下を持たされているというスーパー営業マンである。僕の直属の上司で、この付近の営業社員を一手に任されている。

「ふざけんなよ、おい。なんのための携帯電話なんだよこの野郎」

「すいません」

「すいませんじゃねえんだよ。お前は俺になんか言われると自動的にすいませんて言う機能でもついてんのか」

波多は、そう言いながら床に座り込んだ僕を蹴《け》りつけた。

応接用のソファにどかりと腰を下ろすと、波多は「二分以内に日報書け」と怒鳴った。

営業社員は、今日回った家の件数と成約数、交通費を日報にまとめなければならない。

「今日は取ってきてるんだろうな」

成約数の記入欄に差しかかって、僕は手の動きを止めた。普通に考えれば、今日も間違いなくゼロと書かなければならない。だが、目の前にいる波多のイラつきぶりを見ると、ゼロ、と書いた瞬間に殺されるのではないかとすら思える。正直に書くか、面倒事を承知で小山田を数に入れるか。ペン先が書き出しの点を求めてゆらゆら揺れた。

「なあおい、清水。お前さ、いつから数字書いてねえんだよ。給料泥棒が。会社に金もらって散歩してんのか毎日」

「すみません」

「お前はな、仕事をやらされてる、っていう雰囲気が背中から湯気みてえに噴き出してんだよ。言われたことをやるだけ。それでも人間か？　自分の頭で考えてんのかよ」

「一応、あの、考えてるつもりです」

「考える、ってのは何をすることなんだよ。言ってみろ」

「すみません、あの」

「ゾンビかてめえは。操られるまま動く死体か」

「本当に、申し訳ありません」

波多は、ふん、と鼻を鳴らし、冷ややかな目で僕を見た。暴言はいつものことだが、今日は周りに誰もいないということもあって、歯止めがきかないらしい。

「つたく、なんでこんな簡単なこともできないかねえ、お前は」

「どうすれば、その、波多さんのように契約が取れるようになるんでしょうか」

「いいか、人間の脳の反応パターンなんてのは、大体決まってんだよ。こう言えば、こう行動する、みてえなのがな。それさえ押さえりゃ、猿でも簡単に契約くらい取れるっての」

「簡単に、ですか」

「人を見て、頭で考えりゃわかるだろ」

それがなかなか、と、僕は消え入りそうな声で答えるしかなかった。

「お前はな、変に常識人みたいな顔しやがるから、ろくな結果が出ねえんだよ。どうやって取れるかなんて四の五の考える前に、相手をだましてでもいいからまず数字を取って来いよ。玄関が開かねえなら、外からぶっ叩いて開けさせりゃいいだろうが」

「いや、それは、さすがに」

「数字も出さねえで、何が、さすがに、だよバカ野郎。おツムに脳みそが入ってんなら少しは考えろ、この無能」

ぐっと奥歯に力が籠《こも》る。いつもなら、まともにぶつかって傷つかないように作り笑いを浮かべ、すみません、と卑屈に謝るところだが、丸一日精神的に追い詰められっぱなしだったこともあって、今日の僕はどこか壊れていた。

「なんだよ、その目は」

「いえ、別に」

僕は歯を食いしばり、成約欄に数字を入れた。成約一件などという数字は、誇るようなものではないということもわかっている。波多にとっては微々たるものだろう。それでも僕は、なんとか一矢報いてやらねば気がすまなかった。

波多は僕が数字を入れたのを見ると、日報をひったくり、すぐに住宅地図を広げた。

「どこで取った」

「あの、こ、ここです」

小山田のアパートは、地図上では長細い長方形として描かれていた。瞬間、僕は何をやってるんだ、と猛烈に後悔した。波多に食いつかれたら、引き返すことなんかできなくなる。

「間違いなくここで取ったのか？　安アパートだろ、ここ」

波多は、ニヤリと笑みを浮かべた。

「あの、偶然、同級生が住んでまして」

「契約書は」

「明日、取りに行くことになってます」

「なんだよ、じゃあ今日の成約じゃねえだろうが」

波多の手が飛んできて、後頭部を引っぱたかれる。

「すいません」

「まあいいや。成約に入れとけ。連敗脱出だな」

意外な言葉に、僕は思わず、え、と素《す》っ頓狂《とんきょう》な声を上げた。

「いいんですか」

「お前がそう書いたんだろうが。その代わり、絶対明日中に取って来いよ」

「はあ、いや、でも」

「落としたらマジで覚悟しろよ。前歯の一、二本じゃ済まさねえからな」

顔は笑っていたが、波多の目は完全に本気の目をしていた。どうやら僕は、「世界を守り隊に是非入れてください」と土下座をしてでも、小山田の契約一件を取るしかなくなったようだった。

鴨下修太郎　22年前

ある夏休みの一日。

ゆうべの台風がウソみたいに、空は青い。天気はいいけれど、ときどき強い風が吹くのでびっくりする。今日は学校のプール開放の日だったのに、プールには木の枝やゴミがいっぱい浮いているらしく、入り口に「開放中止」という張り紙が出ていた。

まあ、わかっていたことだ。

午前中の予定がなくなった鴨下修太郎《かもしたしゅうたろう》は、学校近くの駄菓子屋に寄ることにした。駄菓子屋は、この辺りの小学生のたまり場だ。行けば誰かいるだろうと思っていたが、修太郎の思ったとおり、プールに入れずに戻ってきた一年四組のクラスメイトが何人か、駄菓子をかじりながらぼんやり時間をつぶしていた。

修太郎は迷わず、「エスカータごっこする人！」と声をかける。

すぐに食いついてきたのは、小山田信吾だった。クラスで一番のチビで、まるで子ザルみたいだ。小山田は勝手に、「清水もやる」と、近くにいた清水勇介を引っ張り込んだ。清水は、僕はいいよ、と、いやそうな顔をする。清水の家はママがうるさくてなかなかエスカータを見せてもらえないので、ごっこ遊びのノリがいまいちわからないようだ。昨日もママに怒られてエスカータの最終回を見ることができなかったらしい。どうなったかおしえてやろうか、と修太郎がからかうと、清水は本気で泣きそうな顔をした。

小山田と清水に加えて、修太郎は篠田早苗《しのださなえ》を誘った。女子は正直ジャマなのだが、エスカータ・ピンク役は女子じゃないとだめだ。篠田は、ピンク役と聞くと、喜んで混ざった。男子に囲まれて、ちやほやしてもらえると思ったのだろう。

あとはもう一人誘えば五人になるのだが、駄菓子屋には他に一年生はいなかった。四人でもしょうがないか、と、修太郎は目的地に向かうことにした。今日のエスカータごっこの舞台は、市内を見下ろす丘の上に建つ「丘の上神社」だ。境内は公園のような広場になっていて、めったに大人がいないのでのびのび遊ぶことができる。たぶん、石段が長すぎてみんな登る気にならないのだろう。暑い夏の日などなおさらだ。

「なんだよ、だらしねえなあ、おまえら」

「だって」

石段を登り切って鳥居をくぐるなり、清水は座り込んでしまった。どうやら、足がつったらしい。

「そんなんじゃ世界をまもれないだろ。きたえろよな、少しくらい」

「ふつうはこうなるよ、鴨下がすごいだけだよ」

言い訳をする清水の横で、小山田は大の字になって寝転び「死ぬ」「もう死んだ」と、大げさにうめいていた。篠田は二人よりはマシだったが、顔を真っ赤にして汗を垂《た》らしていた。こどものくせに、日焼けしちゃう、などと生意気なことを言っている。

頼りない「エスカータ」たちを引き連れて、修太郎は神社の建物の裏に回った。裏は何もない空間で、雑草が伸び放題になっていた。その中に、一ヵ所だけきれいに草が刈《か》り取られたところがある。

「鴨下、なにこれ」

「みりゃわかんだろ。井戸だって」

小山田が、なんだそれ、と言うように首をかしげる。

「イドってなに？」

「水がたまってるとこだよ。むかしは水道なんかなかったから」

裏庭の真ん中に、古そうな井戸がぽつんとある。もう使われてはいないようで、井戸の周りは柵《さく》で囲まれているが、隙間だらけで簡単に潜《くぐ》り抜けることができる。石っぽいもので作られた井戸には鉄板で蓋《ふた》がされていて、中がどうなっているかはわからない。

「これがなんなの？」

篠田が、興味なさげにため息をついた。

「前にさ、オトナが何人か、ここに入っていくのをみたんだ」

「どうして？」

「さあ。わからない」

「だって、お水がたまってるんでしょ？」

「だから、おかしいだろ？　きっとさ、このしたになんかかくしてるんだ」

秘密基地だ！　と、小山田が声を張り上げた。

修太郎は鉄柵を乗り越え、取っ手のついた、重そうな金属の蓋に手をかけた。取っ手を持って引っ張り上げれば、真ん中の蝶番《ちょうつがい》から円の半分が開く仕組みになっている。だが、修太郎一人の力では、重くて持ち上げることができなかった。それで、エスカータごっこと言って、人を連れてきたのだ。

「ねえ、立ち入りキンシ、ってかいてあるよ、鴨下」

清水が、柵の外から不安そうにこちらを見ている。井戸の近くには、男の子の絵が描かれた看板が立っている。男の子は、もっちりした手を広げて、「キケン！　立ち入りキンシ！」と、叫んでいる。

「だいじょうぶだよ。あけてみようぜ」

修太郎が顎をしゃくると、小山田が勇んで蓋に手をかけ、清水も辺りをうかがいながら後に続いた。篠田は、力仕事は男の仕事、と言わんばかりに、端っこにチョンと手を添えただけだった。修太郎が井戸の上に立って金属製の取っ手を摑んで引っ張り、三人が下から押し上げる。だが、なかなか持ち上がらない。清水に小山田、そして篠田と、みごとに貧弱な三人を連れてきたのが悪かった。

修太郎は舌打ちをしながら、しょうがねえな、とため息をついた。

「なあ、てつだえよ、おまえも」

修太郎の言葉につられて、全員が後ろを振り返った。井戸から少し離れたところに、ひょろりと背の高い男子が一人、ガムを嚙みながら立っている。

同じクラスの大黒《おおぐろ》だ。

「大黒、なにしてんの？」

小山田の甲高い声で名前を呼ばれた大黒は、不機嫌そうに、別に、と答えた。傍らにサッカーボールが転がっている。どうやら、一人でボールを蹴って遊んでいたようだ。

「おまえらこそなにしてんだよ」

「このしたにさ、悪の秘密基地があるんだよ！」

小山田の言葉を聞いて、大黒は鼻で笑いながら修太郎に視線を寄越した。本気で言ってんのか？　という意味だろう。だが、修太郎が答えるより早く、大黒は意外にも、おもしろそうじゃん、と笑った。けれど、あまりいい感じはしない。もともと、修太郎は大黒と仲が悪いのだ。

勉強も運動もできる、みんなが認めるクラスのヒーローである修太郎に、いつも食ってかかってくるのが大黒だ。確かに、大黒も運動が得意で、力も強いし足も速いのだが、どうしようもないほど頭が悪いし、乱暴な性格だ。大黒はクラスの中心になりたがっているのだけれど、修太郎は認めていない。

「じゃあ、あけるぞ」

体の大きい大黒が加わると、一気に蓋が開いた。覗き込むと、「コ」の字型の金具が、暗闇の向こうへと続いている。やっぱり、中に下りられるのだ。

「ここに入るの？　まさか」

清水が頬を引きつらせながら、井戸を覗き込んだ。篠田も不安そうな顔で修太郎が何を言い出すか待っている。

「せっかくあけたんだから、いこうぜ」

いやだよ、と、清水がすぐさま首を振った。

「あぶないよ、こどもがこんなところに入ったら」

「こんなわくわくするエスカータごっこないだろ」

「そうだよ、悪の秘密基地があるんだぞ！」

若干腰が引けている清水と篠田をよそに、小山田は前のめりになってぴょんぴょん跳ね回っている。大黒は何も言わないが、井戸の中には興味があるらしく、早く行こうぜ、という顔をしていた。

「じゃあ、役を決めるぞ」

修太郎が、自分以下全員を眺める。「世紀末戦隊エスカータ」のメンバーは五人だ。

不動のリーダー、鉄の意志を持つ男・陣健作が変身するエスカータ・レッド。

冷静沈着、エスカータの頭脳、エスカータ・ブルー。

不器用でお調子者だが、ここ一番で力を発揮するエスカータ・イエロー。

チームのヒロイン、天真爛漫《てんしんらんまん》なムードメーカー、エスカータ・ピンク。

レッドのライバルで、過去には敵だったこともあるエスカータ・ブラック。


「まず、レッドは」

「おれ、レッドがいい！」

小山田が手を上げて飛び跳ねながらレッド役に志願したが、修太郎はあっさり却下した。エスカータ・レッド役は、騒がしくて落ち着きのない小山田には似合わない。

「レッドはおれにきまってるだろ。あとは、清水がブルー、篠田がピンク、小山田はイエロー。大黒はクロだからブラック」

「やだよ！　なんでおれがイエローなんだよ！」

「うるさいからだよ」

「いっつも鴨下がレッドじゃん。ずるいよ。じゅんばんこにしようよ。清水だって、レッドやりたいでしょ？」

小山田から急に話を振られた清水は、しどろもどろになりながら「ぼくはリーダーとかむいてないから鴨下でいい」と答えた。ほらみろ、と、修太郎が鼻で笑うと、小山田は地団駄を踏んで悔しがった。駄々をこねる小山田を無視して、修太郎は井戸を覗き込んだ。持ってきた懐中電灯で照らしても、底は見えない。試しに、砂利《じゃり》を一つ落としてみたが、ぽちゃん、という水の音は聞こえてこなかった。

「よし、いくぞ！」

勇ましく声を上げてはみたものの、何があるかわからない真っ暗な穴の中に降りていくのは修太郎でも怖かった。それでも、エスカータ・レッドのようになるんだ、と思うと、体の奥から勇気が湧いてくる。自分を奮い立たせてでも、修太郎は井戸に入らなければならなかった。

——世界を守るヒーローになりたかったら、丘の上神社の井戸に入れ。

ケンジが、そう修太郎に言ったからだ。

Verse.3

肉厚プロフェット
「よう、清水」

小山田が枯れ枝の如き手を挙げながら、重症の部類に入る猫背で近寄ってきた。僕は待たされたいらだちをぐっと押し殺しながら、駅前のベンチから立ち上がった。

「よう、じゃねえよ」

「早いな」

「お前が遅いんだよ、バカ」

小山田が、約束通りじゃないか、とトボけるので、腕を引っ摑んで時計を見た。小山田の安っぽい時計は、十一時五十五分四十七秒を指したまま止まっている。待ち合わせ時間は十二時で、実際の今の時刻は十二時半なのにだ。

小山田は特に謝ることもなく「さ、行こう」と、まるで僕が遅刻でもしてきたかのように移動を促した。僕は不本意ながらも、素直に小山田の後ろについて歩く。小山田に契約を取り消されてしまえば、前歯を何本か失う羽目になるのだから仕方がない。

日曜日は一週間の中で唯一、営業成績に関係なく休みが取れる日だ。なのに、僕は小山田と一緒に得体のしれない予言者とやらに会わなければならない。なんて最悪の日曜日だ、と、僕はため息をついた。

つい半年ほど前まで、もう少し休日は楽しかった。僕は、安月給ではあるがきっちり休みの取れる仕事をしていて、恋人もいた。休日は、恋人と二人でまったりと過ごすことが多かった。それが、すべてひっくり返ったのが半年前だ。僕は、「このまま永久に同じ毎日が続けばいいな」などと呑気に思っていたのだけれど、彼女はそう思っていなかったらしい。ある日突然、「好きな人ができた」と言われて、僕はあっさり振られた。二年半も付き合ったのに。

やっぱり、二十九歳という結婚も考える年齢になってくると、経済力がモノを言うのだろう。僕は昔から受験も就職も失敗続きで、親にすらすっかり見放された負け犬人生を生きてきた。そりゃ、甲斐性《かいしょう》なしの薄給男では頼りなく見えるに違いない。

今のままじゃだめだ。僕は負け犬から逆転すべく一念発起して、やればやっただけリターンがある営業職への転職に踏み切った。それが、奇跡カンパニーだった。求人誌の「月収百万円を超える社員も在籍！」という誘い文句が決め手だ。それだけの経済力があれば、きっと恋人も戻ってくる。そんな淡い期待をして、面接を受けに行ったのだが。

結果、僕の採用はあっさりと決まったが、現実はなんとも残酷だった。月収百万円なんて成績を出せるのは、波多のような、ちょっと常人には理解できない頭と人格を持った一握りの人間だけで、その他大勢は月のノルマをこなすことすら四苦八苦、という状況だったのだ。当然、月収も転職前とそう変わらない。負け犬の負けっぷりがさらに数字ではっきりしてしまうだけだった。

「着いた」

小山田は唐突に立ち止まり、ほらココ、と古びた建物を指差した。見覚えがあるどころではない。実家のすぐ近所の駄菓子屋だ。小学校の頃は、親の目を盗んでよく菓子を買いに来た記憶がある。

「着いたって、駄菓子屋じゃんか」

「そうだよ。二階にケンジが住んでる」

「なんでまたこんなところに住んでるんだ？」

「ケンジは、一日中アメ舐《な》めてないと死んじゃうからさ」

僕は、何言ってんだお前は、という感情をありったけこめて「はぁ？」と返した。

「なんだそれ。アメ中毒か」

「下が駄菓子屋なら、いざという時すぐアメが手に入るだろ？」

二階を見上げる。改めて見てみると、ところどころひび割れた壁面に障子を閉め切った窓が二つあり、確かに誰かが住んでいるような空気がある。店舗横のガシャポン筐体やら自販機やらが所狭しと並んだスペースの奥には、朽ちかけたポストと、ペンキが剝げてサビた鉄がむき出しになった階段が見えた。

「ケンジってやつとは、どういう繋がりなんだ」

「トモダチだよ。音楽がらみ」

「なんか意外だな。ヒップホップとかレゲエとか、そういうのか？」

ハチクマに決まってる、と小山田は真顔で答えた。

「なんだよ、予言者のクセにアイドル好きなのかよ」

「予言者がアイドル好きだっていいだろ」

「いけなくはないけど、イメージ的にさ」

「ハチクマは誰がなんと言おうといいんだよ」

小山田は階上を見上げ、おーい、ケンジー、と、まるで小学生の学校帰りのように名を呼んだ。僕が気恥ずかしさで一歩下がると、二階から急に物音が聞こえてきた。何かを閉めるバタン、という音や、何かをぶん投げるどさっ、という音。物音は十秒ほど続き、一瞬ぴたりと止んだ。障子とガラス窓がケンジと思しき人間の手によって開け放たれ、窓に張り出した金属の手すりのような部分に、ばかでかいラジカセがドカンと載せられる。その瞬間、スピーカーが爆発でもしたのかと思うほどのフルボリュームで、ドンツクドンツクドン、と重低音が響き渡った。

「おい、なんだよこれ、近所迷惑だろ」

小山田はこともなげに、まあいつものことだから、と言う。いつもこんなことしてんのかよ、と僕が返そうとした時、誰かが階段をゆっくりと下りてくるのが見えた。

俺がＫＥＮ－Ｚ　聞いとけこのステージ
ＨＩＰＨＯＰに乗せた形而上学《けいじじょうがく》的ライム
パラダイム変えるライブ　マイク一本で魅せるショウタイム

だぶだぶのＴシャツにだぼだぼのパンツ、ヒグマのような巨体。頭にはキャップといかついサングラス。首や腕には金チェーンのアクセサリ。まるで、「ラッパー気取り」を具現化したような男が、ゆらゆら上下動をしながら近づいてくる。手にはマイクを持っているが、スピーカーに繋がっているわけではない。単なる口パクだ。

ＫＥＮ－Ｚ　溢《あふ》れるこの啓示
ＫＥＮ－Ｚ　上げるボルテージ
ＫＥＮ－Ｚ　奏でる暗示による全人類に捧ぐメッセージ

曲がフェードアウトすると、ケンジは「一般人が、ラッパーと聞くと真っ先に思い浮かべるであろうポーズ・二つ目」を取った。腕組みし、対象に対して体を斜めにおいて胸をそらし、まるで上からものを見るように挑発的な表情をするアレだ。

ケンジは僕の反応を少しうかがいながら、手に持っていた棒つきの飴玉《あめだま》を口に放り込み、小山田に向かってヨウ、マイメン、と言いながら近づいてハイタッチをかわした。

「こいつが、清水」

小山田の紹介を受けて、僕はどうも、と軽く頭を下げた。ケンジは僕の目の前まで近寄り、「エンシーケンズィー、エイケイエー、ディジェーラリポッ」という呪文のような言葉を吐き出した。小声で小山田になんのことか聞くと、「MC KEN-Z a.k.a DJ lollipop」と言っているらしい。「オレの名前はMCケンジ、またはDJロリポップという名前でも知られている」という意味で、要するに自己紹介だという。これでお互い通じ合える人々はすごいな、と、僕は変に感心した。

「ファーストネームは？」

「え、あ」

「シミズ、じゃアレだろう」

「ああ、下の名前、は、勇介」

ケンジはオッケーユウ、と、実にあっさりと僕の愛称を決め、まあ上がれ、と二階に続く階段へといざなった。

玄関ドアを抜けると、僕は思わず、おっ、と声を上げた。居住スペースは壁をぶち抜いて大きなリビングとなっており、アナログレコードがぎっしり収められた棚やターンテーブルなどの音楽機材が鎮座していた。壁には、タトゥーだらけのムキムキ男や、ギャングにしか見えない巨漢など、凶悪な見た目の黒人ラッパーのポスターが貼《は》られている。全体的にレトロなアメリカンテイストで統一されていて、思った以上にオシャレな空間だ。

部屋の隅には、棒つき飴、つまり「ロリポップ」が山ほど入った業務用の販売機が置かれていた。飴玉がないと死ぬというのは、単なる好物というレベルではなさそうだ。

「シンゴから、話は聞いてるだろ?」

「よくわからないけど、多少。世界が終わるって予言がどうとか」

「予言、じゃなくて、リリックな」

僕は小声でリリックってなんだ、と小山田に聞く。小山田はラップの歌詞だ、と答えた。

「ユウには、手伝って欲しいんだ」

「手伝う?」

ケンジはにやりと笑い、新しいロリポップを口に放り込んだ。

「世界が終わる。八百四十一年後に」

「終わる、っていう言葉の意味が分からない」

「ヘイ、ユウ、そのままだぜ。歴史の終焉《しゅうえん》、ジ・エンド人間」

「なんでそんなことがわかるのさ」

「なんでわかるのかわからねえ。でもわかるんだからしょうがねえ」

なんだそりゃ、と、僕は肩をすくめた。

「本当だとしたら、ずいぶん便利だな」

「全然便利じゃねえさ。残念ながら、結構な重労働なんだ」

ここが疲れる、と、ケンジは自分の頭を指差した。

「なんでもかんでも未来がわかるわけじゃないってこと？」

「なんでもわかるが、時間がかかるし超大変、ってことだ」

リリックを書かなきゃならねえし、曲も作るし、とケンジは付け加えた。いちいちラップにする必要がどこにあるのかはわからないが、いますぐ予言しろ、と言っても、すぐに「こんなん出ました」とはならないようだ。

「で、僕は何をすればいいんだよ。大したことはできないと思うけど」

「悪魔を倒すんだ」

「あ、悪魔？」

「そうだ。悪魔のせいで、世界は終わる」

「悪魔なんて、日本で言われてもなあ」

「日本というか、市内だ。なんなら、同じ町内だな」

「はあ？」

広い世界の中の、小さな日本列島の一角の、大都市圏のはずれにある地方都市の、どこにでもありそうな住宅地の片隅にいる悪魔が世界を滅ぼす、と言われても、どうにもこうにも危機感が湧いてこない。

「そこで、ユウたち正義のヒーローの出番ってわけだぜ」

ケンジは、またマイクを片手に、デビルもビビる、などとラップを入れた。どこまで真面目に話を聞いていいものかわからない。いい頃合で噴き出して、何バカ言ってんだよこのデブ、と、笑い飛ばしてしまえばいいのだろうか。

「悪いけど、仕事が忙しいし、腕っぷしが強いわけでもないし、役に立てないと思うけど」

「大丈夫だ。然《しか》るべき時に、然るべき場所で、ユウの力が必要になる」

「然るべき？」

「未来を変えるのは簡単じゃねえんだ。因果の糸が集中する一点を狙わねえとだめだ」

僕は、はぁ、と、とりあえずの返事をした。

「そんな話、信じると思う？」

「逆に、どうすれば信じる？」

「そりゃ、予言って言ったら、天変地異を当てるとかさ、宝くじで高額当選するとか」

「オーケイだぜ、ユウ」

ケンジは、にやりと笑いながら、一枚の紙切れを出してきた。

「なにこれ」

「俺はユウからの挑戦に果敢に応戦、間違いない高額当選」

渡されたのは、一枚の宝くじだ。自分の考えが見透かされたようで、なんとなく居心地が悪くなった。

「高額当選？　どうしろ、っていうのさ、これ」

「当選金は、好きに使ってくれてかまわねえぜ。まあ、軍資金だと思ってくれ」

小山田が目の色を変え、飲みに行こう、と、取らぬ狸のなんとやらを始めた。

「抽選日はまだ先じゃないか」

「大丈夫だ。もう当たることになっている」

「当選番号がわかってるってこと？」

「いや、そのクジが当たることが決まっている」

「なんだその、決まっている、ってのは」

「俺が未来を見るまでは、このくじは当たっているし、外れてもいる」

「ん？　うん、ん？」

「つまり、この宝くじが当たっている世界と、外れている世界が存在してるってことだぜ」

ケンジによれば、未来は無限と言っていいほど多くのバリエーションがあって、この宝くじも、当たる未来と外れる未来が混在しているのだという。予言者であるケンジが「宝くじが当たる」という未来を見たことによって、ケンジや僕の存在するこの世界においては、この宝くじが「当たる」未来が選択された、ということらしい。ラッパーかぶれが急に難しい話をしだしたので、僕はついていけずにぽかんと口を開けた。

「とりあえず、ユウは言ったな。宝くじが当たれば、俺の予言を信じる」

「信じるとは言ってない」

ケンジは、僕の手の中にあるくじを指差し、芝居がかった表情で、ポーズを決めた。

「三等だ」

「え？」

「三等百万円。臨時収入としてはなかなかの額だろ？」

小山田が僕の腕をがっしりと握り、飲みに行こう！　と、また繰り返した。もう当たった金でおごられる気でいるらしい。

「はずれたら？」

「はずれねえさ。予言だからな」

ケンジは、つきたての餅《もち》の如き質感の腕を僕の肩に置き、親指を立てて笑った。僕は、予言じゃなくてリリックなんじゃなかったのかよ、と心の中でため息をついた。

鴨下修太郎　22年前

「ねえ、レーザーガン、ちょっとだけかしてよ」

「いやだね」

修太郎が持っている「レーザーガン」を、小山田がうらやましそうに見ている。テレビでエスカータが使っていた武器のオモチャで、電池を入れて引き金を引くと、いろんなところが光ったり、音が鳴ったりするようになっている。未来的なデザインのレーザーガンは、持っているだけで世界を守るヒーロー気分になることができた。

「ね、おねがい。十秒。十秒でいいから」

「さわぐなよ、うるせえな」

「だって、ちょっとくらいさ、かしてくれてもいいのに」

無下に断られて、小山田は牛のような唸《うな》り声を出しながら肩を落とした。小山田の手には、レーザーガン代わりにプラスチック製の拳銃のオモチャが握られている。引き金を引いても、パチン、という安っぽい音がするだけで、弾すら出ない。

「鴨下、わかれみちだよ」

修太郎が用意してきた懐中電灯を持たせている清水が、二股にわかれた道を照らす。

井戸の底は、不思議なことにコンクリートでできた管に繋がっていた。最初は身をかがめないと通れないような細い管だったが、真っすぐに進んでいくと、広々とした空間に出た。大きなトンネルのようで、天井は修太郎たちが見上げるような高さだ。

「右。ひろいほう」

修太郎は家から持ってきたスプレー塗料で、壁に矢印を書いた。こうしておけば、万が一道に迷っても、元の井戸に帰り着くことができるはずだ。絵本で読んだ「ヘンゼルとグレーテル」のようなヘマはしない。消えないように、しっかり矢印を描いておく。

「アポカリプスのアジトはどこだ！」

小山田の絶叫に近い声がコンクリートの壁に跳ね返って、怪物の唸り声のような音を生み出す。そのたびに、篠田が怖がって修太郎にしがみついてくる。マンホールを降りてから、どれくらい経ったのだろう。真っ暗闇の中にいると、とてつもなく長い時間歩き続けているように感じた。

「ねえ、修太郎くん、どこまでいくの？」

暗くて顔が見えないが、後ろで篠田が震え声でそうささやいた。どこまで？　わからない。どこか出口が見えてくるまでだ。

「なあ、こたえろよ。どこまでだよ」

突然、修太郎の前に大黒が回りこんできて道をふさいだ。修太郎がよけて進もうとすると、さっと手を広げて通せんぼをする。修太郎は、なんだよ、と、鼻で息を吐いた。

「どこまでって、べつにどうでもいいだろ」

「どうでもよくねえだろ」

クラスでは大柄な修太郎よりさらに頭一つ背が高い大黒が、ぐっと体を寄せてくる。修太郎は一歩後ずさりをした。

「わるいやつの秘密基地をみつけるまでだぞ！」

小山田が声を張り上げながら、大黒にまとわりつく。大黒は、うるせえな、と言いながら、小山田を蹴り飛ばした。急に蹴られた小山田はひとたまりもなく転んで、尻もちをつく。管の底には、泥水がたまっている。小山田は、「ママにおこられる！」と、悲鳴のような泣き声を上げた。

「なにもなかったら、もどればいいんだから、いいだろ」

「もどれるのかよ」

「ちゃんとめじるしだってつけてる」

大黒が清水に近づき、懐中電灯をひったくった。そして、修太郎たちを囲むコンクリートの壁に光を当てた。

「ぬれてる」

大黒が照らした場所を見ると、色の濃いところと薄いところが一本の線でわかれていた。濃いところは、雨の後の道路のような色をしている。

「だからなんだよ」

「たぶん、雨の水が入ってくるんだ。きのうは台風だっただろ？　雨がすごいふって、あそこまで水がきたんだぜ」

懐中電灯の光は、修太郎たちの頭のはるか上を照らしている。

「だからなんだよ」

「もし、そとで雨がふったら、おれたちみんなおぼれて死ぬってことだぞ」

篠田が、死ぬなんてイヤ！　と、金切り声を上げて泣き出した。

「だいじょうぶだろ。そのうち出口につくんだし、晴れてたし」

「きゅうに雨がふることだってあるだろ。いつ出口につくんだよ。あとなん分なん秒だよ」

修太郎が言葉を詰まらせると、大黒は勝ち誇ったように笑って、修太郎の肩を突き飛ばした。小山田のようにすっ転んだりはしないが、勢いに押されて後ろに下がった。

「なにすんだよ」

「どうしてくれるんだよ、死んだら」

「どうって」

「いっつも、ちょうしのりすぎなんだよ、おまえ。えらそうに」

「べつにえらそうになんかしてねえよ」

「そういうのが、えらそうなんだよ」

大黒は懐中電灯を清水に投げ返すと、グーで修太郎の顔面をなぐりつけてきた。修太郎も当然のようにやり返すが、大黒は修太郎の手首を掴むと力任せに引っ張る。もみ合っているうちに大黒が修太郎の後ろに回って、腕で首を絞めながら吊《つ》り上げた。外そうにも大黒の腕の力が強い上に、吊り上げられると力が入らない。

清水が、おろおろしながら「やめろよ」と止めようとしているが、大黒がそんな言葉を聞くわけがない。大黒はたぶん、最初から修太郎にケンカをしかけるつもりだったのだ。暗闇の中で修太郎をやっつけて、リーダーになろうと思っているに違いない。

正義のヒーローが、こんなやつに負けてたまるか。

首を締めあげてくる大黒の腕に全体重をかけて、なんとかわずかな隙間を空ける。修太郎は空いている手で何度か大黒の股間《こかん》を探った。

「おい、おまえ、チャックあけっぱなしだぞ」

「あいてねえよ」

「あいてるって。女子もいるのに、はずかしいぞ」

一瞬、大黒の意識がズボンのチャックに向いて、腕の力が緩んだ。修太郎はすかさずしゃがみこんで逃れると、そのまま躊躇なく大黒の股間を思い切り蹴り上げた。さすがの大黒も、悲鳴を上げて両手で股を押さえ、泥水の中にうずくまった。

「きたねえ、ぞ」

「おまえは、ヒーローにはなれないよ、大黒」

「うる、せえ」

「ヒーローはさ、負けたらダメなんだからな。ぜったい勝たないと」

修太郎は、痛みに震える大黒の額にレーザーガンの銃口を突きつけた。引き金を引くと、レーザービームが発射される音が響いて、大黒の顔が赤く照らされた。修太郎は胸を張って、おまえの負け、と大黒に言い放った。

「よし、いくぞ」

修太郎が先に進もうとするが、誰も動こうとしなかった。みな、大黒が「おぼれ死ぬ」と言ったせいで、先に行くのが怖くなったのだろう。修太郎は、ふん、と鼻で笑った。

「世界を守るヒーローになりたかったら、おれについてこいよ」

真っ先に「じゃあ行く！」と声を上げたのは、小山田だ。続いて、おそるおそるではあるが、清水が一歩踏み出した。

「わたし、もうもどりたい」

泣きべそをかきながら、篠田が「ねえ、もどろうよ」と甘え声で修太郎の手を引いた。

「もどれば？」

篠田の手を振り払い、修太郎は予備の懐中電灯を篠田に持たせた。修太郎が自分の言うとおりにならないと見ると、篠田はキンキン響く声で文句を言いまくる。修太郎は腹を押さえてうずくまった大黒をつま先で小突くと、一緒に戻ってやれよ、と吐き捨てた。

大黒と篠田を置いて、修太郎は先に進むことにした。清水が慌てて走り寄ってきて、道の先を照らす。小山田は泥だらけになったのも忘れて、また「わるものの秘密基地はどこだ」と騒ぎ出した。

「鴨下、あれ」

曲がり角に目印をつけていると、先に曲がった清水が、呆然としながら声を上げた。清水の視線を追うと、ずっと真っ暗だったコンクリートの道の先に、空から光が差し込んでいる場所があった。

「ゴールだな」

光の下で、修太郎はようやく上を向く矢印を描いた。見上げると、外の世界に戻る丸い窓が開いていて、そこから青空とゆっくり動く雲が見えた。空に向かって「コ」の字型の足場を登っていくと、真っ白な世界に出た。あまりの眩《まぶ》しさに、目が開かない。目を馴らしながら周りを見渡すと、丘の上神社の鳥居のてっぺんだけが、ずいぶん遠くに見えた。どうやら、地下を通って丘から麓《ふもと》まで下りてきたようだ。

「二丁目の空き地かな、ここ」

清水の言うとおりだろうな、と修太郎は思ったが、先に当てられたのが癪《しゃく》で返事はしなかった。「二丁目空き地」は、この辺りの小学生には有名な遊び場だ。ふつうの家が三つ並ぶくらいの広い空き地で、修太郎が小学校に入る前からずっと、「公園をつくります」という看板が立っているが、いつまで経っても工事が始まらない。

修太郎たちが出てきたのは、空き地の中にあるマンホールだった。近くに大きな蓋が転がっている。オトナが試しに持ち上げようとしてみたが、とても持ち上げられるような重さではなかった。修太郎が開けていったのだろうか。それとも、もっと別の、何かが。

「まさかさ、こんなところと繋がってるなんて、わかんなかったね」

小山田が興奮した様子でマンホールの周りをぐるぐる回る。清水は真っ青な顔でぐったりとしていた。

「ねえ、ここにさ、おれたちの秘密基地をつくろうよ。秘密戦隊のさあ」

小山田が興奮した様子で「世界を守り隊、ってよくない?」と、どうしようもない名前を提案した。いつもなら、うるさいバカ、と一蹴するところだが、修太郎は口をつぐんだ。世界を守り隊。世界を守るための、秘密戦隊。意外と悪くないな、と思った。

「おまえらはさ、なんでおれについてきたの?」

修太郎は、泥だらけになった二人を見て笑いながらそう言った。実を言うと、修太郎も途中で引き返そうかと何度も思ったのだ。「ケンジ」は、井戸の先に何があるかまでは教えてくれなかった。先の見えない真っ暗な道を、どうなるのかわからずに進んでいくのは恐怖だ。なのに、二人は修太郎についてきた。

「だって、ヒーローになれるんでしょう?」

小山田が、当たり前、と言わんばかりにそう答えた。小山田だけは、戻ることを考えていなかったかもしれない。小山田はヒーローになれるような顔はしていないけれど、ヒーローになりたいという気持ちはうざったいくらい強い。

「清水は?」

「ぼくはその、ヒーローになりたいわけじゃないけど」

「ど?」

清水は少し考えた後、そうじゃなくて、と首を振った。

「ヒーローになれるんなら、なりたい、って思った、かも」

そうか、と修太郎はうなずいた。めんどくさいやつだな、と清水の足を蹴って笑う。

ここまでたどり着いたおまえらは、おれと一緒に世界を守るヒーローになる。修太郎はそう高らかに宣言して、両腕を空に突き上げた。

「おれが、世界を、守る!」

隣で、小山田が同じポーズをとって、負けじと声を張り上げる。清水は、少し恥ずかしそうにしながら、それでも両腕を真っすぐに伸ばして、世界を守る、と宣言した。

Verse.4

現実イグノア

ぼんやりとしながら目を開く。視線の先にはテレビがある。画面の中で「ネイチャーマン」が軽快に自社製品の宣伝をしていて、アシスタントのタレントが「うわ、おいしーい！」とリアクションを取っていた。

テーブルに置いてあるスマートフォンで時刻を確かめると、午前一時と表示された。天井を見上げながら、寝汗をかいて少し脂《あぶら》っぽくなっている顔を、両手でわさわさとこする。変な時間に寝てしまったのか、と後悔する。

仕事が終わって、家に帰り着くともう夜遅い。風呂に入って体にまとわりつく汗を流すと、テレビを見ながら食事をするくらいしかやることがない。寝る前は、確かニュース番組を見ていた。特集は、何年か前に地元で大騒ぎになった警察官からの銃器強奪事件だった。銃を奪われた年配の巡査長の証言がナレーションされ、不祥事を起こした警察への批判になり、今も犯人は実弾入りの銃器を所持しているのだろうか、と結ばれた。

弁当を食べる前、空きっ腹にビールを流し込んだのがいけなかった。「続いてはスポーツです」と、キャスターが笑顔に切り替わったところまではうっすら覚えているが、どうやら僕は、弁当を平らげると、そのままソファに転がって寝てしまったらしい。

テレビを消し、改めて布団にもぐりこむ。けれど、中途半端に睡眠をとってしまったせいで、なかなか眠りには入れなかった。ソファで寝た分では疲れが取れない。ちゃんと布団で一時間でもいいから寝ておきたかった。朝まで眠れずに出勤時間を迎えるのはキツい。不眠状態で暑い中外回りをするのは、死にたくなるほど辛いのだ。

無理矢理目を閉じていると、ようやくじっとりとした眠気が頭の奥からやってきた。なんとか眠れるかもしれないという気配が漂った時、突然音楽が鳴り響いて、僕は飛び起きた。罵りながら枕の横に転がっていたスマホを引っ摑む。小山田からの着信だ。

「よう、清水」

小山田が、やたらご機嫌な声で僕の名を呼ぶ。明らかに酔っている。

「よう、じゃないだろ」

「なあ、ちょっと飲みに行こうよ」

「今から?」

僕はもう一度、ありったけの怒りと呆れをこめて、今から?と繰り返した。

「今からだよ、今から」

バカじゃないのか、と言いかけて、僕は自分の手で自分の額を押さえた。小山田の壊れた腕時計を思い出したのだ。まだ日が変わる前だと思っているのかもしれない。

「さっさと時計の電池を換えろ」

「そんなことより、来るだろ？　な？」

「行くわけないだろ。切るぞ」

電話の向こうから、かすかに他の人間がしゃべる声が聞こえてくる。「な、おい、来るって言ってるかよぉ」という、男の声だ。僕は、ああ、あのジジイがいやがるな、とため息をつく。

あのジジイ、とは、小山田の友達だという男のことだ。年は還暦間近らしく、友達と呼ぶにはずいぶん年上だ。白髪の目立つ角刈り頭に、色黒でしわの多い顔。背は大きくないが、筋肉質な体つきをしている。上の前歯が二本欠けているので、なんだか間が抜けて見える。小山田はジジイを「ロッキー」と呼んでいた。まさか本名ではないだろう。ロッキーと初めて会ったのは、前に僕が小山田を飲みに連れて行った日だった。小山田は、僕がケンジからくじを受け取った後、しつこく飲みに行こうと誘ってきた。当然のように断っていたのだが、小山田はくじが絶対に当たるから大丈夫だと繰り返し、すべて独り占めする気か、と怒りだす始末だったので、面倒くさくなって一度酒をおごってやったのだ。

小山田は嬉々としておごられに参上したのだが、あろうことか、そこにロッキーとやらもくっついてきた。ロッキーは、「ちょっといて、すぐ帰る」などとのたまったが、結局は最後まで居座り続け、思う存分酒をかっ食らい、最後まで自分の財布を出すこともなく、上機嫌で帰って行った。今日はいよいよ、金づるを呼び出せ、という話にでもなったものらしい。

「おい、あいつがいるんだろ」

「ん？」

「ロッキーとかいう」

小山田の声が一瞬遠くなり、電話の向こうでひそひそとした声が聞こえてきた。

「い、いや、いないよ」

「丸聞こえなんだよ、声が」

「いいや、いないって。俺一人」

小山田が明らかに言わされているセリフを吐く。

「飲みに行くなら二人で勝手に行けよ。悪いが僕は寝る」

「いや、ちょっ、な。ちょっ、あれだ、なあ、たまにはほら」

「寝る」

「わかった、わかったごめん。ロッキーも一緒」

僕はちっ、と舌打ちをする。どうせなら初めから、またおごって欲しいと言われた方がましだ。ましではあるが、仕方ないからおごってやるか、という気持ちにはならない。

「ロッキーが清水を気に入っちゃってさ、また飲みたいって」

「なるほどな」

「うん」

「断る。じゃあな」

電話の向こうから、悲鳴にも似たロッキーの声が聞こえた。僕はそのまま通話を切り、また寝床にもぐりこむ。すぐさま小山田から折り返しの着信がきたが、無視を決め込むことにした。

布団をかぶって体勢を整えている間、片時も休むことなく着信音が鳴り響く。数十秒間着信が続いた後、留守番電話機能が働く。一瞬、部屋が静かになったと思った次の瞬間には、小山田から再び着信が来る。マナーモードに切り替えて放り捨てるが、着信ランプがぺかぺかと光る。設定をどうにかしようにも、設定画面を開くよりも早く、次の着信が来る。

「おまえふざけんなよ」

さすがに僕も我慢の限界を迎え、直接怒りをぶつけてやりたくなった。腹の底から吹き上がる怒りが先行して、喉を通っても上手く言葉にならない。ふざけんなよ、と勢いよく言った後、むぐう、という意味不明の音が僕の口から飛び出した。

「清水、な、違うんだって、違う」

「お前ほんと、次、電話してきたらこっちも考えるぞ」

「ちょっとだけ、ちょっとだけさあ」

「死ね。そして土に還《かえ》れ」

僕は乱暴に通話を切る。人様に向かって死ね、などという暴言を吐いたのはいつ以来のことだろう。通話が切れると、当然のように着信が来た。もう、こいつのしつこさはいったいどうなっているんだ、と先ほどの怒りが嘘のように萎縮《いしゆく》し、代わりに恐怖心が膨《ふく》れ上がってきた。

「もう、勘弁してくれ」

「ちょっとさ、話したいことがあるんだ、な。大事なこと」

「そしたら明日にしてくれ、な。明日も仕事なんだよ。もう何時間も寝れないんだよ」

「明日？」

「そう。ああ、まあもう今日か。今日の夜」

電話の向こうで、またひそひそと何か声が聞こえる。ロッキーも折れずにまだいるのかよ、と僕は呆れる。

「わかった。じゃあ、夜でいい。夜ね」

電話が終わると、マットレスにめり込むのではないかと思うほど全身が重くなった。眠りについて、そのまま溶けてなくなるように死ねたら、ずいぶん楽に違いない。

だが、きっとまた、朝が来たら目覚めてしまう。そして、起きて会社に行くか、後のことは考えずに二度寝をするか悩むだろう。二者択一のように見えるが、当然、選択の余地などはじめからない。僕は、布団の中で「いやだ」と悲鳴を上げる体を引っ張り起こしながら、会社に行くしかないのだ。

中途半端に覚醒してしまった頭で、枕元の小さなキャビネットに目をやる。少し前に書いた退職願の封筒が、いつでもいいよ、と嗤《わら》っているように見えた。歯を食いしばって、布団をかぶる。また負け犬になるの？　という母親の声が聞こえた気がした。

風間亜衣　12年前

ぱちん、と目が開く。目の前が真っ白な光で覆われているが、しだいに瞳孔《どうこう》がきゅっと縮んで世界が見えてきた。視界のほとんどを占めているのは、青い空と白い雲だ。どうやら、自分は仰向けに寝転がっている。

私。

私は、誰だっけ。

体を起こすと、平衡感覚が狂って転びそうになった。すぐそばには小さな沼か池といった感じの水たまりがあって、地面は水面に向かって傾いている。沼脇の斜面には自転車も倒れていて、カゴから投げ出されたと思われるバッグが水際に転がっていた。バッグを拾い上げ、中身を確認する。教科書、ノート。いくつかのポーチ。そして、高校の学生証。緊張した表情の写真の横に、「氏名」という欄がある。

風間亜衣《かざまあい》。私の名前。

亜衣はゆっくりと立ち上がると、荷物を抱え上げ、自転車を起こした。どうやら「亜衣」は沼の脇の道を自転車で走っていたところ何かの事情で倒れ、斜面に転がっていたらしい。自分の手を握ったり開いたりしてみる。ちゃんと動く。膝を擦《す》りむいていて、転んだ拍子に打った部分に鈍い痛みが残っているけれど、それ以外、目立った外傷はない。突然、雷にでも打たれたように倒れたのだろうか。記憶が残っていない。

亜衣はもう一度、自分の存在を確認した。ゆっくりと首を回すと、記憶が魂に馴染んでくる。今度の「私」は風間亜衣。今は高校三年生。学校から家に帰る途中。もうそろそろ受験勉強を頑張らなければならない。初恋は中学二年生の時。大きな病気の経験はなし。背が高いのが小さなコンプレックス。前の「私」よりもいい感じだ、と、亜衣は思った。まだ若いこともあって、体の調子がいい。それだけに、「亜衣」がどうして「私」になったのかと、考えてしまう。

「亜衣」が「私」になったのは、前の「私」が死んだのと同時に、元の「亜衣」も命を落としたからだ。魂を失くした体に、体を失った「私」が宿って新しい亜衣になった。今までの記憶は引き継ぐし、見た目も変わらない。今から家に帰って夕食を食べても、家族は元の「亜衣」がすでにいなくなってしまったことには気づかないだろう。

亜衣が何事もなかったかのように自転車を引き起こして少し進むと、左右に分かれたY字路が見えてきた。「風間亜衣」の記憶によれば、どちらに進んでも家に帰ることができる。右の道は緩やかだが、少し遠回り。左の道は急な坂道を登らなければいけなくなるが、家に帰るまでの時間は短くて済む。きっと、元の「亜衣」は、今日はどっちの道で帰ろうか、と考え、選択をしたのだろう。

でも、「私」には、選択の必要がなかった。

すべての人間のすべての行動は、あらかじめ決められている。右に行くか左に行くか、人は自分で選択しているつもりになっているが、人間の脳の反応パターンというものは決まっているのだ。選択しているようで、実は決められた道に予定通り向かっているに過ぎない。「私」には、それがわかっている。自分が進むべきルートはどっちか。そしてそれが、どこに向かっているのか。

自転車をこぎだした亜衣は、迷わず左のルートへ進んだ。急な坂道を上るのはしんどいかもしれないが、今日は左のルートに進むと決められていたからだ。明日も、明後日も、すべては決められたとおりに進んでいく。

十二年後、三十歳になる前に、亜衣はある場所にたどり着かなければならない。世界を、滅ぼすために。

Verse.5

渇望アンリーチャブル

氷が融けて薄くなった芋焼酎をちびりと口に含み、すっかり冷めてしまったフライドポテトの切れ端を口に放りこむ。薄暗い店内が、ぐるぐると動いているように見え、腹の奥から苦酸っぱいものがせり上がってくる。

「おい、こんなとこで寝るなよ」

小山田は完全に酔いつぶれて席を三人分占拠し、ぐったりと横になっていた。ぱっと見、遺跡から掘り出されたミイラにしか見えない。いびきをかいているにもかかわらず、うっすらと開いている右目が気持ち悪かった。

「寝かしといてやれよぉ」

反射的に、お前が寝てろ、と返しそうになるのを、ぐっと我慢する。目の前では、顔を赤らめて、へらへらしながら芋焼酎を飲むロッキーがいる。

昨晩、小山田が言っていた大事な話とやらは、想像を絶するどうでもよさだった。ロッキーが「世界を守り隊」の一員であるという紹介と、僕の加入を祝う会、だそうだ。なぜ自分の歓迎会の費用を自ら支払わなければいけないのかが理解できないのだが、小山田曰く、「宝くじが当たるのだから、僕が払うのが当然」なんだそうだ。外れたらどうするんだ、といくら言っても、小山田は、外れるわけがない、の一点張りだった。

こうなったら、アルコールの力ですべて忘れてやろうと、普段よりもかなりハイペースに杯を重ねた結果が、この惨状だ。つられて飲みすぎた小山田が轟沈《ごうちん》し、意外に酒が強いロッキーが生き残ってしまった。

離れた席からは、楽しそうな笑い声が聞こえてくる。地元の居酒屋だし、もしかしたら同級生かもしれない。だが、声をかける気は起きない。小・中の間、親からは公立校の人間とかかわるな、と、遊ぶことを禁止されていたせいで、友達などろくにできなかった。おかげで、同級生の顔などほとんど覚えていないのだ。仮に会ったとしても、お久しぶり！ とはならないだろう。

「ところで、なんでロッキーはロッキーなんだ？」

どこの誰かも知らないオッサンと向かい合わせで黙々と飲むのも気持ちが悪いので、僕は適当に話を振ることにした。ロッキーに対して唯一興味を持ったのは、どう見ても日本人にしか見えないオッサンが、なぜ「ロッキー」と呼ばれているのか、という謎だ。

「俺ぁよ、昔、ボクシングやっててよぉ」

「あ、やっぱりあのロッキーなんだ」

「ファイトスタイルが似てたからよぉ、リングネームにしたわけさ」

「スタローンと？」

「スタローン？　ロッキーだっつってんだろぉ」

「え、だからロッキーの」

「ロッキーはロッキーだろぉ」

「いやほら、ロッキー役の」

「役？　映画になってんのか？　ロッキーが」

「なってるも何も、映画の話じゃないの？」

会話の歯車が噛みあわずにガリガリと悲鳴をあげはじめたので、いったん話を止め、内容を整理して聞いてみる。ロッキーの言う「ロッキー」とは、映画のロッキーではなく、ロッキーなんたらという実在の名ボクサーのことを言っているらしい。ボクシングに興味のない僕にはさっぱりだった。

ロッキーはそこから酒を飲みつつボクサー時代の武勇伝を熱く語り出した。過去の話をやたらしたがるオッサンはどこにでもいるものだが、大体話は面白くない。当然、ロッキーの話もどこまで本当かわからない、つまらない自慢話だった。

「俺の右フック食らったら、下手すりゃ死ぬからよぉ」

「殺しちゃまずいでしょうに」

「だからよう、試合でも、少し力を抜くわけさ」

「でも、本当に強かったんなら、なんでやめちゃったのさ」

僕の一言で、それまで饒舌《じょうぜつ》だったロッキーの口が、ぴたりと止まった。顔は相変わらずへらへらと笑っているが、明らかに背負っている空気が変わった。ロッキーは、おもむろに右拳を僕の目の前に突き出した。節くれだった指がきしきしと動くが、野球のボールを握るくらいまで曲げるのが限界で、それ以上握りこむことができないらしい。手の平の真ん中から前腕部にかけて、赤黒い肉の盛り上がりが直線を描いている。古い傷《きず》痕《あと》のようだ。

「俺が日本ランキングに入った頃によぉ、チャンピオンが王座を返上してなぁ。俺は上位のランカーに勝って、タイトルマッチが決まったわけよ」

ロッキーは生々しい傷の残る右拳を引き、左手でゆっくりとさすった。

「相手はアマチュア出身の若いやつでよぉ、えらい人気者でな。シュガー・カトウ、ってリングネームでさぁ」

「シュガーなら、果糖《カトウ》じゃなくて砂糖《サトウ》にすりゃいいのにな」

「本名がカトウだからだろぉ。シュガーの野郎は、明らかにビビってた。俺のパンチを一発もらったら倒れるってわかってたからなぁ」

酔ったロッキーの言うことなので、どこまで鵜呑《うの》みにしていいのかわからないが、どうもボクサーだったというのは本当らしい。とはいえ、赤ら顔でへらへら酒を飲む目の前のオッサンが元日本ランカーだったと言われても、にわかには信じ難い。

「勝ったの？」

「いや、な」

これさぁ、とロッキーは再び右手を僕に見せた。

「刺されたんだ」

「刺されたって、刃物とかで？」

「シュガーファンの女になぁ」

「ロッキーが試合できないように？」

ロッキーは氷で少し薄まった焼酎を一気に飲み下すと、乱暴にタンブラーをテーブルに叩きつけた。

「女がいきなりボクサーを刺しに来ると思うかぁ？」

「まあ、普通はちょっと考えられないけど」

「シュガーの野郎がけしかけたに決まってる」

ロッキーは、思い通りに動かない右手をたどたどしく動かしながら、バカアホマヌケ、と呪詛《じゅそ》の言葉を絞り出した。

「その、シュガーがやらせたって証拠は？」

これだ、と、ロッキーは首に下げた紐《ひも》を手繰《たぐ》り、シャツの首からでかいお守り袋を引っ張り出した。ロッキーはちまちまと袋を開け、くしゃくしゃに丸まった一枚の紙を取り出した。雑誌か何かの切り抜きだが、年代もの過ぎて傷《いた》みが激しい。「ボクシング界期待のホープ、深夜のご乱行」という言葉が、時代を感じさせる書体で記されている。ずいぶん色褪《いろあ》せているが、男と女が写っている写真が見て取れた。男はブルゾンのポケットに手を入れて歩いていて、女が男の腕に自分の腕を絡《から》め、唇を求めているように見える。別角度からの写真は、女がカメラをさえぎるようにシュガーの正面に位置し、実際にキスをかわしている様子だ。

「一緒にいる女が、俺を刺した女だ」

「後ろ姿だけでわかるのかよ」

「わかるんだよぉ！」

酒臭いロッキーの顔がぐいぐい迫ってくるので、僕は少し腰を引いた。

「証拠があるなら、警察に捜査してもらえばよかったのに」

「もちろんそうしたさぁ。けどな、女が逮捕される直前に死んじまったからな」

死んだ？　と、僕は嫌なキナ臭さを感じて、話半分で聞いていたロッキーの話に、ちょこっとだけ耳を傾けた。

「殺されたとか」

「そう思ったんだがなぁ、自殺みたいでなぁ」

ロッキーが、お守り袋から新聞記事を取り出した。くちゃくちゃに畳まれた紙を広げてみると、「プロボクサー・ロッキー岩城《いわき》氏を刺傷の女、自殺か」という見出しがつけられていた。ロッキーの本名は岩城って言うのか、という間の抜けた感想とは裏腹に、女の記事は生々しかった。死んだのは当時のロッキーと同い年、二十九歳の女で、三十歳になる誕生日の前日に市内のビルから転落死した。自殺とみられる、という警察の見解で記事は結ばれていた。

「試合は？」

「拳も握れねえんじゃ、試合なんかできねえだろぉ。引退さぁ」

ロッキーは自嘲気味に笑うと、店員に、ウーロンハイ濃い目、と告げた。人の金で酒を飲み続ける図々しさはさておき、人生の目標を奪われた男の気持ちはいかばかりかと、気持ちが沈んだ。

「そっか」

「試合してりゃなぁ。日本王者のベルト獲って、そのまま世界チャンプになってたさぁ」

ロッキーは寂しげに笑って、来たばかりのウーロンハイを一気に半分飲み干した。

「世界チャンピオン、か」

「そうさぁ。世界が変わってたろうなぁ」

世界、という単語が、妙に耳に残った。ロッキーはロッキーで、僕とは違った思いがあるであろう「世界」という言葉を、じわりと噛みしめているように見えた。

「清水君はよぉ、なんだっけ、何隊だっけおい」

「世界を守り隊？」

「そうそれだ。なんで守り隊に入ろうって思ったんだ」

営業成績を出すためにやむにやまれず、と言おうとして、僕は口をつぐんだ。

「いや、まあ、一応、元同級生だし、放っておけないというか」

ロッキーは、少しだけ酒を飲む手を止めて、僕をじっと見た。悪意を感じるわけではないが、よく知らないオッサンに見つめられるのは、なんとも居心地が悪かった。

「清水君は、いいやつだな」

「え」

「友達のために悪魔に立ち向かおうってんだからな。大したもんよぉ」

ロッキーは、ものすごい勘違いをした挙句に、僕を褒めながら涙などこぼし始めた。

正直に、仕事のためと言うべきだったと後悔した。

「ロッキーはさ、なんで世界を守ろうなんて思うんだよ」

僕が話の方向を無理矢理変えると、ロッキーは涙を拭って、またへらへらとした笑みを浮かべた。

「俺ぁ、ヒーローになり損ねちまったからよぉ」

「世界チャンピオン、っていうヒーローか」

「そうだよぉ。だったら、今度は世界を守るヒーローになってやろうと思ってんだよ」

ヒーローか、と、僕は口の中でつぶやいた。

「なれるのかな、ヒーローに」

何をするのか知らないけど、と、僕はつけ加えた。

「あたりめえだろう。悪魔をぶっ飛ばすんだぞ」

「さすがに、殴り合いとかはキツいでしょ。年齢的に」

「そんなこたぁねえ」

ロッキーは、急に椅子から立ち上がると、ファイティングポーズをとった。こんなところでやめろ、とも思ったが、構えがかなり様になっていて驚いた。ロッキーが、ふしゅ、と鋭く息を吐きながら、腰をぐんと回転させる。下半身と連動するように右手が滑らかな弧を描き、気がついた時には、僕の顎先にピタリと半開きの拳がくっついていた。寸止めでなかったら、そしてロッキーの拳が固く握られていたら、いったいどうなっていただろう。

「一発《ワンパン》で終わりよぉ」

勇ましいセリフを残して、ロッキーはその場にへたりこんだ。急に動いて酒が回ったのか、どうやらアルコールにKOされた様子だった。

ロッキー岩城　29年前

　第六ラウンドが終わり、残り二ラウンドとなった。人の入りもまばらな後楽園ホールでのバンタム級八回戦、日本ランキング十位のロッキー岩城は、ランキング三位の格上を相手に、終始苦戦を強いられていた。コーナーに戻ってくる足取りが怪しい。限界だな、と、セコンドの宇治川達夫《うじがわたつお》はため息をついた。

「おい、岩城。次また打たれたら、タオル投げるからな」

　セコンドがタオルを投入すれば、即刻試合は止められ、相手のテクニカル・ノックアウト勝ちとなる。岩城は朦朧《もうろう》としているのか、呼びかけに答えない。

「岩城ってなんだよぉ、おい」

　セコンドアウト、の声がかかって、宇治川がリングの外に半分出たところで、ようやく岩城が口を開いた。おそらく、今まで気を失っていたのだろう。

「なんだよって、なんだよ。おい、しっかりしろ」

　宇治川はレフェリーを横目でうかがいながら、ありったけの声を出した。

「試合中はロッキーって呼べよぉ、バカ野郎」

威勢のいいことを言いながら、岩城はふらふらと立ち上がり、宇治川がねじこんだマウスピースを咥《くわ》え直した。赤コーナーから、猛然と相手が突進してくる。もう、岩城には反撃する力がないと見て、一気に仕留めるつもりだろう。

相手が近づいてパンチを放ち、一歩引く。遅れて岩城が大振りの左フックを返すが、打ち終わりを狙って右ストレートが飛んでくる。被弾した岩城がたたらを踏むと、相手は一気に連打する。岩城は両腕でなんとかガードをしようとするが、やがてこじ開けられて、面白いように打たれる。

ごん、という鈍い音がして、岩城の顎が跳ね上がった。腰が落ちる。潮時だ、と、達夫は今度こそ投げるつもりでタオルを手に取ったが、すんでのところで振りかぶった腕を止めた。とんでもない音とともにマウスピースが飛んできて、目の前に転がったのだ。ねっとりとした唾液と血にまみれたマウスピースは、先ほど自分が岩城の口にねじこんだものとは色が違う。遅れて、目の前のコーナーに人間が吹っ飛んできて、ぐにゃりと倒れた。リング上に立っていたのは、もうボロボロなはずの岩城だった。

「やりやがった」

レフェリーが倒れかたを一目見るなり腕を交差して、即座に試合を止めた。倒れた相手は、目を見開いたまま泡を吹いていた。起死回生の右フック一発。あまりにも劇的な大逆転勝利に、空席の目立つ会場内からも驚きの声が上がった。

達夫はタオルを首にかけなおしてリング上に上がり、今にも倒れそうな岩城に近づいた。レフェリーが岩城の右手を上げて勝利を讃《たた》えると、岩城は雄叫びを上げた。

「やったな、岩城」

「岩城っつうなって、言ってるだろぉ」

パンパンに腫《は》れあがった顔で、岩城はなんとか笑顔を作った。

「おい、大丈夫かよ」

「大丈夫だぁ。俺ぁよぉ、普通より頭蓋骨《ずがいこつ》が倍くらい厚いんだってよ」

そりゃ、そんくらいなきゃ今頃死んでる、と言いそうになって、達夫は口をつぐんだ。

「次は、いよいよタイトルマッチだぞ、日本チャンピオンだぞ」

「おう、また一発でぶっ飛ばしてやるさぁ」

「簡単に言うな、相手はシュガーだぞ」

この試合で日本王座の挑戦権を得た岩城は、次戦でシュガー・カトウという若手のホープとぶつかることになる。現チャンピオンのベルト返上で空位になった王座を、岩城とシュガーの二人が争うのだ。

「シュガーだかジャガーだかしらねえが、俺の右フック食らったら終わりよぉ」

担架で運ばれていく相手選手を横目で見る。確かに、当たれば一撃必殺のフィニッシュブローだ。当たればだが。

「その、当てんのが大変な相手なんだよ」

「会長、俺ぁな、いっつも手加減して打ってんだよ、右フック。じゃないと、相手を殺しちまうからな。でも、そんなすごいやつなら手加減する余裕はねえかもなぁ」

殺しちまうぜ、と、顔を腫らした岩城が笑った。どこまで本気かはわからないが、達夫はぞくりと肩を震わせた。

「でもな、お前のそのフックが一発でもカスったら、見えてくるぜ」

——世界が。

自分で吐き出した言葉に、達夫の体が震えた。達夫のジムから、世界に挑戦する可能性がある選手が出るのは、初めてのことだ。

「会長ぉ」

「なんだよ」

ありがとうございます、と、岩城が珍しくきれいに発音して、笑った。達夫はこみ上げるものを我慢しながら、バカ野郎、と岩城の頭をはたいた。その一発で、岩城は気を失って倒れてしまったのだが。

そんな死闘を繰り広げたのが、ほんの二ヵ月前のことだ。

達夫はため息をつき、頭を抱えた。何度考えてもシュガー対策が見えてこないのだ。岩城の武器は、はっきり言って右フックだけだ。当たれば間違いなく倒れる強烈な一撃だが、まるでメキシコ人ボクサーのような変則リズムのアウトボクシングを得意とするシュガーには、パンチを当てることが至難の業なのである。ボクサーはリズム感が大事なのだが、岩城は音楽の素養などゼロだ。対するシュガーは、日本人ボクサーには珍しいリズム感の持ち主で、ここで？　と驚くようなタイミングでパンチを放ってくる。

達夫が引き出しの少ない岩城をどう戦わせようかと悩みながらシュガーのビデオを見ていると、事務所兼自宅の電話がけたたましく鳴り響いた。受話器を引っ摑むと、落ち着いた声が聞こえてきた。相手は、警察だと名乗った。

――宇治川ジムの会長さんですか？

――お宅の選手が刺されましてね、重傷です。

慌てて家を飛び出し、選手が救急搬送されたという病院へ向かった。刺されたのは岩城だ。移動中、達夫の頭の中はひどく混乱していた。重傷というのはどの程度だろう。怪我の具合によっては、タイトルマッチが流れてしまう。遅咲きの二十九歳という年齢を考えれば、岩城のピークはまさに今しかない。このタイミングを逃すと、日本チャンピオンのベルトも、世界戦挑戦も、限りなく遠くなってしまう。

病院に到着し、看護婦に案内されて病室に飛び込むと、暗い部屋にぽつんと置かれたベッドに岩城が横たわっていた。顔は土気色で、目は閉じていた。おそるおそるベッド横に近づき、声をかける。何度か呼びかけても、返事はなかった。岩城、と肩を揺さぶると、ようやく、うん、と反応があった。

「おい、岩城、おい、大丈夫か」

「会長ぉ」

「お、おう」

「気持ち悪ぃ、吐きそう」

こんなところで吐くんじゃねえ、と、達夫が手近な容器を差し出すと、岩城は思いっきり全部戻した。酒に酔っていたらしい。

「会長、尿瓶《しびん》だろうがよぉ、これぁ」

「布団の上にぶちまけるよりはいいだろうが」

嘔吐物《おうとぶつ》でパンパンになった尿瓶をナースに預けると、少し冷静さが戻ってきた。刺されたとは聞いているが、命に別状はなさそうだ。ほっと胸をなでおろす。

「誰にやられた」

「女だぁ、女」

「女？」

「シュガーの野郎、女を使ってきやがった。フザけやがってよぉ」

「シュガーがやらせたってのか」

「そうだよぉ、それしかねえだろぉがよぉ」

大丈夫かよ、と達夫が言うと、ダメに決まってる、と岩城は唾を飛ばしながらわめいた。

岩城の話によると、酔っ払って歩いていた帰り道、後ろから近づいてきた女に、いきなり背中を刺されたのだという。ロッキーがうずくまると、女は正面に回って、また刃物を突き刺そうとしたので、ロッキーは無我夢中で女から刃物をもぎ取った。女は逃走し、岩城は倒れているところをタクシー運転手に発見されて、救急搬送されたらしい。

「おい、早く治せよ。タイトルマッチがあるんだぞ」

「それがよぉ」

岩城は布団の中でもぞもぞと動き、右腕を差し出した。

「おい、まさか、おい」

「やられたよぉ、会長ぉ」

岩城の右掌から前腕部にかけて、包帯がぐるぐると巻きつけられている。

「し、神経が切れちまってんだとよぉ」

治るのか、とは聞けなかった。選手生命にかかわる傷であることは、直感でわかった。

「拳がよぉ、全然、だめだ、力が入んねぇんだよぉ、握れねえんだよ」

岩城は真っ青な顔で達夫を見て、声を震わせながら大声で笑い出した。泣き顔のまま笑う岩城の様子は、ただただ異様だった。

「今だけだろ、そんなの」

「会長よぉ、お、俺よぉ、ボクシングしかできねえんだよ、なあ」

「わかってるよ。そんなのは、俺が一番よーく、わかってる」

「ボクシングできなくなったら、俺ぁ、ただの虫ケラになっちまうよ」

岩城は、笑って笑って、そのうち両目から滝のように涙を流した。包帯でミイラのようにされた手を伸ばし、生まれたての子供のように、必死に達夫の体に縋《すが》りついた。

「おい、岩城、しっかりしろ」

「殺してくれよぉ、なあ会長、殺してくれよぉ！」

行き場のない悔しさと怒りをどうしていいかわからずに、達夫はただ、暴れる岩城の体を抱いた。悪い夢を見ているようだった。

岩城の「世界」は、終わった。

終わってしまったのだ。

Verse.6 盲信エコロジー

土曜日の午後、市街地中心部の「憩いの広場」には、カラフルなノボリが躍《おど》っていた。中央には特設ステージが組まれ、「エコ・ミーティング」なるイベント名と、よくわからないロゴマークが看板に描かれている。会場には「エコ」をテーマにした企業ブースが立ち並び、目立つ衣装を着た各企業のスタッフが声を張り上げていた。僕たちのブースでも、若手社員が、はっぴにはちまき、手にはメガホン、というおめでたい出で立ちでずらりと並び、盛んに行き交う人に声をかけていた。

イベントは市が手がけているかなり大がかりなものだ。「奇跡カンパニー」も地元企業代表として協賛に名を連ね、ミラクルネイチャーウォーターを大々的に宣伝している。「家庭用ウォーターサーバーを導入すれば、ペットボトルがゴミとして出ないのでエコ！」という論理らしい。

エコをテーマにしたイベントとはいえ、僕たち営業の役目は変わらない。暑さで喉の渇きを覚えた人々を呼び込み、よく冷えた水を飲んでもらいながら営業を仕掛ける。お祭りムードを煽って周囲のテンションを上げ、無料お試しサーバーの設置を勧めるのだ。

朝一から準備、イベント開始からはずっと立ちっぱなし、という過酷な午前中を過ごして、ようやく三十分の昼休憩が与えられた。ひと息ついて視線を上げると、メインステージで、お笑い芸人とアシスタントの女の子がエコグッズの紹介をしているのが見えた。軽快にトークをするお笑い芸人の横に、一人だけ別世界にいるような顔をしているタレントの子がいて、なんとなく気になった。

女の子は、背こそそれほど高くはないが、一般人に比べるとスタイルのよさが際立っている。ゆるりとうねる長い黒髪を垂らし、イベント用の派手な衣装を着ていた。メイクもばっちりと決まっていて、さすがタレントさん、という感じだ。

なのに、どこか存在が薄い。空気に溶けて、失くなってしまいそうな。

僕は昼休憩の時間を少しつぶして、ステージに近づいてみた。前列の端にたどり着くと、ステージ上で布製のかわいらしいエコバッグを広げている彼女がくっきりと見えた。

「何サボってんだよてめえは」

僕は口から飛び出そうになった悲鳴をなんとか飲み込んだ。慌てて振り返ると、波多が立っていた。他の社員がはっぴ姿にもかかわらず、波多一人だけダークスーツ姿なのでやたらと目立つ。照りつける太陽のせいで僕は汗だくだというのに、スーパー営業マンは自分の汗すらもコントロールできてしまうのか、涼しい顔をしていた。

「いや、あの、昼休憩で」

波多はステージに目をやって、ははん、という顔をした。

「仕事もしねえで女かよ」

「いや、そういうわけじゃないんですけど」

咄嗟《とっさ》に、すいません、と謝ると、波多は舌打ちをし、僕の脛《すね》を蹴りつけた。例のごとく、てめえは全自動謝罪機能付きか、と怒られる。

「あの、波多さんは、どうしたんですか」

「エコの勉強しにきたに決まってんだろ。エコミーティングだろうが」

「え、マジですか」

「なんだよ」

「いや、まさか波多さんがエコに興味があるとは思わなくてですね」

波多は、ちっ、とまた舌打ちし、もう一発僕の脛を蹴った。

「興味があるわけねえだろ、バカ」

ですよね、と、言いそうになって、僕は慌てて口をつぐんだ。

ステージ上ではMCの芸人が、「続いてのテーマは！」と声を張った。どうやら「サマータイム制の導入推進について」が次のテーマであるらしい。サマータイムとは、夏、日照時間が長くなる期間中、時計を一時間早めることを言う、といった内容を、件《くだん》のアシスタントの子がすらすらと説明した。

サマータイムを採用すると、一時間朝が早くなる分、一時間早く仕事を切り上げることができる。夜暗くなる前に仕事が終われば、職場の照明に必要なエネルギーを節約することができるのだという。夏の日照時間を有効活用しよう、というのが制度の趣旨らしい。

僕が何の気なしに、なるほど、とうなずくと、また波多の足が飛んできた。痛い、と声を上げると、すぐ前に陣取ったオバさんが、迷惑そうに僕を見た。

「なるほど、じゃねえんだよ。賛成する気か？ お前は」

「え、いやでも、時計ずらすだけでエコになるなら、いいですよね」

「で、お前は、自分の頭で考えて、その結論を出したのか？」

自分の頭で、と言われると、言葉に詰まった。あまり深いことは考えていない。エコならいいか、と思っただけだ。

「あんまり、真剣には考えてないです、けど」

「せっかく選ぶ権利があるのに、放棄してんじゃねえよ。考えろ少しは」

僕は、はあ、と、張りのない返事をした。すみません、と言いそうになるのを我慢する。

「気をつけます」

「エコってのはなんのためのもんなんだよ」

「それは、やっぱり地球の環境を守るためと言いますか」

波多が、おめでたいなお前は、と、ため息をつく。

「仕掛ける側は、地球環境なんてどうでもいいんだよ。エコだって言っておけば、お前みたいな思考停止のバカが納得するからな」

「地球環境が関係ないなら、今日はそもそもなんのためのイベントなんですか、これ」

「金に決まってんだろ。儲《もう》けも出ねえのに、こんなことするやつがいるかよ」

波多は煮え切らない僕の態度に、また派手なため息をついた。

「そんな、元も子もない」

「てめえの会社が利益出すためだけに参加してんのに、他の会社が地球環境なんて考えてるとでも思ってんのか？」

「もちろん、商品を売るとか企業イメージのためってのもあるんでしょうけど」

「それしかねえんだよ」

「全部そういうもんでしょうか」

「お前みたいなのは、頭空っぽのまま歯車みたいにクルクル回ってろ」

波多はそう言うと、ポケットから煙草を取り出して一本咥え、休憩に行く、と言いながら背を向けようとした。言いたいことを言って、正解も不正解もはぐらかしたまま立ち去るのは卑怯じゃないか？　と、僕は少し腹を立てていた。

「それじゃ波多さんは、サマータイム導入には反対ってことですか」

「反対？」

思わず噛みついた僕に背を向けながら、波多は肩を震わせて笑った。

「大賛成に決まってるだろ」

「え」

僕は、はっと気がついて、口をつぐんだ。宅訪営業は、日が落ちて暗くなるまでが仕事だ。サマータイム制で出社が一時間早まれば、そのまま勤務時間が一時間プラスになるだけで、僕にとってはエコもクソもない。営業部は基本給に歩合給が足されるだけで、残業代という概念すらないのだ。ただでさえ寝不足で朝起きるのがキツいのに、さらに一時間も睡眠を削られたら死んでしまう。

「あ、マズいです、サマータイム」

「営業マンだったら喜んで賛成だろ。仕事する時間が一時間も増やせるんだぞ」

零点だなお前は、と言い残すと、波多は煙草休憩という名のサボりに入った。遠ざかっていく波多の背中を見ていると、零点、という言葉がじわりと染みてくる。僕の言葉はどうしようもなく浅はかで、何も考えていないのとさほど変わらない、ということだ。

波多が立ち去ると同時に、ステージ上の特別プログラムも終了し、集まっていた人間がいっせいに散らばり始めた。僕は、急に世界から放逐されてしまったような気分になって、人混みの中に立ち尽くしていた。人の流れに合わせて動くのが本当に正しいのか、わからなくなってしまったのだ。

なかなか元の世界に戻れずにいると、急に後ろから肩を掴まれた。今日はやたらと後ろから人に驚かされる日だな、と、多少イライラしながら振り向くと、目の前に芋虫が鈴生りになったような頭があった。僕は思わず、嘘だろ、と天を仰いだ。

「小山田」

「何してるんだ清水、こんなとこで」

「こっちのセリフだよ、それは」

「見ればわかるだろう」

小山田はド派手な熊の刺繍《ししゅう》を施したはっぴの背を向け、ほら、と見せつけてきた。ドレッドヘアと最高に相性の悪いはちまきを巻き、手には派手な扇子を持っている。パッと見、会社のはっぴを着た僕の連れに見えるかもしれないが、明らかにノリが違う。

「見てもわからないから聞いてんだろ」

「ヒカりんに会いに来たに決まってる」

誰だそのヒカりんてのは、と、何気なく聞くと、小山田は目を丸くして僕を見つつ、お前、ヒカりんこと長曾根《ながそね》ヒカルちゃんを知らないのか、と言って絶句した。どうやら、今さっきまでステージに立っていたアシスタントの子が「長曾根ヒカル」であるらしい。

そう言えば、会場には小山田と同じような格好をした男女がちらほらと見受けられた。

「元ハチクマのメンバーだぞ」

どうやら、小山田が着ているはっぴは、ハチクマとやらのグッズであるようだ。僕のように仕事ではっぴを着るならともかく、プライベートではっぴにはちまきは恥ずかしくないのか？　と聞こうとしたが、やめた。恥ずかしいなどとは微塵《みじん》も思っているようには見えなかったからだ。

「元？」

「そう。ちょっと前にハチクマを抜けて、今はソロでやってるんだ」

「他のメンバーと折り合いが悪かったのか」

「そういうんじゃない」

そういうんじゃない、と、小山田は首を激しく振りつつ、同じ言葉を繰り返した。グループ内の確執による脱退ではない、と言いたいのだろう。ただ、その否定のしっぷりが本気すぎて、若干の恐怖を感じるほどだった。

「わかった、わかったよ。でも、ハチクマってかなり人気があるんだろ？」

「そうだよ。大人気」

「脱退したとはいえ、そんな子でも地方のしょぼいイベントの仕事しかないのか？」

「この辺はヒカりんの地元だからね。市の観光大使だし」

へえ、と、僕は素のリアクションを返してしまった。自分が生まれ育ったこの街は、取り立てて何も誇るもののない田舎だと思っていた。芸能人がいたのか、と思うと驚きだった。

「でさ、清水に頼みがあるんだ」

「頼み？」

小山田と目が合う。小山田の視線が一瞬だけ僕の胸元に向いた。

「無理だ」

「聞くだけ聞いてくれたっていいじゃんか」

「聞かなくてもわかる」

「ねえ、お願い。一生のお願い」

「無理だって言ってるだろ」

「頼む」

「無理」

「その首から下げてるやつ」

「だ、め、だ」

小山田は僕の首にかかっているスタッフ証に向かって、筋張った腕を伸ばしてくる。

小山田はスタッフ証があれば、バックヤードに入れると思っているらしい。無法をはたらいてタレントに近づくという、ファンの風上にも置けない行動をするつもりだ。

僕が拒否すると見るや、小山田は人で溢れかえるイベント会場のど真ん中で、地べたが細い体のアイドルファンを僕に額をこすりつけて土下座をしだした。周囲からは、か細い体のアイドルファンを僕が脅しつけているかのように見えるかもしれない。が、脅迫されているのはむしろ僕だ。

人の視線を集めることに恐怖した僕は、小山田の首根っこを摑んで無理矢理立ち上がらせると、人目につかないステージ裏に引っ張り込んだ。願いが聞き届けられるのだと勘違いした小山田がてかてかした笑顔で僕を見るので、ついに我慢ならなくなって、頭を一発、強めに引っぱたいた。枯葉の積もった秋の山道に足を踏み入れたような音がした。

「お前本当にいい加減にしろよ、おい」

「ほんと一瞬だけ。一瞬だけだからさ」

「貸したところで、お前みたいな不審者丸出しの人間じゃ、一秒で摘み出されるだろ」

小山田は僕の話を聞いているのかいないのか、必死に手を伸ばしてネックストラップを摑もうとする。さながら、犍陀多《カンダタ》の足元で蜘蛛《くも》の糸に群がる亡者のようだ。

「おい、ちょっ、聞いてんのか人の話を」

「大丈夫だってば。ちょっと挨拶するだけ」

「挨拶って、お前、下手したら警察沙汰になるぞ」

「大丈夫だって」

「いや、大丈夫じゃないだろ」

「大丈夫だよ！」

ヒカりんも、世界を守り隊の一人だから！　と、小山田は叫んだ。

「なんだって？」

「仲間なんだからさ。ちょっと早めに挨拶しにいくくらい大丈夫だって」

「ちょっと待て、なんでそんな子がケンジやお前とつるむんだよ。お前、妄想しすぎでおかしくなってるんじゃないのか？」

「ケンジの予言で決まってるんだよ」

「予言だって？　ちょっと待て、守り隊は、お前が適当に勧誘してるわけじゃないのか？」

「違うよ。最初っから決まってるんだ」

「僕もか」

「清水もだよ」

「ロッキーも？」

「ロッキーもだ」

僕はなんとなく背筋が薄寒くなって、思わず握っていた小山田の両手首を離した。小山田はその隙にスタッフ証をひったくると、夢中で自分の首にかけた。僕が少し声を荒らげて、返せ、と言おうとしたところで、またも背後から「あのさ」と声をかけられて、心臓が縮み上がった。

「さっきから人の名前を大声で呼んでるみたいだけど、何？」

小山田の目が丸くなり、口があわあわとだらしなく動いている。つられてゆっくりと振り返ると、思ったよりも近くに声の主がいた。ビー玉のようにくりんとした目が、真っすぐに僕を見ている。


長曾根ヒカル。


小山田は少し離れていてもわかるほど、思い切りごくん、と音を立ててつばを飲み下した。見ると、尋常じゃないほど手が震えている。ファンでない僕ですらちょっと緊張するのだから、気持ちはわからないでもない。が、血走った目で手を震わせているガリガリのレゲエ男は、単なる不審者にしか見えなかった。長曾根ヒカルが叫び声を上げないだけでも、天に感謝しなければならないくらいの形相だ。

「ひ、ひ、ひ、ヒカりん、あの」

僕は小山田の体を抱えて関係者エリアから引きずり出そうと試みるが、小山田は、立ち枯れした梅の木のように細い体のどこにこんな力が、と思うほど全力で抵抗し、僕の拘束を引き剥がした。

「こいつが清水。最後の一人」

「おい、何言ってんだ、小山田」

小山田は何を思ったか、タレントさんに馴れ馴れしく話しかけ、あまつさえ僕の紹介などをしだした。僕は、長曾根ヒカルが大声でスタッフでも呼びつけるのではないかと緊張したが、彼女は不機嫌そうに、ただ、あっそう、と吐き捨てただけだった。

近くで見る長曾根ヒカルは、浮世離れした透明感を持っていた。だが、呼吸するごとに上下する肩も、不機嫌そうな表情も、彼女がただの人間であることを証明しているようだった。美しく作られたシャンパングラスに味噌汁を入れて出されたような違和感があって、僕はどう接していいのかわからなくなった。

「これで、世界が守れるよ、ヒカりん」

長曾根ヒカルと、再び目が合った。視線が僕の中にめり込んでくるような気がした。

「ずいぶん頼りなさそうだけど」

彼女は一歩前に進み、僕との距離を詰めた。長曾根ヒカルの目力に押されて、僕は無意識に半歩下がる。

「え、あ」

「足手まといになんないでよね」

そう一言残すと、長曾根ヒカルは踵《きびす》を返してステージ裏のテントに戻って行った。

長曾根ヒカル　半年前

「ねえ、ヒカル、また一人？」

新野珠美《しんのたまみ》は、そう言って長曾根ヒカルの隣に立った。楽屋から少し離れた廊下で壁に寄りかかり、ヒカルはぼんやりとスマートフォンをいじっていた。珠美が「ＨＯＮＥＹ＆ＢＥＡＲＺ」の担当マネージャーになってから随分経つが、ヒカルだけは、本音を見せないので、苦労している。

「なんかあった？」

「何も」

「みんな、楽屋でお弁当食べてるよ」

もう食べたよ、と言っているつもりなのか、ヒカルはゼリー飲料のカラを振って見せた。

「大丈夫」

「そう」

ヒカルはまた視線を落とし、押し黙る。

「楽屋、居心地が悪い？」

ヒカルは笑って首を横に振る。

「そんなことない」

「じゃあ、どうして？」

「どうして？」

「ううん、いいや。忘れて」

それよりさ、と、珠美は本題に入ることにした。

「CMの話が来たんだけどね」

「ハチクマに？」

「違う。ヒカルのピン」

「なんの冗談？」

本当よ、と、珠美は苦笑いを浮かべてヒカルの肩を叩いた。

「今日、キャスティング会社の方と話をしたんだけどさ」

珠美は、昼間に話をした女性営業の顔を思い浮かべた。いかにもキャリアウーマンという様子の美人だったが、話してみると思いのほか気さくで、感じがいい女性だった。

「キャスティング会社？」

「CMのオーディションとか企画する会社の人。いろんな事務所に、イメージに合うタレントがいるか、って企画を持ってきてくれるの。ヒカルの宣材見たみたいで、是非オーディションに来てほしいって」

「なんのCM?」

「水」

「水?」

「宅配水の会社で、CMバンバン打ってるところ。正直、かなりオイシイ仕事なんだ。イメージキャラクターとしての契約も含んでるから、イベントとか、ポスターとか、露出もかなり増えるよ、きっと」

「なんてとこ?」

「奇跡カンパニーって会社。ミラクルネイチャーウォーターって聞いたことない?」

一瞬、表情が変わった気もしたが、ヒカルは、へえ、と、気のない返事をしただけだった。

「でも、オーディションなんでしょ?」

「そう。まだ決まったわけじゃないの。他の事務所も取りに来ると思う」

「大きいところ?」

「うん。結構売れてる女優さんを当ててくるみたい」

「そんなの、私じゃ無理じゃない?」

「無理じゃないかもしれない」

「そうなんだ」

「ＣＭ起用で話題になって、なおかつ広告費は抑えられる、っていうタレントがいいって、先方さんが言ってるんだって。営業さんの情報だけど」

「それが私？　話題になんかならないでしょ」

珠美は少し間を取った。遊びでやっているわけじゃないのだ。言いにくいことではあるが、言わなければならない。

「ヒカルが、ハチクマを卒業するってなれば、さ」

ああなるほど、と、ヒカルはうなずいた。どうやら察してくれたらしい。ヒカルが賢くて助かった、と珠美は思った。あまり、詳しく説明したい内容ではない。

人気急上昇中のアイドルグループからのメンバー脱退となれば、それなりにメディアにも取り上げてもらえるはずだ。一時的ではあるものの、ある程度は話題になる。世間の耳目を集められれば、ＣＭ契約の話はぐっと現実味が増す。

経営の苦しい弱小事務所にＣＭがもたらす金は魅力だ。ファンに愛想を振りまくのが苦手で、あまりアイドル向きではないヒカルはハチクマから脱退させて、もう少し違う方法で売り出そう、という上の方針とも合致する。

でも、それでも。

「でも、ここまでやってきて、いきなり卒業って言われても、ヒカルとしてはさ、」

「いいですよ、私」

珠美が言い終わるのも待たずに、ヒカルは答えを出した。ある程度予想していたリアクションだった。これでいいのだ、と、珠美は自分に言い聞かせたが、やっぱり、少しは迷って欲しかった、という正直な気持ちは消えなかった。ヒカルが十五歳でハチクマに加入してからの四年間、歌やダンスのレッスンで汗と涙にまみれてきた姿を、ずっと間近で見てきたからだ。本当にいいの？　という言葉を抑え込む。珠美は感傷的になりすぎる自分に、軽く舌打ちをした。

「そっか。そのほうが、ヒカルもいい、ってことだね」

ヒカルはやはり、迷いなく、うん、と返事をした。

「居心地、よくなかったかな、ヒカルには」

「楽屋？」

「ううん、ハチクマ自体」

ヒカルは首を横に振った。

「そんなことない」

「ならいいけど」

「物足りなかった」

あまり聞きたくない言葉に、珠美ははっと顔を上げた。

「物足りなかった、か」

「私、絶望したかったんだよね」

「絶望？」

「芸能界、それも女のアイドル、なんて言ったら、絶対にドロドロしてて、最悪な世界なんだと思ってた。私が見ることのできる世界で、一番薄汚い世界を見たかったのに」

ビー玉のように丸く美しい目が、珠美を刺し貫いた。いったい何を言っているの？　口を動かしても、言葉は喉につかえて出てこなかった。

「なのに、メンバーのみんなも、スタッフもさ、みんないい人ばかりだった。まあ、結局私はアイドル向きの性格じゃなかったと思うけど、それでも四年間、楽しかったよ」

「じゃあ、なんで」

「私、このままハチクマにいたらダメなんだ」

「どうして」

「ずっと世界を憎んで生きてきたのに、世界が意外といいものだったら、自分が悪いことになっちゃうじゃん」

ヒカルはそう言うと、脱退とCMの話を進めておいて、と残し、一人でふらりとどこかに立ち去って行った。

Verse.7 痛撃サブミッション

エコ・ミーティングから数日。

仕事を終えて帰宅した僕は、百万円の現金の束をテーブルの上に置き、思い切りため息をついていた。

つい先日、ケンジから渡されたくじは、みごとに三等百万円の当たりくじとなった。半信半疑ではあったが、こうして現金の受け取りができてしまった以上、ケンジの予言をバカにすることもできなくなってしまった。百万円の現金を手にする機会なんか、僕にはまずない。突然降ってきた大金をどうしていいかわからず、僕は独りで悩んでいた。

割り切ってもらってしまおうかとも思ったが、金を受け取った時点で、僕はケンジの予言をすべて飲み込まなくてはならなくなる。世界は八百四十一年後に滅びることになって、予言を無視すれば、僕は「世界の終わりを知りながら全人類を見殺しにした男」になってしまうのだろう。

小一時間ほど悩んでから、僕はバタバタと支度をし、部屋を出て自転車にまたがった。

金は返す。百万円をもらうことも、予言のとおり世界を守れなんて言われるのも、僕には重荷でしかなかった。ただでさえ仕事で毎日いっぱいいっぱいなのに、世界を守れ、なんて言われたって無理だ。小山田のウォーターサーバーの契約も考え直す必要があるかもしれない。数ヵ月分の月額を小山田に渡して、その後は解約をしてもらうことにする。

颯爽《さっそう》と自転車のペダルをこぎだし、アパートから十メートルほど進むと、児童公園の横に差しかかる。何も考えずに通り過ぎようとすると、がいん、と変な音がして、前輪が急に動かなくなった。体は慣性の法則に導かれるまま宙に投げ出され、気がつくと、僕はアスファルトで固められた道路に突っ伏していた。

全身に走る痛みを堪《こら》えながら上体を起こすと、転がった自転車の前輪スポークに、鉄パイプが差し込まれているのが見えた。誰がこんなことを、と見回す間もなく、僕は後ろから首を抱え上げられ、吊られるようにして児童公園に引っ張り込まれた。喉が圧迫されて息ができない。力任せにバタバタと暴れるが、万力のような力で絞められていて、どうしようもなかった。

やがて、薄暗い公園の真ん中に転がされると、背中を一発、蹴り飛ばされた。それだけでまた息ができなくなる。地面を這《は》いずり、距離をとって振り返ると、背の高い男が無表情でこちらを見下ろしていた。細かい顔の造作まではわからないが、ひょろりと背が高く、髪は金髪かそれに近い色で、ちくちくと立ち上がっている。

「どこ行くんだよ」

上から、言葉が降ってきた。淡々としていて、人一人を蹴りつけた興奮や、高揚感は一切聞いて取れない。僕は思ったように息を吸ってくれない肺を押さえながら、やっとのことで、誰、とだけ言葉を発した。

「誰でもいいだろ」

僕が立ち上がって逃げようとすると、簡単に腕を取られて、本来曲がらない方向に捻じり上げられた。肘がぎしぎしと嫌な音を立てる。

「ぼ、暴力はやめてください」

「どこ行くのか言えよ」

「どこって、家に帰ろうと」

男は、ため息を一つつき、僕の右腕をさらに絞った。いいいい、という呻き声が、僕の意思とは関係なく口から飛び出した。

「家から出てきただろうが、お前さ」

「なんでそれを」

男は、だって、後をつけてずっと見てたし、と、恐ろしいことをさらりと言った。

「なんだよ、言わねえのか」

「いや、そうじゃなくて」

「殺すなとは言われてるけどな、壊すなとは言われてねえんだぞ」

「だ、誰に」

藁《わら》にもすがる思いで公園の外を見ると、重い排気音を響かせた車が近づいてくるのがわかった。僕は、男の仲間が来て意味もわからないまま拉致されるのだ、と思った。もしかしたら、バッグの中の百万円を狙われているのかもしれない。

「ちょっと、何やってんの」

聞こえてきた声の主は、予想に反して女性だった。高くはあるが、どこか威圧感のある女の声を聞いて、腕を掴む男の力が一瞬緩んだ。僕は無我夢中で男の拘束を振り解いて転がるように逃げまどい、そして実際転んだ。地べたを這いつくばって距離をとり、ようやく二人の人間を視界に収める。

「何って、行き先を聞いてんすよ」

「どこに行くか聞いて、って言っただけでしょ？　誰が力ずくで行き先を吐かせろ、って言ったわけ？」

男はふてくされた顔で、サーセン、と謝った。

「でも、痛めつけんな、とも言われてないだろ」

「あんたは、人にもの聞く時、痛めつけるのが基本なの？」

女は自分よりもはるかに背の高い男を前にしても、臆する様子は微塵もなかった。金髪男が、いつ激昂して女に手を上げるかと思うと、気が気ではない。その場合、僕は身を挺《てい》して女性を守らなければならないが、ヒーローになれる気はしなかった。無様に腕を絞り上げられて、情けない悲鳴を上げるのが関の山だ。

「あの」

「何？」

「もう帰っていいすかね？　サッカーの代表戦始まっちゃうんで」

「こんな夜中に？」

アウェー戦なんで。と、金髪男は悪びれもせずに言った。サッカーの試合が海外で行われるので、試合の生放送時間が夜中になる、ということだろう。

「さっさと帰って。車は置いて行って」

金髪男は素直に頭を下げて、僕に向き直った。男はすれ違いざまに地べたに座った僕の頭に手を載せ、ぽんぽん、と二度ほど軽く叩いた。女が、もう一度、イラついたように、早く、と催促すると、男は公園の奥へ姿を消した。後に残ったのは、すり傷だらけの僕と、意外な人間だった。

「長曾根、ヒカル、さん？」

痛む右腕をさすりながら、僕はおずおずとその名を呼んだ。キャップを目深《まぶか》にかぶり、黒ぶちのメガネをかけ、Tシャツにデニムのパンツ、そしてスニーカーというラフな出で立ちは、ステージ上の長曾根ヒカルのイメージとはまったく違う。きっと、こっちが素の長曾根ヒカルなのだろう。

「怪我《けが》は？」

「あ、あの、腕は痛いけど。大丈夫、かな」

「行き先を聞いてきて、って言っただけ」

「え、あ？」

「別に、殴《なぐ》って聞きだせ、とか言ってないから」

「あの、さっきの男は」

「うちの事務所のスタッフ。ちょっとバカなの」

「ボディガードとかじゃなくて」

長曾根ヒカルは、そういう役割もあるのかも、と、他人事のような返事をした。

「普通じゃなかったですけど、あの人」

「私に言われても知らない」

そんな言い草はないだろ、と、言おうとして、口を閉じた。言っても、腹が立つだけで、なんの解決にもならないに違いない。

「そもそも、なぜ僕の行き先を知る必要があるんだろうか」

長曾根ヒカルは、悪びれもせず、当たり前じゃん、と言い切った。

「だって、ナントカ隊の人なわけでしょ？」

世界を守り隊。まさかとは思ったが、長曾根ヒカルも一員である、という小山田の言葉は、どうやら本当らしい。

「どんな人かわかんないのもいやじゃない」

「それは、そうなのかも、しれないけど」

「で、こんな夜中にどこに行くわけ？」

「いや、あの、ケンジのとこに」

「予言者の彼のとこ？　なんで？」

長曾根ヒカルは、目力でぐいぐいと僕に圧力をかける。

「お金を返そうと、思って」

「お金？」

「予言だって、くじを渡されたんだ。それが当たったから」

「当たったら金返せって言われたわけ？」

いや、と、僕は首を横に振った。

「もらっときゃいいじゃん」

「いや、額が大きいからさ」

「いくら？」

「百万円」

長曾根ヒカルは、ふうんと、興味なさそうな顔で、僕が後生大事に抱えるボディバッグをちらりと見た。

「別にいいんじゃないの、それくらいなら」

「いやだって、気持ち悪いじゃないか。どうして当たったかもわからないのに」

長曾根ヒカルは、は？　と眉をひそめた。

「どうしてって、予言に決まってるじゃない」

「いや、だって、予言なんて、この世にあると思う？」

「キミさ」

自分より十は年下の女の子に、ド正面から「キミ」と呼ばれて、僕は面食らった。

「え」

「そのくじ、当選番号の発表前に受け取ったわけでしょ？」

「そう、だけど」

「抽選って、抽選日にみんなの目の前でやるじゃん。下手するとテレビで中継されるでしょ」

「そう、だね」

「じゃあ、予言じゃないとしたら、どういう方法で当てられんの？」

それがわからないから気持ち悪い、と言うと、長曾根ヒカルは派手にため息をついた。

「とりあえず、乗って」

彼女が指差した先には、派手なアイドリング音を立て続ける、ツーシーターの外車が停まっていた。

「ど、どこに行くんだろうか」

「返しに行くんでしょ？　それ」

僕は内臓がぎゅっと縮むのを感じた。小山田もそうだが、「世界を守り隊」の面々は、みな一様に押しが強い。金を返したところで、僕は守り隊から抜けることなどできないのかもしれない。

小山田信吾　22年前

小山田千佳《ちか》が目を覚ますと、雨戸を閉め切ったままの暗い部屋の中でぽつんとテレビの明かりだけがついていた。ひどい猫背で胡坐《あぐら》をかいた息子が、テレビにかじりついている。昨夜は仕事がずいぶん遅かったので、つい寝過ごしてしまった。おなかがすいているだろうが、千佳が寝坊しても息子が起こしに来たことはなかった。

「しんちゃん、ごめんねえ。今ご飯にするからね」

くしゃくしゃのエプロンを急いでつけ、台所に向かう。朝ごはんを作ったら、すぐに近所のスーパーで昼のパートだ。その後はまた家に戻り、息子の夕ご飯の支度をして、また夜中まで仕事に出る。身体はしんどいが、生活のためにはしんどいとも言っていられない。

「ねえ、おなかすいたでしょう？」

居間からは、べつにー、という声が聞こえてきた。テレビに夢中で、それどころではないらしい。千佳は邪魔をしないようにそっと笑い、冷蔵庫から残り物の煮物を取り出した。作った時よりも、大根がつややかな飴色になっていた。

煮物を温めなおして、味噌汁の香りが居間にまで届く頃、どたどたと足音がして、台所にひょっこりと息子が顔を見せた。

「エスカータは終わったの？」

「終わっちゃった」

今日は夏休み最終日だ。明日から二学期が始まる。息子が大好きな「世紀末戦隊エスカータ」は、半年間の放送延長に加え、夏休みの一挙再放送も好評だった。朝の忙しい時間帯に息子がテレビにかじりついてくれるので、千佳にしてみれば大助かりだ。でも、それも今日で終わりではあるが。

信吾は二度目の最終回を見終わったことを残念そうにつぶやくと、両手を広げてだっこをせがんだ。いったんコンロの火を止め、息子を抱え上げる。軽いな、と思うと、不覚にも涙が出そうになった。ちゃんと、栄養のあるものをお腹いっぱい食べさせていないからだろうか。小学校一年生だというのに、信吾の背は幼稚園児とそう変わらない。

「しんちゃん、夏休みはいいことあった？」

「夏休みはね、鴨下とかね、清水とかとあそんだ」

「あら、よかったね。何して遊んだの？　エスカータごっこ？」

そうだよぉ、と、腕の中で信吾がのけぞった。

「イドの中でね、エスカータごっこした」

「井戸って、水の中じゃない」

水なんかなかったよ！といいながら、信吾がげらげらと笑って、さらにのけぞる。さすがに落としそうになって、慌てて背中を支えた。

「入っていいの？　そんなとこ」

「ダメなとこ」

「清水君も入ったの？」

「清水もきたよー」

やだあ、危ないことしないでね、と、千佳は息子の額を指で弾《はじ》いた。

「怪我したら大変だよ」

「でねえ、鴨下がレッドで、清水がブルーで、おれ、またイエローだった」

「いいじゃない、イエロー」

「ええ、やだよ！」

「やなの？」

「エスカータ・レッドが一番かっこいいよ！」

おれが、せかいをまもる！と、信吾が両腕を突き上げた。千佳は、ぎゅっと胸が締めつけられるような気がしたが、なんとか顔には出さずに済んだ。

「しんちゃん好きね、レッドが」

「おれ、おとなになったらエスカータ・レッドになるんだあ」

「しんちゃんが世界を守ってくれるの？」

「そうだよ。だからさあ、おれ、レーザーガンほしいなあ」

「レーザーガンかあ」

「レーザーガンがあったら、おれもレッドになれるから」

息子が欲しがっているオモチャのことは、千佳もよくわかっている。あまりの人気に品薄状態が続いていたが、最近はようやく手に入るようになっているという。とはいえ、一個買うには、親子二人の一週間分の食費と同じくらいのお金がかかる。生活は毎月ギリギリで、とても息子の願いをかなえてあげられそうにない。

「ごめんね、ママ、お金なくってさ」

息子は少しがっかりした顔をしたが、やがてまたにっこりと笑った。

「しょうがないよ。ヒーローの武器だからね。たかいもんね」

「レーザーガンがなくったって、しんちゃんはヒーローになれるよきっと」

「わるいやつはねえ、おれがこれでやっつけるんだ」

息子の手に握られているのは、小さなプラスチックの拳銃のオモチャだ。俗にいう銀玉鉄砲というやつで、息子はどこからか拾ってきて以来、ずっと肌身離さず持っている。弾はないし、引き金を引くと、ぱちん、と音がするだけのものなのだが。

「そういう、かっこいいしんちゃん、好きよ」

「ほんと？」

勉強はできなくてもいいから、真っすぐに育ってほしい。自分を信じて、生きていってほしい。千佳はそう思って、吾を信じると書いて「信吾」と名づけたのだ。学校の勉強は不得意だし、同じ年の子と比べて少々幼いが、少なくとも、父親がいない環境でも真っすぐに育ってはくれている。息子は間違ったことはしない。それに、嘘をつかない。

息子と二人で生きていくと決めてから苦労は多かったが、親子二人で一緒にいられるのは幸せだった。このまま、この生活がずっと続けばいいのに、と千佳は思う。できることなら、もうちょっとお賃金をもらえるパートがあったらなおいい。

「世界が大変なことになったら、守ってね」

「あたりまえじゃん！」

はい、ママとやくそくー、と、いつもの歌をうたいながら、千佳は小さな息子の小指と、自分の小指を絡めた。

Verse.8 起爆ヒップホップ

長曾根ヒカルが車のエンジンを停止させると、深夜の住宅街らしい静寂が戻ってきた。閑静な、という言葉がしっくりくるような場所に爆音を轟《とどろ》かせるスポーツカーで颯爽と登場してしまった僕は、「うるせえ！」と怒鳴られるのではないかと内心びくびくしていたのだが、どうやらトラブルにはならずに済んだようだ。

ようやく静かになってほっとしたのも束《つか》の間《ま》、上から、がたん、という物音が聞こえた。嫌な予感がして駄菓子屋の二階を見上げると、窓の手すりに、またデカいＣＤラジカセが載せられているのが見えた。

まさか、とは思ったが、そのまさかだ。もう日が変わろうかという時間帯、近隣の一般家庭は早いところなら寝ているかもしれない。にもかかわらず、ＣＤラジカセは良心の呵責《かしやく》もなく、フルボリュームで例の「ＫＥＮ－Ｚのテーマ」を響かせた。

僕が心臓を縮み上がらせている横で、長曾根ヒカルは動揺する様子もなくラジカセを見上げていた。自分も重低音を撒きちらすスポーツカーに乗っているせいか、それともアイドルのライブ会場の強烈な大音響に慣れているからなのか、涼しい顔をしている。

建物横の階段から、夜なのにサングラスをかけたケンジがマイクを手にしながら降りてくる。またそれかよ、と、僕はこめかみを押さえた。

曲が終わると、ケンジは両手のもちもちした人差し指を突き出し、胸を張りながら首を傾け、「ラッパーと聞くと思い浮かべるであろうポーズ・上級編」をとって、しばらくえらそうに静止した。だが、そこから急にサングラスを外してへこへこと頭を下げ、「ヒカりん、今回のラップどうっすか」などと言い出した。今まで聞いたことのないトーンの声に、ぞわりと鳥肌が立つ。

僕が目を丸くしていることに気がついたのか、ケンジはサングラスをかけ直し、咳払いを一つすると、とりあえず上へ、と、僕らを部屋に招き入れた。


「これ、返すよ」

部屋に入るなり、僕は金の入った封筒を差し出した。ケンジは何も言わずに受け取る。僕がこうすることは初めからわかっていた、と言わんばかりだ。

「別に返さなくてもいいんだぜ」

「いや、うん。いらないよ」

いらないなら私がもらうけど、と、長曾根ヒカルが口を挟む。

「ヒップホップのレコードを買えばいいだろう」

「なんで僕がヒップホップ聴かないといけないんだよ」

「いいかユウ、世界を変えるのはヒップホップなんだよ」

なんて安いセリフだ、と、僕はある意味衝撃を受けて、言葉を失った。

「さすがにヒップホップで世界は変わらないだろ」

「いいか、この世界は、ヒップホップがきっかけで終わるんだ」

「はあ？」

「まだ何十年か先だが、あるヒップホップ・チューンが、世界的に大ヒットする。世界中でだ。何億、何十億という人間が、何度も耳にするんだ。メガヒットだな」

僕はぼんやりと、印税はいくらくらいになるんだろう、と下衆《げす》なことを考えた。

「それが、世界の終わりとなんの関係が？」

「人間てやつは、自由なようで、意外とそうじゃない。俺たちの感情ってのは、脳内の物質の化学反応でしかねえ」

「それで？」

「その曲には、人を動かすメッセージがこめられているんだ。曲を聴いて、多くの人間が一斉に行動を変える。人と人との因果関係が変わっちまうと、世界も様変わりする」

「曲がきっかけで世界中の人の行動が変わって、戦争かなんかが起きるってこと？」

いくらなんでもそりゃないだろ、と、僕は笑った。

「じゃあユウに聞くが、そもそも音楽ってのはなんのためにあるんだ？」

「なんのためにって」

「鹿を追い回したり、木の実齧《かじ》ったりしてた頃から、人間ってのは音楽を作ってるんだぜ？　生きていくだけなら、必要ないだろう？」

ケンジの声が、少し強く響いた。僕は、ノーミュージック・ノーライフって言う人もいる、とひねくれた返事をした。

「音楽ってのは、俺たちを動かすために存在するんだよ、ユウ」

「動かす？」

「そうだ。感情を動かして、」

ケンジは自分のこめかみを人差し指で小突き、僕の目を真っすぐに見た。

「コントロールするためだ」

そんなバカな、と笑ったのは僕だけだった。

「俺たち人間は爆薬、ヒップホップは起爆装置みたいなもんだ」

「音楽なんかで、そんなことになる？」

「大昔の音楽てのは、太鼓をドカドカぶっ叩きながら奇声を上げるだけのプリミティヴなもんだった。だが、それだけでも人間は感情を昂ぶらせて、近くの集落に殺し合いを仕掛けたんだ。死の恐怖も忘れてだ」

「それは」

「戦争中だって、勇ましい軍歌が作られた。アイドルグループだって、なぜかみんな歌うたうだろ？　上手い下手関係なく」

ヒカりんの歌は涙が止まらなくなるがな、と、ケンジは加えた。長曾根ヒカルは頬を引きつらせて失笑した。

「それは確かに、音楽を利用してるのかもしれないけど」

「いいか、ユウ。音楽は、そのために進化したんだ。今は、世界中の音楽が瞬時に、手軽に、誰でも聞ける。その辺のオッサンが作った音楽でさえ、流れに乗っちまえば、世界中に拡散する。カセットやCDなんて媒体を使うより、ずっとスピードアップした。これからも新しいテクノロジーが生まれて、拡散スピードは上がり続ける」

こじつけだと思っても、予言通りくじを当てたケンジの言葉には変な説得力があった。

「とても信じられない」

俺もだ、とケンジは笑った。

「身近なものほど、人間はその本当の意味を考えない。今の人間は特にそうだ。膨大な量の情報が放っておいても頭に注ぎ込まれるからな。そのうち考えるのをやめちまうんだ。そして、与えられる情報をそのまま呑み込んじまう」

　――で、お前は、自分の頭で考えて、その結論を出したのか？

　エコ・ミーティングで波多から浴びせられた言葉が頭に浮かんだ。頭に突っ込まれた「エコだ」という情報を咀嚼《そしやく》することなく、僕はそのまま鵜呑みにしていた。たとえ街でかかっている音楽に意図があったとしても、僕はその隠された真実に気づくわけがない。そんなものがあると思っていないからだ。

「なあ、世界の終わりは、もう決まってるんだろ？」

「そうだな」

「だったら、世界を守ろうなんて、意味があるのか」

「守る意味が、あるかないか、やってみねえとわからないさ」

「未来ってのはどこまで決まっているんだ？」

　ケンジは少し考え、幾分勿体《もったい》つけてから口を開いた。

「すべて決まっているし、何も決まっていない」

「また禅問答みたいな」

「未来も過去も、この世界はすべて決まっている。決まっていることは必ず起こる。だが、世界は無数に存在しているんだ。俺とユウたちの生きているこの世界が、八百四十一年後に滅ぶ世界になるのか、そうでない世界になるのか」

俺たちが選択するんだ、ユウ。


ケンジの言葉は、やっぱり理解できない。荒唐無稽《こうとうむけい》で、意味不明だ。だが、どこかで信じようとしてしまう自分がいる。もし世界を守るヒーローになれたら、負け続けの自分の人生にも、意味があるんだと実感できるかもしれない。

「そういえば、ユウとヒカりんに渡すものがある」

ケンジはすぐ傍らに山積みされているCDの中から、盤面に何も印刷されていないものを二枚選び出し、僕と長曾根ヒカルに差し出した。

「新しい、予言？」

長曾根ヒカルがCDを受け取るなり、表情を強張らせた。小山田の家で聴いた予言ラップと同じようなものだろうか。

「一週間後に起こることをラップした」

「一週間後」

「リリックのとおりになったら、作戦決行だ。翌日夕方、丘の上神社に全員集合」

「作戦、って、僕はまだ何も聞いてない」

僕が何も聞かないうちに、長曾根ヒカルは「わかった」とうなずいた。ケンジは、ユウや他の面々には当日説明する、とだけ答えた。

「その、もし、予言がはずれたら？」

僕の問いに、ケンジはにやりと笑った。なんとなく、予言者ではない僕でも、ケンジがなんと返してくるか想像がついていた。

はずれねえさ。

予言だからな。

風間亜衣　3年前

「じゃあ、あの、次、風間さん自己紹介お願いできますか！」

幹事の男が、派手に拍手をしながら風間亜衣を立たせた。こういうのは苦手だ、と思いながらも、合コンの作法だと諦めて立つ。ぼそりと「風間です」と名乗り、深呼吸をする。頭の中は真っ白だが、言うべきことは決まっていた。

「一つ、問題です」

じゃじゃん、と自分の口で効果音を入れた。予想外の展開であったのだろう、参加者全員が目を丸くして亜衣に注目した。

「皆さんの前に、二つの水牢《みずろう》があります」

みずろうって何、と、「巻き髪」こと篠田早苗が手を挙げた。巻き髪は男の視線をどう集めるか、ということが人生のすべてであると思っているような女で、軽薄かつ思慮が浅いが、「迷いなく生きている」という点だけで言えば、亜衣とよく似ていた。

「囚人を水責めにして、溺死させるための牢屋ですよ」

「何それ、怖っ」

「水牢Aには、二百人の囚人がいて、水牢Bには、一人の囚人がいます。全員、無実の罪で捕まった人々です」

なんじゃそりゃ、と、男性が一人、つぶやいたのが見えた。

「水牢Aには水が流れ込んでいて、十五分で確実に全員が溺死します。あなたが水道管のバルブを操作すると、水牢Bに水を流し込むことができます。その場合、Aの二百人は助かりますが、Bの一人は確実に溺死します。あなたにできることは、バルブを操作して、水の行き先を変えることだけです」

さて、皆さんはどうしますか？　というと、居合わせた全員がぽかんと口を開けた。唯一、「合コンを仕切る」という責務に対する責任感からか、幹事の男が真っ先に手を上げ、「B」と答えた。

「なぜ？」

「だって、二百人死ぬよりは、申し訳ないけど一人の方がましですよね？」

幹事は、ね、と、みんなに同意を求めて、話を終わらせようとした。概《おおむ》ね、他の人間も同意し、水牢Bに水を流し込む方がよい、という意見で一致した。二百人の罪なき人を死なすくらいなら、一人を死なせる方が、悲しむ人は減る、という論理だ。

「じゃあ、第二問です」

え！　と、全員が顔を引きつらせる。だが、大事なのは二問目なのだ。まだ話を終わらせるわけにはいかなかった。

「水牢Aには先ほどと同じく、無実の囚人が二百人いて、水を流し込まれています。皆さんは、またバルブの前にいますが、今度は水牢Bに囚人はいません」

じゃあ、Bに切り替えれば解決だ！　と、幹事が乾いた笑い声を立てた。

「ただし、バルブを操作するためには、目の前の男を銃で射殺しなければなりません。あなたは、男を殺害しようと思えば、必ずやり遂げることができます。男を殺してバルブを操作しますか？　それとも、二百人の死刑執行を見守りますか？」

巻き髪が、殺すのは無理、と真っ先に答えた。

「なぜ？」

「いやだって、人殺しとかありえないんだけど」

「一問目の時は、水牢Bに水を入れて、一人を殺し、二百人を助ける方がいいって、みんな言ったけれど」

「それとコレとは違うし」

何が違うの？　と、亜衣は首をかしげた。状況に少し差があるだけで、二つの問いの選択肢と結果は同じだ。なのに、大抵の人は、二つの問いに違う答えを出す。亜衣にはそれが理解できなかった。

「俺も、自分で撃つのは無理かなあ」

なぜ？　と聞いても、誰一人明確な答えを示すことはできなかった。それでも、全員が、殺すのはいやだ、と答えた。

「ま、じゃあ、そろそろお食事も来ますので、各自ご歓談を！」

幹事が、いい加減にしろよ、という思いをやんわりと伝えてきた。亜衣は、すみません、と謝って、座ることにした。

ようやく本来あるべきフリートークの時間になって盛り上がる男女を尻目に、参加者の一人である「彼」は黙々と酒を飲んでいた。自分から話すわけでも、目当ての女子にアピールをするわけでもなく、ただ微笑んで、うなずいている。

彼が、トイレに立つ。亜衣は、すかさず巻き髪に目くばせをした。巻き髪は、自然な動作で席を動き、「彼」が座っていた場所に陣取った。亜衣が指で丸を作ると、巻き髪は誰にも悟られないようにウインクをした。こういうことをやらせると天才的だな、と素直に感心する。

これで、この世界における巻き髪の役目は終わった。

後は、男をあさるなりなんなり自由にすればいい、と、亜衣は巻き髪にそっと別れを告げた。もう、価値のなくなった巻き髪と付き合う必要はないだろう。

　トイレから帰ってきた彼は、自分の席がなくなっていることに気がついて、少し困惑した様子だった。彼の居場所は亜衣の目の前にしかない。彼は自嘲気味に笑みを浮かべ、亜衣の前に座った。亜衣は、頰に力をこめて全開の笑顔を作りながら、どうも、と挨拶をした。

「あの、風間さんは、どういうお仕事を？」

「広告代理店からCMのイメージをもらって、ぴったりくるタレントを探すっていう、巻き髪女にでもできる簡単なお仕事を」

「広告業界とか、華やかでいいですよね」

「ウチは下請けの下請けだから、地味で地味で」

「いやでも、やっぱモテますよね、そういう業界の人って」

「そんなことないよ。だから、わざわざ誕生日に、こうやって合コンに来ているわけ」

　彼は少し意外そうな顔をした。意外そうな顔をしたということは、彼氏がいてもおかしくないと見たのだろうか。亜衣は少しだけ胸を張った。

「誕生日？」

「もうすぐ、日が変わると誕生日。八月七日」

「そうなのか」

生真面目そうな表情のまま、彼はリズミカルに韻を踏んだ。

「清水君はさ、ラップとかやる人？」

「え？」

彼は、キョトンとした顔をしていたが、「八月七日」「そうなのか」というやり取りにようやく気づいたのか、そういうつもりじゃ、と、顔を真っ赤にして弁解した。

「ねえ、清水君は、どうする？」

「どうする？」

「さっきの問題」

「あ、さっきの」

二百人の無実の人々を見殺しにするか、なんの恨みもない人間を一人殺すか。さっきは、彼も周囲に同調して、右へ倣《なら》えの答えを出していた。

「ずっと考えてるんだ。でも、わからないんだよね」

答えが？　と彼が聞くので、亜衣は首を横に振った。

「どうしてみんな、一問目と二問目の答えが違うのか」

なるほどそういうことか、と言いながら、彼がうなずく。

「なんとなく、感覚は違うかも」

「ねえなに、そのなんとなく。言葉にしてよ」

「たぶんだけど、二問目の男だけが、人間だからですかね」

「囚人も、全部人間だってば」

「なんて言うのかな。言葉とか概念の人間じゃなくって、存在としての人間って言うか」

「難しいこと言うね」

「例えば、今こうしている横で、誰かが殺されるとするじゃないですか」

「誰が？　あの巻き髪女？」

彼は、いや、と顔を引きつらせながら、困った様子で目を泳がせた。

「目の前で死んでいくのを見ちゃったら、しばらく頭から離れないし、下手したらご飯も食えなくなると思うんですよね」

「そうだね。そうなの？」

「でも、電車の中で人身事故です、ってアナウンスが流れても、みんな冷静に携帯取り出して、会社に連絡できてしまう。足元に、無残な姿で死んでる人がいるのに」

「なんでだろ」

「情報は情報に過ぎなくて、人間だって思えないからじゃないですかね」

亜衣は、なるほどわかりやすい、と何度もうなずいた。

「じゃあ、清水君も、二問目は見殺し派？」

「かもしれない」

「囚人が二百万人だったら？」

「それだけ殺すのにどんだけの水が必要かという」

「二百億人だったら？」

地球上の全人類をかき集めてもそんなにはいない、と、彼は答えた。

「別に、数の問題じゃないですよ」

「じゃあ、なんの問題？」

「納得できない二つの選択肢をどう選べばいいか、って問題」

「納得できないんだ？　答えを自分で選んでいるのに？」

「だって、人なんか殺したくないし、死んで欲しくないし、できることなら両方助けたいじゃないですか」

なるほど、と、亜衣は喉に引っかかっていたものがすっと落ちていくような気がした。

「どうやったら、両方助けられるかな」

「空を飛んで、水牢の壁をレーザービームでぶち抜けるような、正義のヒーローが現れれば」

「いないよね、そんな人」

「いないんですよね、現実には」

みんな同じ気持ちなのかな、と、亜衣は狭苦しい居酒屋の一室を見渡した。巻き髪は、両脇の男にちやほやされて、上機嫌そうだ。たぶん、さっきの問題のことなど覚えていないだろう。

「でもさ、清水君がそういうヒーローかもしれないよ」

「僕が？　ないない」

笑う彼を見ながら、亜衣は、そうだよね、と笑った。

なぜなら彼は、世界を滅ぼすことになるからだ。

Verse.9 急襲スーパーセル

ぎらぎらとした太陽が、真っすぐに自分を見下ろしている。公園のベンチに横たわり、スマホにイヤホンを突っ込んで大音量の音楽を再生すると、世界から少し浮かんだ気がした。

それまで聴いていた重苦しいジャンルの曲から、底抜けに明るい曲に切り替わって、僕の世界は大きく変化した。酔った勢いでダウンロードした、「ハチクマ」の曲だ。

——君はひとりじゃない

——世界はきっと変えられる

はじめは、なんつうタイムリーな歌詞だ、と辟易《へきえき》したが、長曾根ヒカルがこれを歌っていたのかと思うと、なんだか笑えた。普段はギターロックばかり聴いているが、聴き慣れてくるとハチクマも悪くない。ベタでシンプルな分、ちょっとだけ元気が出る。

「清水さん、サボりっすか」

突然上から人に覗き込まれて、驚いた僕は耳からイヤホンを引っこ抜きつつ跳ね起きた。見下ろしていたのは、後藤君《ごとう》という営業部の後輩だ。まだ大学を卒業したばかりの新卒で、若干学生気分が抜けきっていない感じの若者だ。

「いや、ちょっとだけ、その、休憩を」

「こんなとこで寝てたら、マジで死にますよ、熱中症で」

八月になると、太陽は完全に凶悪さをむき出しにして地面を照りつけるようになった。日陰にいても容赦《ようしゃ》なく蒸し焼きにされそうで、そろそろ部から死人が出るのではないかと、営業社員たちは戦々恐々としている。

「後藤君、今日この辺の担当だっけ」

「いや、オレ、エリアDの担当だったんですけど、清水さんが最近サボりまくってるから見て来いって急に言われて」

「誰に」

「波多っす」

僕は思わず、こめかみを押さえて天を仰いだ。

「いや、ほんと、今ちょうど、休憩に入ったところでさ」

「大丈夫っす。オレ、先輩を売るようなことはしないすから」

波多なんかに、と、後輩の後藤君は大きくうなずきながらそう約束してくれたが、実際、休憩に入ったのはほんの数分前だった。午前中は結果は出ないものの限界まで歩き回っていたのだし、サボりとは完全なる誤解だ。

「なんか、ごめんね」

「いや、いいんすよ。このクソ暑い日じゃ、応えますよね」

「エリアDって、新しい親水公園とかあって、いいところなのにね」

「さすがサボラーの清水さん、休憩場所をよくご存知っすね。最近、午後イチは暑くてやってられないんで、親水公園の川に足突っ込んでぼーっとしてんすよ、オレ」

サボりじゃないか、と指摘すると、まあ、お互い様ってことで、と後藤君は悪びれることもなく笑った。

「僕を見にきたのはいいけど、その後どうするの？」

「今日は清水さんと一緒に回れ、って言われてんすよ」

「なんでだろ」

後輩の手前、ちょっと休憩していただけなんだよ、とアピールしようとして、僕は下半身に力をこめた。けれど、腰から下が言うことを聞かない。猛暑の中、営業専用カバン「苦行」を担ぎまわったせいか、体力が根こそぎ持っていかれている。

「今日、あちいっすね」

後藤君は日に焼けて真っ赤な顔を、洗顔ペーパーで拭きながら、僕の隣に座った。そして、「苦行」から試供品のペットボトルを取り出し、なんのためらいもなくキャップをひねって、ごくごくと飲みだした。僕は、あ、と声を出して、後藤君の横顔を見つめた。後藤君は初め、僕が何に驚いたのかわからない様子だったが、ようやく、ああ、コレですか、とペットボトルを振った。

「まさか、飲んでないんすか、これ」

「いやだって、波多さんに飲んだら殺す、って言われてるけど」

「みんなやってますよ。ひでえやつだと、重いからって川に水撒《ま》いて、ラベルはがしてコンビニのゴミ箱にペットボトル捨ててますよ」

まあ、ひでえやつ、ってのはオレですけどね、と、後藤君はゲラゲラ笑いながら水を飲み干し、ぬっるぅ、まっずぅ、と顔をしかめた。

「え、そうなの？」

「清水さん、サボり屋のくせに変なとこマジメっすね」

後藤君は二本目の水に手をつけようとしたが、気を使ってくれたのか、僕の「苦行」からペットボトルを引っこ抜いた。

「てか、清水さんの苦行、重すぎません？」

「なかなか減らないんだよね。頑張ってるけど」

「いや、そうじゃなくて、お試し十本も入ってるじゃないすか」

「だって十本入れることになってるじゃない」

後藤君は、へ、と、声を裏返らせた。

「何言ってんすか。五本ですよ。配るあてがありゃ、多めに持っていくことありますけど」

今度は、僕が、へ、と声を裏返らせる番だった。

「え、そうなの」

「誰に言われたんすか、こんなの。パンフも入れすぎっすよ。これ十キロくらいいってんじゃないすか」

「誰にって、波多さんに」

ああ、と、後藤君は何かを察したような顔をした。僕は僕で、ああ、とため息をついた。波多が暴君なのは全員に対してだが、よほど癇《かん》に触るのか、僕に対しては特にひどい。

「ひでえすね、これは」

「まあでも、ほら、おかげで足腰は強くなったよ」

その場のいやな空気に堪えられなくなった僕は、スーツの裾《すそ》をめくり、入社時より一回りたくましくなったヒラメ筋をアピールした。後藤君は、マジでムキムキすね、と、切ないフォローを入れてくれた。

「そりゃ、サボりたくもなりますね」

「いやまあ、休憩だけどね」

「そういや、寝ながら何聴いてたんすか？　それ」

僕が何か言うよりも早く、後藤君は僕の肩にぶら下がっていたイヤホンをつまみ上げ、耳に突っ込んだ。あっ、と声を上げる暇もない。おそらく、ハチクマが黄色い声できゃいきゃいと歌っているところだ。僕は必死に言い訳を考えた。いや違う、アイドル好きとかそういうんじゃなくて。知り合いに強引に薦められて。

後藤君は眉間にしわを寄せ、なんだこれは、という表情でしばし黙っていた。こうなってしまっては、いまさらイヤホンをひったくるわけにもいかない。

「清水さん」

「ああ、うん」

「ちょっとヤバいくらいディープなの聴いてますね」

「え、あ、いや、別に好きとかじゃないんだけどさ」

「これ、MC・KEN‐Zじゃないすか」

僕は慌てて、ぶら下がっているもう片方のイヤホンを耳に突っ込む。ちょうど曲が終わるところだったので、曲頭に戻した。

Seven days after

言ったはずだ　幕は　切って落とされた　終わりへの夏さ
容赦ねえなギラついた太陽　焼けたアスファルト　ヒートアイランド
雲一つねえ晴天が暗転だ　咆《ほ》え出す町中の番犬が
雷鳴とともに響く悲鳴　賢明な羊は悟る運命
好天から荒天への天候悪化　稲妻に導かれた雨粒の落下
始まった　コレが　黙示　録に記された第一のラッパ

曲は、先週ケンジの家に行った時、「新しい予言」と称して半ば無理矢理押しつけられたものをスマホに保存したものだ。重苦しいバックトラックと、ドンドンと心臓を穿つ低音のビート。左右の耳を襲うストリングスの妖しい音が印象的だ。ラップがそんなに上手くないのはそうなのだが、妙な迫力があって、耳に残る。

cloudburst
まるで戦争　塹壕《ざんごう》には雹《ひょう》　さながら弾頭
息苦しいほど　の圧迫感　二百ミリ毎時のダムダム弾

局所　的な　集中砲火　空挺《くうてい》降下　一斉掃射《そうしゃ》
死者五名と行方不明者　土砂災害による被害者
未曾有《みぞう》の豪雨　になすすべもなく　空を覆う　雲を呪う
世界の終わりへの発車ベル　青ざめる　憐《あわ》れなアマガエル

始まりには終わりがある
終わりにも始まりがある
歩く先には　十三階段　祭壇
世界の終わりの　始まり

三分ほどの短い曲だ。僕は曲がフェードアウトしていくところで我に返り、ハチクマが歌いだす前に音を止めた。

「ええと、なんで知ってんの？」

「いや、こっちのセリフっすよ。オレらの中では伝説っすからね」

「で、伝説？」

「そうなんすよ。オレがたまに出てたＭＣバトルのイベントがあったんすけどね、地元のちっちゃいライブハウスの」

「ラップなんかやってたの？　後藤君が？」

MCバトルというものの存在を、僕はまったく知らなかったが、後藤君の話によると、ラッパー同士で技量を競い合うイベントのことらしい。同じビートに乗せて即興ラップを披露しあい、どちらがよく韻を踏めるかとか、相手のラップに上手く切り返しているか、客を盛り上げているか、といった観点で勝敗を決めるのだという。昔、僕が学生の頃にバンドが流行ったくらいの感じで、今は素人ラッパーも結構あちこちにいるそうだ。

「で？」

「あいつ、ちょこちょこ出てたんですよ」

「そ、そうなんだ」

「あいつは、バックトラック作るのは上手いんですけど、ラップすんの下手くそなんすよね。頭も舌も回んないらしくて。しかも、デブすぎるのか、すぐ貧血起こしてぶっ倒れるんすよ。だから大体初戦負けで。ワックMCのお手本みたいなやつでしたね」

ワック？　と聞くと、後藤君は少し首をひねって、「超ダセェ、みたいな意味っす」と答えた。それで、ケンジの立ち位置が大体想像できた。

「そっか」

「一度ね、オレのダチがKEN－Zに当たったことあるんですよ。結構上手いし名前も通ってるやつだったんで、そりゃもう、ボッコボコにディスり倒してやったんすけど」

ヒップホップ用語はほとんど知らないが、ディスる、というスラングは、僕でも知っている。disrespect の略で、相手を貶《けな》したり罵《ののし》ったりすることを言う。

「まあ、そうなっちゃうんだろうね。下手な人間が相手だと」

「けど、あんまりにもイラついたのか、あいつ半泣きで、お前は帰る、途中でコケる、片足折れる、みたいなラップかましたんすよ」

予言だ、と、僕はこっそり唾を呑んだ。

「どうなったの？　その友達」

「それが、その日、マジでコケて足折りやがったんすよ。ＫＥＮ－Ｚすげえな、予言者だな、みたいな話になったんすよね。それ以来、あいつ見てないんですけど、まだやってたんすね」

後藤君はゲラゲラ笑いながら、身振り手振り話す。どうやら、笑い話程度の偶然、と思っているようだ。

「何者なんだろう」

「何者？」

「いやあの、ケンジっていうやつ」

「え、知らないんすか？」

「え、知ってるの？」

後藤君は、なんだてっきり、と言うように、自分の額を軽く叩いた。

「あいつ、鴨下ケンジっつうんすよ。昔の市長の息子っすよ」

「鴨下だって？」

知ってますか、と後藤君が言うので、知ってる、と答えた。小学一年生の頃に、鴨下修太郎という同級生がいたのをかすかに覚えている。後藤君の言うことが本当なら、ケンジは鴨下修太郎と兄弟ということになる。

僕にとって謎の人物であったケンジが、一気に身近な存在になってしまった。狭苦しい地元コミュニティの中の一員であったというわけだ。予言も悪魔も、ひどく陳腐なものに思えて、信じかけていた自分がバカらしくなった。世界を守るヒーロー？　やっぱり、そんなものは存在するはずがないのではないか。

「あいつの実家、この辺の土地全部持ってる大地主なんですよ。だから、クソみたいなラップ作ってるだけでも、余裕で食っていけるんすよね。オレなんか、生活する金稼《かせ》がなきゃいけないから、就職して、すっぱり諦めたのに」

「まあ、生活に不安がなくて、好きなことができたらいいよね」

「なんか、働き出してから、社会に絶望しちゃいましたよ、オレ」

「絶望？」

「そうっすよ。オレらが一番キツいことしてんのに、会社で一番金貰《もら》えないってのはおかしくないっすか？」

「そりゃそうだろうけどさ」

「どうやったら、このクソみたいな世界を変えられると思います？」

「どうって」

「世界はいつまで経ってもクソみたいなもんなんですよ。不公平で不条理で、不平等なんすよ。もう、ぶっ壊れてなくなっちゃえばいいのに」

そろそろ行こうか、と、僕は自分をごまかすように立ち上がった。「苦行」はペットボトルを一本減らしたとはいえ、まだかなりの重量がある。背中と腰が軋《きし》むようで、足の裏は地面を踏みしめるたびに鈍く痛んだ。それでも、もう座っているのは嫌だった。なんとなくだ。

後藤君が西の空を見ながら、なんか、雨降りそうっすね、とつぶやいた。つられて見上げると、確かに西の空に雨雲ができているように見えた。かすかに、雷鳴も聞こえる。

「毎年恒例のゲリラ豪雨ってやつすかね。ちょっとは涼しくなりますかね」

——Seven days after
——言ったはずだ　幕は　切って落とされた　終わりへの夏さ

はっとして、腕時計に目を落とす。金髪野郎に暴行され、長曾根ヒカルとともにケンジの新作ラップ予言を渡されたのは、ちょうど一週間前の出来事だ。つまり、あれから七日が経過している。

「雨宿りできるところに行こう」

自然と口をついて出た言葉に、一番驚いたのは自分自身だった。まさか、とは思いながらも、ざわつく胸は、抑えようがなかった。Seven days after、七日後。ケンジの曲にある「世界の終わりの始まり」は、今日ということになる。

西の空を見ると、たった数分の間に、渦を巻いた雲が爆発的な速度で巨大化していた。しだいに地面から吹き上がるような風が吹き始め、空が暗くなる。ごおん、という不気味な雷の音が、どんどん近くなってきている。

「早く、行こう」

「これ、なんかヤバそうすね」

紫色の稲妻が、はっきりと、それも何本も、空を叩き割った。アスファルトに、尋常じゃない大きさの雨粒が一つふたつと叩きつけられて、びたん、という音を立てる。雨粒の衝撃が異常に強い。顔に当たると、たじろいでしまうほどの重さだった。

「だめだ、来る」

わっ、という、表現しがたい音が四方八方から湧き起こり、僕たちを完全に包囲する。次の瞬間、僕も後藤君も、滝の中にいた。

ものすごい音と、ものすごい雨だった。バケツをひっくり返したような、とはよく聞く表現だが、そんな生易しいものではない。まるで水の弾幕だ。数メートル先が水煙で見えず、近くにいるはずの後藤君の姿すらおぼろげだった。口を開けると雨がなだれ込んできて、立っているのにおぼれそうになる。さっきまで頭がふらつくほどの暑さだったのに、冬が再来したのかと勘違いするほど冷たい風が猛烈な勢いで吹き抜けていく。

「これ、ヤベえ、マジでヤベえっす！」

かすかに、斜め後ろから後藤君の声がした。風が体を巻き込むように縦横から吹いて、気を抜くと足を取られる。商店のノボリは布の部分が引きちぎれて飛び、街路樹の枝が音を立てて折れる。雷は耳をつんざくほどの音量になり、落雷の衝撃が内臓まで響いた。

転がるように、近くにある屋根つきのバス停留所に飛び込む。仕切り板が三方を囲むような形状になっていて、多少は雨風を防ぐことができる。

「な、なんすかこれ」

停留所に転がり込んできた後藤君が拾い上げたのは、野球ボールほどの大きさがある、氷の塊だった。まるで爆撃のように、次々と巨大な雹が落ちてくる。目の前の車道に停めてあった車の天井が、ぼこん、という音とともにひしゃげる。人間に直撃したら、頭が弾け飛んでしまいそうな威力だ。

「危ないから下がって！」

道路は、もうすでにただの川になっていた。ざあざあと音を立て、濁流が凹《へこ》んだ車を呑み込み、押し流す。マンホールの蓋が吹き飛んで、家の屋根を優に超えるほどの水柱が噴き上がった。後藤君は真っ青な顔で、ヤベぇ、とうわごとのように繰り返していた。

十分ほどだろうか。地獄のような豪雨は少しずつ収まり、何もなかったように青空がのぞき始めた。だが、目の前の世界は完全に姿を変えてしまっていた。

急に。胸ポケットに入れておいた社用携帯が鳴った。慌てて出ると、波多が呑気な声で話しかけてきた。後藤は生きてるか、と言っていたので、隣で無事です、と答えた。波多は、事務所に帰って来い、とだけ言って、乱暴に電話を切った。

「波多さんだった。戻ってこいって」

「これ、世界の終わりですかね。オレがぶっ壊れてなくなれって言ったからですかね」

真っ青になった唇を震わせながら、後藤君は引きつった笑顔を見せた。口元の表情とは裏腹に、目は恐怖で澱《よど》んでいた。

いや、世界の終わりの始まりだよ。

僕は、後藤君に聞こえないように、そっとつぶやいた。

鴨下修太郎　22年前

修太郎が教室に入ると、がらりと空気が変わったのがわかった。

普段なら、修太郎がランドセルを下ろすなり数人の友達が寄って来て、前日のテレビだとかゲームの話を始める。修太郎を中心に男子が熱いトークを繰り広げている姿を、女子たちがにこやかに見ている。それが、いつものクラスの風景だった。

だが、修太郎がランドセルを下ろしても、今日は誰も近寄ってこなかった。修太郎の席の周りには、見えない線が引かれているように、ちょっとした空間ができている。誰も、その線を踏み越えて中には入らない。修太郎は、ふん、と鼻で笑うと、ランドセルに入っていた夏休みの宿題を机の中に入れようとした。が、引っかかって半分までしか入っていかない。机の中を探ると、下手くそな字で「はんざいしゃ」などと書かれた紙が丸まっていた。ぐるりと教室を見回すと、にやにやしながら修太郎を見る大黒の顔が見えた。

夏休み明け、二学期の始業式。久しぶりにクラスの友達と再会する日なのだが、前日に衝撃的なニュースが地域を駆け巡っていた。世界が変わるのも無理はない。この様子だと、クラス全員がニュースの内容を知っているようだった。

修太郎がふと窓際を見ると、そこだけ、いつもと変わらない風景があった。ぽつんと自席に座って、目を伏せたままぼんやりしているやつがいる。清水だ。

「エスカータ、再放送みた？」

修太郎は、清水の前の席に陣取り、視界に割って入った。清水は相変わらず人の目を見ずに、首を横に振った。

「は？　みてねえのかよ」

今度は、こくん、とうなずいた。

「いみわかんねえな、なんで？」

「それがさ、テレビもビデオもすてちゃったんだよ、うちのおかあさん。ぼくがべんきょうしないからって」

「まじかよ。バカだな、おまえのママ」

修太郎は、たまらず噴き出した。清水が、笑いごとじゃないよ、と泣きそうな顔をした。

「じゃあ、おれにかんしゃしろよな」

「なんで鴨下に？」

「今日はたぶん、みんなエスカータどころじゃねえから」

「どうして？」

そうか、テレビを捨てられたから知らないのか、と、修太郎は苦笑いをした。

「ケーサツにつかまったんだ」

「だれが？」

「うちのパパ」

えっ、と、清水がようやく顔を起こして、驚いたような表情を見せた。修太郎は、おせえよ、と清水のすねを蹴りつけた。

「鴨下のおとうさんて、えらいひとでしょ？」

「いちおう、市長だからな。たぶんクビになるけど」

「なにかわるいことしたの？」

「よくわかんないけど」

修太郎の父親は、テレビにもよく出る名物市長だった。たびたび学校の行事に顔を出していたこともあって、「鴨下市長」を知らない人間は学校にほとんどいない。それまではヒーローのように扱われていたせいか、悪いことをした、警察に捕まった、という話は爆発的にクラスの中に広まったようだ。

「わるいこと」は、こどもの修太郎にはあまり理解ができなかったが、どうも、みんなに隠れて下水の工事をして、儲かった工事会社からお金をもらったそうだ。

「それってもしかして」

「ぼくらが、井戸の中の秘密をみつけちゃったから?」

「うん?」

「かもしれないな」

どうも、篠田早苗のおじいさんも市の政治家で、修太郎の父親とは敵同士らしい。篠田が、井戸の中でひどい目にあった、と家族に訴えたところから、神社の地下に誰も知らない下水施設が作られているのが見つかったらしい。ニュースでは、「しゅうわい」「いんぺい」「うらがね」という言葉が何度も使われていたけれど、なんとなく悪い意味なんだろうな、ということまでしかわからなかった。

「ケイムショに入るの?」

「わかんないけど、たぶんね」

「たぶんねって、だいじょうぶ?」

修太郎は、さあな、と答えた。

「なにが?」

「だって、おとうさんでしょう、じぶんの」

「だいじょうぶだよ、べつに。おれはおれだし」

清水が、再び驚きで目を丸くした。

「でもさあ」

「エスカータだってそうだろ。陣健作は正義のヒーローで、陣周作は悪の大王じゃん」

目が真ん丸のままの清水を見ると、不思議と周りが気にならなくなった。

「でも、みんな正義のヒーローを見るかんじじゃないね」

「そういうもんなんだよ、セケンてのは。わるもののこどもはわるものだとおもわれる」

見ろよ、と、修太郎は机に押し込まれていた「はんざいしゃ」といういたずら書きを清水に見せた。清水は眉をひそめて、ため息をついた。

「べつに、鴨下がわるいわけじゃないのに」

「しょうがねえんだよ。おまえもあっちがわにいっとけ。あとでイジメられてもしらねえぞ」

「だって、鴨下がちかよってきたんじゃん」

清水は、修太郎を中心にできた気味の悪い輪を見て何度か首をかしげ、落ち着きなく腰を浮かせた。そして、修太郎に向かって引きつった笑みを浮かべると、自信なさげに席を立った。

「あのさ」

清水のぼそりとした声が響いた。隣のクラスのがやがやとした音が聞こえるのに、この教室は清水一人の声が通るほどひっそりとしていた。クラス中の人間の視線が、清水に集まった。自分で視線を集めておきながら、清水はみんなに見られると肩をすぼめた。

「その、なんていうか、わるいのは鴨下のおとうさんで、鴨下はわるくないよ」

一瞬、教室全体の時間が止まった気がした。だが、結局ちょっとの間そんな感覚があっただけで、時間は動いていたし、状況も変わらなかった。清水は顔を真っ赤にしながら涙目で着席し、もう一度引きつった笑みを修太郎に向けた。

「おまえな、なんでそういうこといっちゃうんだよ。なかまはずれにされるぞ」

「いいよべつに。もともと、ともだちいないし」

「そういうもんだいじゃないだろ」

「そうなんだけど、なんかさ、いやだったんだよね」

「なにがだよ」

「だって、鴨下はわるくないじゃない？」

始業のベルが鳴ると同時に、ランドセルをガサガサ鳴らしながら、小山田が教室に飛び込んできた。小山田は修太郎と清水を見るなり駆け寄ってきて、「エスカータの再放送みた？」と興奮した様子でまくしたてた。

「それどころじゃねえんだよ」

「なんで？」

「鴨下のおとうさんがさ、わるいことしてタイホされたんだって」

「しってるよ、そんなの」

「え、しってんの？」

「わるいやつなんだからしょうがないよ」

小山田は笑いながら、でさあ、とエスカータの話をしようとした。再放送も見せてもらえなかった清水が、また泣きそうな顔になって「だまれ」と、小山田の口をふさいだ。

「ほんとバカだな、おまえらは」

ふと廊下側に目を向けると、担任が立っていて、修太郎に向かって手招きをしていた。これから親戚の人が来て、修太郎の転校の手続きをするらしい。その後は、修太郎はその親戚の家で暮らすことになりそうだ。

修太郎は席を立ち、もみ合う二人に向かって、じゃあな、と別れの言葉を告げた。

忘れるなよ？

おれたちは、「世界を守り隊」だぞ。

Verse.10

情性モーニング

朝のニュース番組で、昨日の集中豪雨が「一時間あたり百九十七ミリ」という国内観測史上類を見ない、最大の降水量を記録した、と報じられた。これまでの記録からすると、大幅な更新だ。誰も、こんな雨が降るとは予想すらしなかっただろう。ただ一人を除いては。

一夜明けて、豪雨の被害もしだいに明らかになってきていた。

高台の造成地では土砂崩れが起きて電柱をなぎ倒し、市内の一部に停電が発生している。幹線道路や線路には、豪雨で叩き折られた街路樹の枝などが大量に散乱し、交通機関は完全にマヒ状態だ。

川沿いの親水公園では悲劇も起きた。急激な雨水の流入で公園の小川の水位が一気に上昇し、近くにいた母子連れが流され、遺体となって見つかった。親水公園の辺りは雨が降っていなかった。突然濁流が襲ってくることなど予想ができなかっただろう。

死者四名、行方不明者が数名。負傷者は二百人以上。死者四名、という表示を見て、僕ははっとなった。ケンジのラップでは、死者五名、と歌われていたはずだった。もしかしたら、これからもう一人死者が増えるのかもしれないと思うと、憂鬱《ゆううつ》な気分になった。

番組のコメンテーターが、これでも被害は奇跡的なほど小規模にとどまっている、という見解を示した。元市長が私腹を肥やすためにやらせた下水道工事が、結果的に今回の豪雨の被害軽減に奏功したのだという。コメンテーターは「皮肉なことですが」と言葉を加えた。

鴨下元市長は、公共事業の入札にかかわる贈収賄事件で逮捕され、三年の実刑を食らっている。今は何をしているのか知らないが、その一件で政治の世界からは引退したらしい。小学校の頃の話でうろ覚えだが、市長が逮捕された時にはクラスが大騒ぎになって、市長の息子で同級生だった鴨下修太郎が転校していったことは記憶にある。

僕はいつもより一時間ほど早めに起きて、テレビを見ながら出勤の準備をし、スーツに着替えた。歯を磨き、ヘアワックスで髪を整え、携帯と財布をカバンに放り込んで玄関から外に出る。体に染みついたルーチン作業だ。僕は「こんな日に何をしているのだろう」と悩むことすらなく、起床からきっちり十五分で、玄関ドアを開けて外に出た。

外は、どこもかしこも大変なことになっている。二百ミリの降雨量と言えば、丸一日の降水量であっても破格の数字らしい。それが、たった数十分の間に、東西数キロ程度の範囲に降り注いだのだからたまったものではなかった。線路も道路も泥で埋まり、通勤に使う電車もバスも、完全にストップしている。

普通の会社なら、今日は休み、と言われるのかもしれないが、あいにく会社からそんな連絡は来ない。ならば、普通に出社しろ、という意味なのだろう。僕はため息をつきながら、泥が積もってぬかるんだ道に一歩踏み出した。

電車もバスも止まっている上に、道もまともに歩けない。遅れます、と、事務所に連絡を入れたかったが、電話をかけても誰も出なかった。こんな状況だから、全員遅れているのかもしれない。

結局、二時間半以上かけて泥だらけの道を歩き、日もだいぶ上ってきた頃になってようやく事務所にたどり着いた。「清水、遅刻！」と言われるのではないかと、おそるおそるオフィスに入るが、人の気配はない。もうみんな出社して、自分の営業エリアに向かっているのだろうか。僕はせかせかとカバンを置き、ロッカーの片隅に置いてある「苦行」を持ち上げた。

誰もいない中、どこを回ろうか、と悩んでいると、応接用のソファから人の足が生えているのが見えて、ぎょっとした。覗き込むと、誰かがソファに寝ているのが見える。波多だ。

「お、おはよう、ございます」

応接テーブルには、酒の瓶やら缶やらがごろごろ転がっている。波多はうっすらと目を開け、不機嫌そうな唸り声を上げた。目を覚まして最初に発した音は舌打ちで、発した言葉は「うるせえな」だった。

「何してんだお前は」

こっちのセリフだ、と思いながらも、いや、仕事で、と答えた。この様子だと、事務所で酒を飲んで、そのまま寝ていたらしい。

「何時だ今」

腕時計を見る。朝イチで家を出たというのに、もう昼前になっていた。

「十一時五十五分です」

波多は、時刻を聞くなり、マジか、と起き上がり、応接テーブルに置いてあったテレビの電源を入れた。少し間が空いて、昼時ののどかなニュース番組が映る。

「まだ昼じゃねえか」

ふざけんなよ、と、波多は怒り出し、寝ながら僕を蹴りつけた。僕はまた、反射的にすみませんと頭を下げてしまう。

「寝過ごしたかと思っただろ」

「始業時間でしたら、思い切り寝過ごしてますよ」

一瞬、波多は口を開けて止まった。まだ寝ぼけているらしい。

「日本代表戦に決まってるだろ、バカ野郎」

この状況でサッカーですか、と言うと、うるせえ非国民、という答えが返ってきた。聞けば、波多は事務所で朝まで大いに酒を飲み、そのままサッカー中継の始まる午前零時頃まで寝るつもりだったらしい。

「で、お前は何しに来たんだよ」

「すみません、遅刻するって何度か事務所に電話入れたんですけど」

波多はそうじゃねえ、と手をひらひらさせる。

「ここ来るまでに、街の様子は見たろ？」

「はい。結構大変なことに」

「バスも電車も止まってんだろうが」

「そうなんです」

「じゃあ、どうやって来たんだよ」

「あの、歩いて。なので遅刻を」

波多は、目を丸くし、肺にたまっていた空気を思い切りため息として吐き出した。アルコールの酸っぱい臭いが広がる。

「真性のバカだな、お前は」

「え」

「見ろよ。お前以外、誰も来てねえぞ」

あ、そうなんですか、と、気の抜けた返事をして、僕は事務所内を見渡した。蛍光灯がついていなくて、薄暗い。人の気配はなく、酒の臭いが充満している。社畜の鑑《かがみ》だな、と、波多は立ち尽くす僕を思い切り皮肉った。

どうやら今日は、付近の営業所の社員全員に自宅待機命令が出ていたようだった。緊急連絡網の順番で言うと、僕に連絡するのは後藤君のはずだが、すっとぼけたのか、休みと聞いて二度寝したのか、連絡が僕にだけ来ていなかった。とはいえ、連絡が来ないからと確認もせずにノコノコ出社した僕も、確かにバカと言われても仕方がない。

波多は自宅近辺が停電という情報を聞いて帰宅を諦め、事務所に泊まることにしたようだった。ビルには自家発電装置がついているので、電気が止まってサウナ状態の自宅に帰るよりは、ここにいる方がずっと快適で安全なのだ。

「とりあえず、今日は休みだ。さっさと帰れ」

波多はそう言い捨てて、またごろりと応接用ソファに転がった。僕はどうしていいかわからずに、「苦行」を持ち上げ、また下ろし、無意味に中身をいじって、少し考える時間を取ろうとした。

「てめえは今、こう考えてる」

ソファに身を横たえ、目を閉じたまま、波多は乱暴に言葉を発した。

「このまま言われたとおりに帰るか、やる気をアピールするために、そのクソ重てえ荷物を担ぎ上げて外に出るか、どっちが正解か」

「そんなつもりじゃ」

またも図星を指されて、僕はどうしていいかわからなくなった。こうしろ、こう動け、と言われれば、迷わずに済む。けれど、波多は魚を網に追い込むように、僕を袋小路に追い詰める。二択問題を出されて、どちらも正解に思えない時、どうやって答えを選べばいいのか、僕にはわからない。

「お前は勘違いをしてんだよ」

「勘違い、ですか」

「正解を選ぼうとするから、お前は間違うんだ」

意味がわかりません、と下を向くと、いいから帰れ、と怒鳴りつけられた。

波多に追い出されるように外に出ると、頭が沸騰してしまいそうなほどの日差しが降り注いでいた。こんな炎天下をまた二時間半もかけて歩いたら、本格的に倒れてしまうかもしれない。舗装された道路は、焼肉でもできそうな熱さになって、ゆらゆらと陽炎《かげろう》を生んでいた。

とはいえ、他に選択肢もないので、来た道を戻ろうと二歩三歩と歩いていると、突然後ろからクラクションを鳴らされて驚いた。見覚えのあるツーシーターのスポーツカーが僕の横に停まった。

「こんなとこで何してんの？」

乗っていたのは、長曾根ヒカルだ。相変わらずラフな格好で、大きなサングラスをかけていた。

「長曾根さんこそ、こんなところで何を」

「友達に車を借りてきたんだけど。キミは？」

あ、その車は借り物か、と、なぜか少しほっとした。

「会社から今日は自宅待機って連絡が来なくて、出社しちゃって」

「この状況で？　バカじゃないの？」

「会社の上司にもまったく同じことを言われたよ」

上司がまともでよかったね、と、長曾根ヒカルは皮肉っぽく笑った。

「でも、ここに来るか来ないか、どっちが正解かわからなかったから」

「そんなの、正解とか不正解の問題じゃないでしょ」

「じゃあ、どういう問題なんだよ」

「こんな日に、仕事なんてしたいかどうか」

そんな自由はサラリーマンにはないよ、とため息をつく。

「とりあえず、乗って」

長曾根ヒカルが、運転席の右側にある助手席を指差していた。僕は、乗るべきか躊躇したものの、もう一度、鋭い口調で、乗って、と言われると、抵抗する気を失った。言われたとおりに乗り込む。

「丘の上神社に、行くのか」

「雨は降ったでしょ」

カーステレオからは、ケンジの予言ラップが聞こえていた。セブン・デイズ・アフター、言ったはずだ。

「降った、けど」

「予言通り、ってことでしょ」

それ以上、何も聞く必要はなかった。何もかもが決まっている。今日ここで長曾根ヒカルと会うことも、どうせビッグバンが起きて宇宙が生成された頃からすでに決まっていたのだろう。僕はため息をついて、助手席のドアに手をかけた。

風間亜衣　3年前

ベッドのフレームと、マットレスのスプリングが軋むかすかなリズムを聴きながら、亜衣は細かく浅い吐息を漏らした。部屋の外から、急加速と急停止を繰り返す、新聞配達のバイクの音が聞こえる。自分の中で起こりつつある感覚の波も、似たようなうねりを持っている。

彼の下腹の上にまたがり、腰を浮かせ、沈める。彼は少し眠そうな顔をしたままベッドに身を横たえて、自分の上で踊る亜衣の腰を、倒れないように支えている。

合コンの後、半ば強引に彼を誘って店を変え、終電がなくなるまで拘束することに成功した。タクシーを拾って自分の部屋に移動し、酔った彼を狭苦しいシングルベッドに転がした。亜衣が隣にもぐりこむと、自然に距離が縮まって、唇が重なった。そこからは、まるでそれが決め事であるかのようにことが進んでいった。

「ねえちょっと、清水君」

「うん？」

「なんか、おかしい？　そんなにガン見されるのも恥ずかしいんだけど」

「いや、すごい汗、と思って」

亜衣は腰の動きを止め、暑くなっちゃったよ、と右手をひらひらさせながら、枕元のヘアゴムに手を伸ばした。目の前に突き出された乳房の先を、彼が口に含む。柔らかくて温かい感触が亜衣の中に流れ込んでくる。

「人様の胸に吸いつくのに、そんな真顔はどうかと思うよ、清水君」

「じゃあ、どんな顔すりゃいいんだよ」

笑いなよ、笑えばいいと思うよ、と、亜衣は無理矢理彼の口角を引っ張り上げた。

「にやにや笑いながら、ってのも気持ち悪くない？」

「真顔よりは自然」

「風間さんだって、目が笑ってない」

「私はしょうがないの」

理不尽だ、と言いながら、彼は亜衣の腰を抱いて体勢を入れ替えた。そのまま激しく動いて、一区切りをつけようとする。自分の心を理解することは難しいが、体で感じることはシンプルでわかりやすい。彼の動きと連動するように、全身が熱を帯びていく。そのままどこかに飛んでしまいそうになる一歩手前で、彼は息を荒らげながら隣に寝転んだ。それでも、じわりとした快感が、彼の名残のように亜衣の体を包み込んでいた。

「ねえ、なんでかな」

「え？」

「なんでさ、セックスって必要なんだろうね」

彼が、また？と言いながら笑った。今日一日、彼にはいろいろなことを聞き続けている。彼は物知りというわけではないが、普通の人が言う「なんとなく」を、亜衣にもわかるような言葉にする努力をしてくれる。

「必要？」

「人間もそうだけど、動物も虫もさ、何かって言うと、交尾交尾」

「まあ、子孫を残すためなんじゃないのかな、やっぱ」

「子孫を残してさ、どうするの？」

「どうすんのって、やっぱほら、生物が生きている理由って、種の保存なんだろうし」

「でも、死んだ後に種が生き残ったとして、なんか得することある？」

「どうだろう。天国から見守るとかさ」

「ゴキブリに天国なんてある？ゴキブリって、子孫を残すことに超こだわるけど」

ゴキブリの雌は、死にかけると全力で産卵するらしいよ、と言うと、彼は「やめて」と悲鳴を上げた。

「たぶん、種の保存にこだわらない生物もいたんだと思うんだよね」

「そうなの？」

「いや、わかんないけど。でも、そういう種は生き残らないから、結局、種を保存しようとする生物だけが生き残る」

なるほど、と、亜衣は一応の納得をした。世界のシステムに都合のよい種だけが生き残るようになっているということだ。

「じゃあなんでさ、そんなに種の保存が大事なのかな」

「なんで、かなあ」

「種の保存のためだけに、すべての生物が自然に出来上がったなんて信じられない」

「つまり？」

「神様がいてくれないと困る」

まあ確かに、と、彼は汗を拭《ふ》きながら同意した。

「神様がいるかはわからないけど、聖書では、神様は洪水を生き残ったノアにこう言うんだ。産めよ、増えよ、地に満ちよ」

聖書とは無縁だったが、亜衣もノアの方舟《はこぶね》伝説くらいは知っていた。世界中が大洪水に見舞われ、罪深き人間が死に絶えていく中、方舟にあらゆる動物と植物の種を集めたノアの一族が生き残って、新しく世界を作り直す、という話だ。

「人間は、神様の言うとおり、しっかりやってるね」

「まあ、そうだね」

他の生物を駆逐《くちく》しながら、人間は世界中に満ちている。今世紀の終わり頃、人口は百億人を軽く超えるらしい。もしかしたら、地球のキャパシティを超えてしまうかもしれない。他の生物が、無制限に増えていくことはまずありえない。どこかで、エサ不足や環境への適応でストップがかかるからだ。地球を食いつぶしてしまうほど際限なく増えていくのは、ただ一種、人間だけだ。

「清水君も、やっぱり種の保存のために生きてるの？」

彼は、使用後の避妊具をゴミ箱に捨てながら、どうだろうね、とはにかんだ。

「見てのとおり、避妊はしたけれども」

「それ、私が持ってたゴムだけどね」

「そうだった」

人間、とひとくくりにしてしまえば、その数は爆発的に増えている。でも、「種の保存」というプログラムされた本能の軛《くびき》から逃れようとしている人間も増えているようだ。彼らは、本来生殖の手段でしかない性愛に価値を見出して、それをコミュニケーションの手段にしている。

「その、今のタイミングで言うことかわかんないけど」

「うん？」

「僕と付き合ってくれませんか」

汗をかいてずいぶんお酒も抜けたように見えるのに、彼の顔がどんどん赤くなっていく。きっと、彼はそう言ってくれるだろうと思っていた。今日一日、この言葉を聞くために行動してきたのだ。

人間の脳の反応パターンは決まっている。

そう告げたら、彼はがっかりしてしまうだろうか。

「もちろんいいよ。私でよければ」

「そ、そっか、よかった」

人間は恋をする。種の保存をするだけでよかったら、そういう感情はかえって邪魔なのではないか、と亜衣は思う。でもどうして、「神様」は人間にそういう感情を植えつけたのだろう。ただの歯車なら、余計なことを考えさせない方がよさそうなものなのに。

「あ、それとさ」

「ん？」

「誕生日、おめでとう」

ありがとう。そう返事はしたものの、めでたいのかはわからない。世界の終わりが始まるまで、あと三年を切ったということだ。

Verse.11 天才アジテイター

長すぎる石段を上り終え、夕日に染まる石造りの鳥居をくぐると、丘の上神社の境内が待っていた。夕方になってもまだまだ全方位からセミの声が降ってくる。蟬時雨《せみしぐれ》、というよりは、蟬の集中豪雨だ。暑苦しいと言ったらない。

丘の上神社は、住宅地に囲まれた丘の上にぽつんと建っている。無名なわりに起源が古く、初めて社殿が建立されたのは、平安末期に遡《さかのぼ》るらしい。主祭神は事代主神《ことしろぬしのかみ》。小学校の頃、社会科見学で教わった内容だ。不思議なもので、遠い記憶のはずなのに、妙にはっきりと覚えている。

結局、僕は長曾根ヒカルの車に同乗し、丘の上神社までやってきた。昼頃に僕の会社の近くを出たのに、もう夕方だ。街は大混乱で、車が通れる道は限られていた。渋滞の連続でくたくたになってやってきた僕たちを待っていたのは、無情な長さの石段だ。汗まみれになりながら、ようやく神社の境内にたどり着いた。

長曾根ヒカルと連れ立って境内をふらふらしていると、背後から「殺してくれ」「死ぬ」「むしろもう死んだ」という甲高い声が聞こえてきた。小山田だ。

「し、清水」

真っ青な顔をした小山田は、人の名前を呼びながら、おうえ、と嘔吐《えず》いた。ロッキーに肩を貸してもらいながら、やっと立っているような状況だ。還暦目前のロッキーは涼しい顔をしていて、息一つ乱していない。昔取った杵柄《きねづか》というやつはすごいのだな、と思い知らされる。

「なあ、当たっただろ、清水」

当たった、とはケンジの予言ラップのことだ。時間あたり二百ミリという未曾有の大雨が降る。死者、行方不明者が出る。結果は、いわずもがなだ。これまで一度も起こらなかった「起こるはずのない災害」が、実際に現実となった。

「外れたさ」

僕は、小山田の顔は見ずに、そう吐き捨てた。

「当たったじゃんか」

「死者は五人じゃなくて、四人だった。今朝ニュースで見た」

誤差の範囲だよね、と、横にいた長曾根ヒカルが頬を引きつらせ、僕を嗤った。これだけの証拠を突きつけられて、まだそんなことを言うの？　という意味だろう。わかっている。

「観測史上類を見ない猛烈な局地的豪雨」という自然現象を、一週間前にケンジは予言し、的中させた。気象予報士やコンピュータでも、一週間前にゲリラ豪雨の兆候を摑むことなど不可能だ。当てずっぽうで言い当てる確率を計算したら、きっと天文学的な数字になるだろう。もはや、ケンジの予言を疑う余地は見当たらなかった。

「ケンジの予言は、必ず当たるんだってば」

小山田が熱弁するのを聞き流しながら、僕は参拝路にある立札を目で追っていた。

「賀茂神社の由緒」という立札には、十二世紀中頃に政変で都を追われた陰陽師家の一族によって建立された、という本当か嘘かわからない伝承が書いてある。

十二世紀中頃と言えば、ちょうど八百五十年ほど前だ。想像もつかないほどの古代、というわけではない。そう考えれば、八百四十一年後の世界も同じだ。想像もつかないほどの未来ではない。自動車が空を飛んでいたり、火星に移住している人々もいたりするかもしれないが、人間はきっと今と変わらない顔かたちをしていて、ものを食べ、働き、結婚して子を産み、愛し憎み、泣いたり笑ったりして生活しているだろう。

小さな水盤のある手水舎《ちょうずしゃ》を過ぎると、石で作られた参道が延びている。参拝経路としては西へ直角に曲がって拝殿へ向かうのだが、東側にも道がある。朝日の光が本殿に入り込むように、敷地を囲む森がここだけ切り開かれているのだ。乱暴な字で「展望台」と書かれている案内板の矢印に従って社林を抜けると、一気に視界が開けた。

展望台には小さな東屋《あずまや》とベンチが備えつけてあった。ぽつんとベンチに座る男の背中が見える。盛り上がった肉の厚みといい、服装といい、間違いはないだろう。

「ケンジ」

小山田が、空気を読まずにあっさりと声をかけた。ケンジは静かに振り返り、ヨウマイメン、と言ったきり黙った。

「ええと、何してるんだ？　こんなところで」

「世界を見ている」

つられてケンジの視線を追うと、確かに世界が見えた。展望台からは、市内全域を見渡せる。そろそろ姿を消そうとしている太陽が、空を茜色《あかねいろ》に染めていた。

「世界、ね」

「豆粒みてえな小ささだけどな。海の向こうの広さに比べりゃ」

ケンジはのそりと立ち上がり、芝居がかったしぐさで、両手を広げた。半袖パーカから伸びる両腕は、相変わらずモチモチしている。

雨、降ったな、と、僕が言うと、ケンジは、そりゃそうだ、とだけ答えた。

「結局さ、僕らは何をすればいいんだ」

ケンジは巨体を揺らしながら、ユウはせっかちだな、と笑った。そのまま、置いてあるデカいラジカセの再生ボタンを押した。

耳をふさいで警戒していると、意外にも、重厚なティンパニの音が響き始めた。聞き馴染みのある冒頭のコーラスが終わると、重いベース音が重なってきた。どうやら、クラシック音楽をヒップホップ調にリミックスしているらしい。

「おい」

「ユウたちに贈ろうと、作ってきた新曲だ」

ケンジはバッグからマイクを取り出すと、キングサイズの身体を上下させながら、曲にあわせて恥ずかしげもなくラップしだした。小山田は一緒になってノリ出したが、ロッキーは困惑した様子で目を泳がせ、長曾根ヒカルはうんざりとした様子でため息をついた。

訪れる審判の刻《とき》　事切れる瞬間の叫び
阿鼻叫喚《あびきょうかん》　の渦の予感　惨憺《さんたん》たる地獄の絶望感
一方　通　行の未来　ＴＡＫＥ２　なんかはありゃしない
レペゼン全人類代表　K-E-N and Z　捧ぐメッセージ

悪魔が来たりて笛を吹く　瞬く間に広がるヤバめのHOOK
ＭＣの服　を着た agitator　この世の終わりの conductor
それが神託　だなんて御託　並べるやつに叩き込む罰符《ばつぷ》
サダメだなんて言わせねえぜ　俺らが守るぜ世界この手で

行くぜ　世界を守り隊　絶体絶命のこの時代
守れ　世界を守り隊　大胆不敵な秘密戦隊

たっぷりフルコーラスを聴かされた挙句、曲は荘厳なコーラスによるエンディングを迎え、終わった。ケンジは、例のポーズを決め、僕たちにドヤ顔を向けて静止する。背後では、蟬の声に交じって、ヒョロロ、とコオロギが鳴き出していた。音楽のせいで一瞬異世界に連れて行かれそうになったが、ここは日本の夏の夕暮れ、古い神社の一角だ。

「で、何これ」

「世界を守り隊のテーマだ」

「テーマだ、じゃないよ。いったい何が言いたいんだよ」

「いいかユウ、人間は一定のリズムを聴き続けていると、安心して脳のプロテクトを外すんだ。背中をとんとん叩くと赤ン坊が寝るだろ？　ヒップホップのリズムってのはまさにそれだ」

僕はむしろ、プロテクトを強固にせねばならない、と心を閉ざしたのだが、ケンジはお構いなしに続けた。

「プロテクトが外れた脳に、韻を踏んだリリックを直接叩き込むと、ただ話をするよりずっと効果的に、俺の思いを伝えられるってわけだ」

僕が「だってよ。なあ、わかったか」と、小山田に話を振ると、小山田はとりあえずかっこよかった、と答えた。どうやら、思いはそれほど伝わっていないらしい。

「何をしなきゃならないか、早く言えよ」

悪魔を倒すんだぞ、と、小山田が妙に張り切って、膝の屈伸などを始めた。神社の石段で音《ね》を上げるようなやつが、悪魔と戦うための戦力となり得るかは甚だ疑問だ。

「要するに、悪魔のラッパーが世界を滅ぼすから阻止しろ、ってことなんだよな？」

簡単に言ってしまえばそうなる、とケンジはうなずいた。簡単に言ってしまえるなら、わざわざラップにしなくてもよさそうなものだが。

「僕らはなんだ、その悪魔に、ラップすんな、大人しくしとけ、って言いに行けばいいのか」

「悪魔のラッパーはまだ、生まれていない」

「は？」

「これから生まれるんだ。この町には今、悪魔のＤＮＡを持った男がいる」

「悪魔の、ＤＮＡ？」

「そうだ」

「そうだ、と言われてもな」

「清水は、なにがそんなに納得できないんだよ」

小山田が口を尖《とが》らせて、僕の額に向けて指をさす。

「やっぱり、こんな小田舎でさ、世界を滅ぼす悪魔のDNAがー、なんて言われても、リアリティがないよ、ローカルすぎて」

「ケンジが予言してるんだから、リアルなんだってば」

小山田が僕の周りをぐるぐる回りながら、いらだったように声を上げる。

「だって、僕らの町から、世界中の人間を動かすほどのラッパーが出てくると思うか？プロ野球選手が一人出た、ってだけでも大騒ぎなのに」

「日本一のアイドルだっているだろ！」

小山田が真顔で長曾根ヒカルを指しながらわめいた。長曾根ヒカルは、少し動揺したのか、顔を幾分赤らめながらも「もうアイドルじゃないし」と切り捨てた。

「ヘイ、ユウは、ブラウナウって町を知ってるか」

「ブラウナウ？ 聞いたことないな」

「人口二万人に満たないくらいの、オーストリアの田舎町だ。俺たちの町よりさらに小っちゃくて辺鄙《へんぴ》なとこだな」

「そんなとこ知らないよ、さすがに」

「昔、ブラウナウに一人の男がいた。学校もろくに卒業しねえで、画家を目指すとほざいて家を出たワナビーボーイだ。それくらいなら、この町にだっていそうだろ？」

「誰のことを言っているんだ」

「悪魔さ。ヘイヨウ、民主主義、を破壊する鉤十字《かぎじゅうじ》」

「それって」

「そう、ヒトラーさ。人類史上、あれほど悪魔呼ばわりされたオッサンは他にいねえ」

悪魔っつうのは、他人事じゃねえんだよ、と、ケンジは続けた。

「ヒトラーはラップなんかやらないだろ」

「ヒトラーの場合は、演説だ。演説で、国民をいっせいに動かしたんだ」

ヒトラーが演説の天才であったことは僕でも知っている。ナチス党はヒトラーの演説によって躍進し、ドイツの第一党となった。不思議な熱狂の中で、ドイツは第二次世界大戦への道を歩み、ヒトラーは六百万人のユダヤ人を虐殺するに至る。

「ヒトラーは、演説を夕方にやるって決めてたらしいぜ」

「夕方？　どうしてさ」

「一日働いた後じゃ、疲れて頭が動かないからさ。脳のプロテクトが外れやすくなるってことを知ってたんだ」

「こじつけだろ、そんなの」

「いいや。歴《れっき》とした史実だぜ、ユウ。ヒトラーの演説は、短くて印象的な言葉を、独特のリズムで何度も繰り返すんだ。大げさな身振り手振りを交えてな。演説を聞いている民衆は、煽られてハイル・ヒットラー！　の掛け声を上げる。なんかに似てねえか？」

扇情的なリリック。耳を突き抜けて脳で感じるライム。ステージからのマイクパフォーマンスに対する、オーディエンスのアンサー。実際に行ったことはないが、言われてみればヒップホップのステージとイメージが近いと言えなくもない気もする。

「もちろん、そんな芸当ができるのは、天才的な扇動者だけだ。ラップやりゃいいってもんでもねえ」

「ヒトラーみたいなやつが、また生まれてくるって言うのか」

「そうだ。それが悪魔だぜ、ユウ。チョビヒゲ横分けのオッサンが、たかだか数千人を前に演説を繰り返しただけで、世界中が火の海になったんだ。一瞬で数億人、数十億人に情報が伝わる今なら、どうなるだろうな」

そこまで人間はバカじゃない、と言おうとしたが、僕は口をつぐんだ。世界が動きだしたら、自分の意思とは関係なく、僕も同じ方向に動いてしまうかもしれない。入ってくる情報が増えれば増えるほど、人間はそれを考えずに鵜呑みにしてしまう。

「もうすぐ、悪魔誕生の儀式が始まる」

「悪魔誕生の、儀式だって？」

「そうだ。その儀式を止めて欲しい」

「なんだそれ。魔女とか山羊男《やぎおとこ》が大釜かき回してんのか？」

「いいか、悪魔が誕生する。その前には、儀式がいるだろ？」

「だから、どんな儀式だよ」

「うん？」

「うん？　じゃないだろ」

「いいか、悪魔が誕生するには、悪魔を宿す魔女が必要だろ」

少し時間が止まって、僕とケンジが、ん？　え？　と腹を探り合いながら首をかしげる。

「意味がわからない」

「いいか、ユウ。大雨が降った。街はがれきやら泥だらけで外には出られない。その上、停電だ。仕事にも行けないから、自宅にいるしかない。忙しい悪魔には、儀式にちょうどいい時間ができるだろ？」

ようやく「儀式」の意味がわかって、僕は、そういうこと？　と、気の抜けた返事をした。

「なんというか、つまり、その、誰かの邪魔をしろと？」

その、性的なアレというか、と僕がまごついていると、横から長曾根ヒカルが「セックスって言やいいじゃん」と吐き捨てた。

「まあ、そういうことだ」

「そういうことだ、じゃないだろ。なんだそのゲスなヒーローは」

「それで世界が守れるんだから、しょうがねえ」

そんなことで守られるような世界は、やっぱり予定通り滅びてしまえばいいのではないか、と僕は思った。いちいちスケールがローカルサイズで、世界を守ろうという気が起きやしない。

「ケンジが直接家の前に行って、大音量でラップでもやりゃいいだろ。きっと萎《な》える」

「それで世界が変わるなら、とっくにやってるぜ、ユウ」

やるのかよ、と僕は無駄にテンポよくツッコんだ。

「変わんないのか」

「世界ってやつは、巧妙なんだ。無理に未来を変えようとかき回しても、いろいろな因果が書き換わって、結局は元に戻っちまう。川の中に棒を差し込むようなもんだ。ちょっと流れは変わるが、すぐに何もなかったように元通りだ」

「それじゃだめじゃないか」

「だから、流れが変わる直前を狙うんだ。悪魔の誕生を阻止するなら、腹に宿る直前でないとダメだ。世界の終わりを招く因果が結ばれるその瞬間、然るべき場所にたどり着ける選ばれしヒーローが、ユウたち世界を守り隊というわけだ」

小山田が興奮して、カッコいいな！　と、はしゃぎだしたが、僕には到底かっこいいとは思えなかった。言い方をどう工夫しても、やることは人様の夜の営みを妨害しに行くという、ゲスな行為でしかない。

「なんだよ、その然るべき場所ってのはどこなんだよ」

そこだ、と、ケンジは親指で展望台を指差した。

「でけえ家が見えるだろ、真四角の」

神社の建つ丘の斜面を目で追っていくと、中腹辺りを切り開いた高台の住宅地が見えた。ど真ん中に、周りの家の敷地三戸分はあろうかという、バカでかい新築の家がある。白塗りの外壁に、整えられた緑の庭がきれいだ。

「近いな、おい」

僕を含め、四人の「守り隊」が横一列に並び、悪魔の遺伝子を持つ男がいるという白亜の邸宅をじっとりと見ていた。お金持ちの家、という感じはしたが、世界を滅ぼす悪魔を生み出すような禍々しさなど、微塵も感じることはできない。

「あんなデカい家にぞろぞろ行ったら、目立ってしょうがないと思うんだけど」

「ユウは、行き方を知ってるはずだぜ」

ケンジは僕の肩を叩き、親指を立てた。全員の視線が、僕に集まってくるのがわかった。もう一度、大きな白い家を見て、いやな汗が噴き出すのを感じた。

「なあ、ケンジ」

僕の問いかけに、ケンジは首を少し傾けて、なんだ？　と返事をした。

「こんなことで、未来は本当に変わるのか」

「変わるさ」

「変わった後の未来も見えるのか」

ケンジは残念だが、と一つ前置きをして、首を振った。

「今はまだ、最悪のエンディングしか見えない」

「じゃあ、未来が変わるって保証もないんじゃないか」

「いいか、ユウ。悪魔の誕生は、すべての未来に通じる因果の原点だ。悪魔さえいなければ、世界は必ず変わる」

信じろ、と、ケンジは語気を強めた。

世界にどれほどのバリエーションがあるかは知らないが、そのすべての世界で、僕の人生は最初からパターンが決まっている気がした。僕も含めたすべての人間は、きっと歯車なのだ。歯車は、左右どちらにでも回転することができるようにはなっているが、実際は他の歯車の動く方向にしたがって、一方向に回ることしかできない。

歯車に未来が変えられるのか？　と、僕はつぶやいていた。

小山田信吾　12年前

水の中のように音がくぐもっていて、上手く聞こえない。辛《かろ》うじて光の明暗だけを捉えることができる目で、千佳は信吾の唇の動きを追った。

「大丈夫？」

全然ダメだよ、と、笑い飛ばそうとしたが、腹に力が入らなかった。短い人生の中で、心から笑えたことは何回あっただろう。笑うという行為のためには、全身を震わせるほどの力が必要なのだと、こうなってはじめてわかる。自分にはもう、笑顔を作る力さえ残されてはいなかった。

「しん、ちゃん」

「母ちゃん」

学校は？　と聞きたかったのに、息が続かなかった。

具合が悪い、と思ったのはずいぶん前だった。それでも、仕事を休むことができなかった。健康診断はおろか、病院に薬をもらいに行くことさえできずに、だましだまし体に鞭《むち》打って働いてきたが、やはりダメだった。職場で倒れて救急搬送された結果、自分が癌に冒されていることを知った。すでに全身に転移していて、どうしようもなかった。余命は、長くて二ヵ月と告げられた。手の施しようがなかったことが、逆に救いだったかもしれない。高額な医療費を払うことはできないからだ。

癌細胞というのは、毎日数千個、体内で生まれているそうだ。それを、免疫の力で毎日すべて抑え込んでいる。けれど、たった一つだけでも逃してしまうと、生き残った癌細胞は無限に細胞分裂を繰り返して爆発的に増え、免疫の力を凌駕《りょうが》し、体を蝕んでいく。すべての始まりとなるたった一つの間違いが起こるかどうかは、もはや運でしかないそうだ。自分は運が悪かったんだな、と、千佳は思うことにした。

死ぬことはそれほど怖いとも思わなかったが、高校三年生になったばかりの信吾が気がかりだった。父親も兄弟もいない息子は、自分が死んでしまえば天涯孤独だ。せめて、信吾が高校を卒業するまでは病気を押さえつけておいてくれていたらよかったのに、神様は非情で、悪魔は無情だった。

「ごめんね」

声は出なかったが、息子には伝わったらしい。仏頂面のまま、首を横に振った。

「俺さあ、大丈夫だよ。バイト先も見つかったし。なんとかなるよ」

だから早くよくなってよね、と、信吾が手に力をこめた。右手が温かい。

「もうダメかなあ、って感じだよ、しんちゃん」

声がかすれる。自分の命を削り取って、言葉に変えて吐き出す。

「やめろよ」

信吾はもう一度、やめろよ、と言って、右手を揉《も》んだ。さっきまで感じていた温かさは、もうわからなくなっていた。

「なんにも、してあげられなくて、ごめん」

「そんなことないよ、やめろよ」

父親がいれば、こんな思いをさせることもなかったのかもしれない、と思うと、胸が張り裂けそうになった。

信吾の父親と出会ったのは、高校の頃だ。アマチュアボクシングでインターハイや国体にも出るような選手だった。卒業後に、彼がプロボクシングの世界に飛び込んだのをきっかけに、同棲《どうせい》を始めた。

彼は鳴り物入りでデビューしただけあって、とんとん拍子にランクが上がっていった。たった二年でタイトルマッチ。二人で飛び上がるようにして喜んで、珍しくビールで乾杯したことを覚えている。信吾がお腹にいることがわかったのは、ちょうどその後だった。

妊娠のことを話すのはタイトルマッチの後にしようと決めていた。結婚だ入籍だ、とばたばたすることなく、ベルトが懸かった試合に集中してもらいたかったのだ。

相手は、パンチの強いベテランだと聞いていた。天才的なリズム感を持った彼が、試合で顔を腫らすことはめったになかったが、万が一の事故もないように、丘の上の神社に毎日通って、神様に願掛けをした。彼が練習で使う石段を登り、息を切らせて本殿に参る。お金はそれほどなかったが、生活は充実していた。

友人から週刊誌が送られてきたのは、彼がジムの合宿に参加して、家を空けている時だった。ページをめくると、小さな和紙の栞《しおり》が挟まっていた。目に飛び込んできたのは、白黒写真でもはっきりとわかる、彼の顔だ。

ページのタイトルは、「ボクシング界期待のホープ、深夜のご乱行」だ。急に締めつけられる胸をなだめながら、おそるおそるページを開くと、見覚えのある服を着た彼と、見たことのない女が写った写真が何枚か掲載されていた。最後の写真は、女と唇を重ねているように見える、彼の姿だった。

今思えば、ちゃんと話をすればよかったのだ。けれど、若かった千佳は、そのまま部屋を飛び出した。それ以来、彼とは一度も連絡を取ったことはなかった。お腹の子は、堕《お》ろそうかともずいぶん悩んだが、一人で産んだ。今は、心からよかったと言える。もし息子がいなかったら、自分という存在は世界の渦に飲み込まれ、消えてしまうだけだっただろう。息子の存在は、千佳が生きた証だ。

「朝起きたら、ちゃんと歯を磨いてね。ご飯は三食しっかり食べて。困っている友達が、いたら、助けてあげて」

「母ちゃん」

「それから、ね、約束、覚えてる？」

「約束？」

「ちっちゃい頃、約束したでしょ」

信吾の両目がみるみるうちに潤んで、涙が溢れた。つられて泣きそうになったが、どうしても涙は出てこなかった。

「覚えてる、よ」

彼の部屋を出て行ってからしばらくして、彼が突然ボクシングを引退したことを知った。怪我をしたわけでもなく、まだまだこれからという矢先だったので、もしかしたら自分のせいだろうか、と気持ちが落ち込んだ。離れたとはいえ、心の奥ではまだ整理がついていなかったのかもしれない。

もやもやとしたものを抱えながら何年か経った頃、息子が夢中になってテレビにかじりついて見ている番組を、何気なく見て驚いた。悪者を相手に、勇ましく戦う彼の姿があったからだ。

信吾に何これ、と聞くと、「世紀末戦隊エスカータ」という答えが返ってきた。彼は主役で、一番目立っていた。どうやら、ボクシングの引退後に役者の世界へ飛び込んだようだ。世界の平和のために戦う彼は、とても懐かしく、とてもかっこよく、誇らしく見えた。

「世界がさあ、ね、大変になったら、ね」

息が苦しくなって、五感が弱っていく。もう、世界を感じることができない。どこに行くんだろう、と、少し心細くなった。

「俺が、世界を、守る！」

信吾の頼もしい声が聞こえた。最後の力を振り絞って、信吾の小指に、自分の小指を引っかけた。

ママと、やくそくー、と、言えたかどうかわからない。仰向けのまま深い海の底に沈んでいく。どんどん小さくなる、最後の光のゆらめきをぼんやりと見ている。

十一時五十五分四十七秒。

ご臨終です、という医者の声は、実はまだ、かすかに聞こえていた。

Verse.12 出撃ヒーローズ

西の空に日が落ちて、神社は黒いシルエットになっていた。手すりに腰かけ、夜の町を見下ろす。丘の斜面に沿ってはるか海まで続く光の粒は、身近な世界のわりにきれいだ。

「何してんの」

急に声をかけられて、僕は我に返った。振り向くと、長曾根ヒカルが立っていた。

「びっくりした」

「まだ早いよ。世界を守る気満々じゃん」

「そんな格好をしてる人に言われても」

ケンジが用意していたキャンプ用の白いLEDライトで浮かび上がった長曾根ヒカルは、黒いキャップにタンクトップ、迷彩柄のカーゴパンツに、ワークブーツという格好に着替えていた。どう見てもやる気満々だ。対して僕は、昼間に泥をしこたまかぶったYシャツ姿のままで、下はあまり伸縮性のないスラックス、靴は踵《かかと》のすり減った合皮のワークシューズだ。世界で一番、運動に適さない格好ではないだろうか。

「普段着だよ、これ」

「そんな軍人みたいな格好してるの？　いつも」

「うちは父親がアクション俳優崩れだから、私服が昔っからこんなのばっかだったの。もう、いまさらガーリーなのには戻れないよ」

「アクション俳優？」

崩《くず》れ、ね。と、長曾根ヒカルは強調した。

「すごいね」

「すごくないよ。子供向けの特撮ドラマに一本出たくらいで、あとは通行人Aだの、チンピラBだの」

「僕が知ってるやつかな、特撮の」

「まあ、私が生まれる前のやつだからよくわからないけど、世紀末なんとか、ってやつ」

「世紀末戦隊エスカータ？」

僕がいきなり食いついたのに驚いたのか、長曾根ヒカルは少し腰を引かせた。

「知ってるの？」

「知ってるも何も、大好きだったよ」

まさか陣健作？　レッド？　と聞くと、長曾根ヒカルは首を振って、黄色、と薄い笑顔を見せた。

「エスカータ・イエローか！」

「赤やりたかったけど、ダメだったんだってさ」

「そっか。でも、いいキャラだと思うけどな、イエローも」

「いいキャラなんて、テレビの中だけ。実物は、アル中のろくでなし」

「そうなの？」

「そうだよ。酔うとすぐ暴れるし。お母さんは愛想尽かして出て行ったし」

「なんかちょっとショックだな」

「なんでよ」

「だって、あの頃の僕らにとっては、ほんとにヒーローだったんだよ、エスカータはさ」

「主役の人がでしょ」

「レッドはまあ一番人気だったけど、イエローもだよ。みんなだ」

長曾根ヒカルは少し意外そうな顔をし、ふっとため息をついた。

「その言葉を、うちの父親に聞かせてやりたかったね」

物理的には遠くはないけれども、少しだけ距離のある僕と長曾根ヒカルの間を、生暖かい風が吹き抜けていった。長曾根ヒカルは柵の上に座って足をぶらぶらとさせながら、何かを考えているように見えた。

「小さい頃は、みんな本当にエスカータになりたがってた」

「キミも？」

「僕は、ヒーローになんかなれっこないと思ってたんだよね」

「なんで？」

「子供の頃から今と変わんない性格だから」

ああ、と、長曾根ヒカルは納得した様子だった。

「ヒーローでもなんでもない僕らに、世界なんか守れるのかな」

「何それ。ヘタレてんの？」

「そりゃそうだよ」

「じゃあ、なんで来たのよ」

「なんでって、長曾根さんが連れてきたんじゃないか」

「さっき、私の車に乗らずに帰るって選択もできたでしょ？」

そりゃ、まあ、そうだけども、と、僕は、言葉を濁した。

「なんで来たのか、自分でもわかんない」

長曾根ヒカルは、へえ、と、気の抜けた返事をした。顔は、夜景を見下ろしている。

だが、耳はしっかりとこちらを向いている。

「どこかで、世界を守るヒーローになってみたいと思ってんのかな、僕は」

「男子なんて、みんなそういうもんじゃないの？」

「うちはさ、母親がものすごい教育ママだったから。そんなこと言ったら、お前はバカなのかってさんざん怒られたんだよね。夢見てるんじゃない、ってさ。エスカータも、実は最終回を見せてもらえなくて、いまだにもやもやしてる」

「インターネットで調べれば、動画なり結末のネタバレなり出てくるんじゃないの？」

「そうかもしれないけど、それは別にいいんだ」

「なんで？」

「最終回が見たかったのは、子供の頃の僕だからさ。今は、世界が終わるなんて心配してなかったし、特撮ヒーローの物語がどういう結末を迎えたかもそんなに興味がない」

「大人になっちゃったわけね」

「そうかもね。だから、いまさら、世界を守るヒーローになれ、なんて言われても、正直ぴんとこないし、いや、そういうの向いてないんだよね、って思うだけでさ」

「私だって、別に興味ないから。世界がどうなるかなんて」

長曾根ヒカルは、視線を前に向けたまま、吐き捨てるようにそう言った。言葉がどこか刺々《とげとげ》しくて、耳の奥に引っかかる。

「じゃあ、なんで守り隊なんかに」

「なんとなく。暇だったし、理由なんかないよ」

嘘だな、と、僕は思った。理由もなしにこんな面倒ごとに参加しようとする人はいないだろう。でも、長曾根ヒカルは、その理由を話そうという気はないようだった。僕のような、会って数回きりの人間に本心を打ち明けるほど単純な理由じゃないのだろう。

変な空気のままお互い話すことがなくなって、僕はまた夜景に視線を戻した。しばらくすると、少し遠くから、「殺してくれ」「死ぬ」「むしろもう死んだ」という声が聞こえてきた。例のごとくロッキーに支えられた小山田は、僕らの姿を見るなり「ヒカりん！」という素っ頓狂な叫び声を上げた。小山田は、首元がダルダルになったノースリーブのシャツに、薄いハーフパンツとビーチサンダル、という緊張感のない格好だ。ロッキーはトレーニングウェア姿だが、年季が入りすぎてテロンテロンになっている。四人集まってみると、丸きり統一感のない、怪しい集団が出来上がった。

ロッキーが、買ってきたパンやおにぎりを、へらへらしながら全員に配る。お金を出したのは、なぜかまた僕だ。一番高いハムサンドをひったくって、さっさとかぶりつく。

「時間だ」

暗闇の中でも相変わらずサングラスを外さないケンジがやってきて、展望台の向こうを指さした。つられて目をやると、星の粒のように光っていた街の灯りがふっと消えて、夜景の中にぽっかりと黒い穴が開いた。こうなるとわかっていても不気味だ。僕たちがこれから乗り込もうとしている家は、その暗闇の中にある。

「なんか気持ち悪い」

長曾根ヒカルが、顔をしかめる。

ゲリラ豪雨と一緒に降ってきた雹の影響で変電所の設備にトラブルがあったらしく、今日から数日間、夜間の計画停電が実施されるという。街灯や信号機の電気も落ちて、停電エリアの中は、普通では考えられない暗闇になる。不法侵入にはもってこいだ。

ケンジの先導で無駄に立派な社殿の脇を抜け、裏手に回る。鬱蒼《うっそう》とした森は、闇に閉ざされて不気味だ。鎮守の森の一角に、きれいに下草が刈り取られた広いスペースがあった。

「俺はサイズの関係で一緒に行けねえ」

「なんだよ、来ないのかよ」

確かに、ケンジの体格を見れば、隠密行動などとても無理そうではある。だからと言って、言い出しっぺが一人だけ何もしないというのも腹が立った。

「だが、俺の魂はいつもユウたちとともにある」

ケンジはそう言いながら、バカでかいラジカセを僕に向かって差し出した。こんなもんいるかよ、と受け取りを完全に拒否すると、代わりに小山田が手を伸ばした。

「ねえ、何これ、不気味」

髪の長い女とか、這い出してこないよね？　と、長曾根ヒカルが、引きつった顔で暗闇を白い光で照らす。

暗闇の真ん中には、金属の柵に囲まれた、石造りの古井戸があった。

長曾根ヒカル　半年前

ヒカルが、ただいま、と言っても、返事はなかった。ヒカルにとって最後になるハチクマの地方ライブの後、数日ぶりに帰ってきた実家は、真っ暗でいやな臭いがした。引きずってきたスーツケースをとりあえず玄関に置き、靴を脱ぐ。薄暗い居間には、ソファに寝転がり、すっかり膨れ上がった腹を晒《さら》した父親がいた。

「電気つけるよ」

部屋の真ん中にぶら下がった蛍光灯の紐《ひも》を引っ張ると、ちかちかと光が散らばる。父親が、不愉快そうなうめき声を上げた。ヒカルは手近にあったビニール袋に、転がっている酒の空缶を詰め込む。

「金は」

「あるけど、ちょっと待って。片づけちゃうから」

「うるせえな、さっさと持って来い」

ヒカルはため息をつき、とりあえずあと一つ、と缶に手を伸ばした。手が缶を掴むかと思った瞬間、目の前が真っ暗になって、左頬に衝撃が走った。耳がきん、と鳴る。少しの時間が経ってようやく、自分が平手打ちをされて、尻餅をついたのだということが理解できた。

恐怖と屈辱で小刻みに震える体を、意地で抑えながら立ち上がる。そのまま玄関のスーツケースから封筒を掴み、下ろしたばかりの給料を差し出した。父親はひったくるように受け取ると、すぐさま手に唾をつけて、中の札を数えだした。

「こんだけかよ」

「そんだけだよ」

父親は舌打ちをして、そばにおいてあるセカンドバッグに封筒をねじこんだ。現金を渡せば、すぐにパチンコにつぎ込んでしまう。けれど、渡さなければ殴られる。最終的には、諦めて金を渡すことになる。抵抗するだけ無駄だった。

「俺はなぁ、二十五分のドラマ一本で、この十倍くらいはもらってたぜ」

うそつけ、と、言葉が頭に浮かぶが、口には出さない。

昔、ヒカルの父親は役者だった。とはいえ、代表作と言えるものは何もない。あえて言うならば、ヒカルが生まれる前に流行った特撮もののドラマに出演したくらいだ。だが、以来俳優の仕事はろくになく、ヒカルが生まれた頃にはすでに開店休業状態だった。時折、アルバイトにもならないエキストラの仕事をして、いまだに「自分は俳優だ」と言い張っている。

「もっと稼いで来いよ」

「今度、CMのオーディション受けてくるよ」

本当か、と、父親は身を乗り出してきた。

「契約金はいくらだ」

「まだ全然、そこまでいってる話じゃないよ」

「誰が決定権持ってるんだ」

「わかんないけど、社長さんじゃない？　CM出す会社の」

「寝ろ」

「寝る？」

「そうだよ。なんとかして、社長とヤッてこい。二、三回ヤッて金がもらえると思ったらいいだろうが」

一瞬、耳を疑った。父親が、実の娘に言うセリフなのか。

「ちなみに、なんのCMだ」

ヒカルは、一瞬躊躇して、サイドボードに飾られているポスターを見た。右下に、『世紀末戦隊・エスカータ』というロゴが入っていて、五人のヒーローがそれぞれポーズを取っていた。若い頃の父親が、黄色いスカーフを巻いて、左端に写っている。五人はそれぞれ、色のついたスカーフを首に巻いていた。ブルー、ブラック、ピンク、そして、レッド。その顔を見ていつもぞっとする。レッドの顔面には、所狭しと釘が打ちつけられているからだ。

「奇跡カンパニーさん」

「なん、だって？」

「宅配水のだよ。知ってるでしょ」

てめえ、という怒号が響いて、ヒカルはまた顔面を張り飛ばされた。先ほどよりももっと、力の籠った平手打ちだ。気を失いそうになるほど、頭がクラクラした。

「顔はやめてよ！」

「ふざけんじゃねえぞ」

もう一度、厚みのある手が飛んでくる。アザができるのだけは避けようと、ヒカルは両腕で顔をかばった。受け止めた勢いで体が横に吹き飛ぶ。

「金、金、言うの自分じゃない！」

あいつが、どんなクソ野郎かわかってるだろ！　と、父親は怒鳴りながらサイドボードを指差した。人差し指の先には、釘につぶされて顔を失ったエスカータ・レッドがいる。

「あいつはなあ、俺の人生を狂わせた疫病神なんだよ！　汚ぇ手を使いやがって、俺の、」

「わかってるよ！　本当はお父さんがやるはずだった主役を、その人が奪ったんでしょ！　なのに、あっさり実業家に転身して、すごい儲けてるのが許せないんでしょ！　もう、何っ回も聞いた！」

「だったら、てめえなんで尻尾振ってやがんだよ」

「偶然だよ、ただの。いいじゃない、お金もらえるんだし」

「プライドってもんはねえのか、てめえには」

「プライドなんて、私にあるわけないじゃない。誰が踏みにじってきたんだよ。あんたでしょうが」

瞬間、父親が獣のように唸りながらセカンドバッグに手を突っ込み、何か取り出してヒカルに飛びかかって来た。あっという間に抱え上げられ、ソファの上に組み伏せられる。次に、ごつん、と音がして、額に重く、硬いものが当たった。

「ガキが親に向かって、何を言ったかわかってんのか」

またか、と、ヒカルは体を強張らせた。酔った父親を怒らせると、最終的にこれが出てくる。くすんだ色をした、少し小さめの、拳銃だ。

「そんなオモチャで、大人しくなると思ってんの？」

父親は、ふん、と鼻でせせら笑いながら、銃口をヒカルの額に這わせた。不覚にも、声が震えた。

「これはな、あの野郎をぶっ殺すために、警官からパクってきたホンモノなんだよ。あんまりふざけてると、てめえから頭吹っ飛ばすぞ」

酒が入った父親は、もう誰にも止められない。目の前にいる弱いものを叩き伏せ、刹《せつ》那《な》の全能感で自分を慰めなければ、生きていくこともままならないからだ。

「撃ちなよ」

「なんだと」

「殺しなよ。殴る蹴るするより、早いでしょ」

蚊の鳴くような声しか出なかったが、ヒカルはもうひれ伏すのをやめることにした。明日はもう訪れないかもしれない。でも、それでいい気がした。

「ナメやがって」

父親が拳銃の撃鉄を起こそうとすると、急に部屋の電灯が消えて真っ暗になった。不機嫌そうに唸った父親に向かって、影が飛びかかったのが見えた。二つの影の塊が絡み合い、揺れ動いている。派手な音を立てながら、影は父親を殴り倒し、蹴りつけ、執拗《しつよう》に痛めつけた。父親の悲鳴と、やめてくれ、と哀願する声が聞こえた。いつもの暴力的な声とは違う、情けない声だった。

「おい」

黒い影が、闇の中からヒカルに語りかけてきた。

「生きてるか」

動揺で返事をすることもできず、暗闇の中でとにかくうなずいた。影には、それで十分に伝わったらしい。

「外まで丸聞こえだったぜ、親子ゲンカが」

「あんた、誰」

「正義のヒーローに決まってんだろ」

こんな悪そうなヒーローがいてたまるか、と思うと、なぜか笑えてきた。

「バカ、じゃないの」

バカはてめえだろ、と、自称・正義のヒーローは、ヒカルの頬をピタピタと叩きながら、知ってるか、と問いかけた。

「ネズミを檻の中に閉じ込めて、ひたすら電気ショックを与えるって実験があんだよ」

「何それ。動物愛護団体に、ケンカ、売ってんの？」

「どうなるかわかるか？」

知らない、と、ヒカルは答えた。痛みと脱力感と少しの安心感が体に纏《まと》わりついて、身動きができない。意識は、少しずつ、水の中に沈んでいくように遠ざかっていこうとする。

「逃げられない状況で電気ショックを食らいすぎると、檻に出口を作ってやっても、ネズミは逃げねえ。電気ショックを受けてんのに、その場でじっとしてんだとよ」

男が何を言おうとしているのか、わかるような気がした。そして、ネズミの気持ちもわかる気がした。

「お前はネズミか」

「ちがう」

「じゃあ、なんで出ていかねえんだ、この檻の中から」

ヒカルは、ぐっと言葉を詰まらせた。「親だから」という理由にもならない理由しか思いつかなかったのだ。

「このまま親父を調教して、大人しくさせてやってもいい」

「殺すの？」

「殺しはしねえさ。壊すだけだ」

ヒーローが使うとは思えない言葉に、ぞわりと鳥肌が立った。この男はやるだろう、という妙な確証があった。

「壊す」

「別にいいっていうなら、俺は帰る。勝手に親父に殴り殺されろ」

影の背後で、父親がゆっくりと立ち上がろうとしていた。影は最後に、選べ、とささやいた。

「……って」

「あ？　聞こえねえ」

「やって」

黒い影は、圧倒的な力で父親をねじ伏せた。父親は抵抗しようとしたが、ろくに反撃もできなかった。長い間、自分を虐《しいた》げてきた存在が、目の前で簡単に壊されていく。嬉しいとも、可哀想とも思わなかった。

「なかなか面白いもん持ってるな」

痛めつけられ、罵られて、肉体的にも精神的にも折れた父親が倒れ伏したまま動かなくなると、影はヒカルの前に立った。とても人を叩き伏せた後とは思えないほど淡々とした様子で、拳銃をズボンの腰の辺りにねじこんだ。

「偶然」

「あ？」

「なんてことは、ないでしょ。そんなに、世の中が甘いわけがないから。なんでここに来たの」

「頼まれたんだよ。助けてやってくれってな」

「頼まれた？」

「未来が見える、アイドル好きのデブラッパーに」

なにそれ、と、少し顔をほころばせると、口の角が痛んだ。

「私はそいつに殺される運命だったってこと？」

「死んでいたし、生きてもいた」

「わけわかんない」

「明日、自分が生きている世界を、お前は選択したってことさ」

暗闇から、手が自分の目の前に差し出されていた。先ほどまで、硬い拳となって父親を叩き伏せていたとは思えない、しなやかな手だった。

「何、かっこつけてんの。悪魔のクセに」

「ヒーローだっつってんだろ」

普段よりも強く感じる重力に逆らって、よくわからないことを言う怪しい影の手を握り返した。手に力を感じた瞬間、ヒカルの目から涙があふれ出してきて、止まらなくなった。

いつ以来だろう。体が痛い、という理由で涙が出たのは。

Verse.13
鉄壁ダイモーン

「ここを、降りるの？」

長曾根ヒカルが、井戸を覗き込んで「無理じゃない？」と首を振った。井戸に覆いかぶさった金属の蓋はかなり重みがあったが、小学生の頃とは違って、大人の力で簡単に開けることができた。ライトで井戸の中を照らすと、コの字型の足場が、闇に向かって一列に並んでいるのが見えた。

「小学生の頃、ここにもぐったことがある」

小山田が、俺も俺も、と、長曾根ヒカルに向かってアピールをする。

「なんなの、ここ」

「井戸に見えるけど、井戸じゃない。なぜか下水管とつながってる」

「どういうこと？」

「わからないけど、元々あった井戸と、下水管を繋げたんだと思う。井戸がマンホール代わりになってるんだ」

「下水管って、ウンコが流れてるとこかぁ？」

ロッキーがへらへらとふざける。長曾根ヒカルが、あからさまに嫌そうな顔をした。

「違う。雨水が通るほう」

「ほんとにここから悪魔の館にたどり着けるわけ？」

悪魔の館、とは酷い言い草だが、僕は、たぶん、と答えた。

「あの家が建ってる場所、昔は空き地だったんだ」

「空き地？」

「公園になるはずだったんだけど、計画が頓挫《とんざ》して民間に土地を売ったんだと思う。普通なら民家の敷地にマンホールなんてないけど、あの土地なら残ってるかもしれない」

いや、確実に残ってるんだろうな、と、僕は何も言わないケンジに目をやった。

ロッキーは井戸を覗き込んで、落ちねえかな、と、笑顔のまま不安を口にする。そういえば、ロッキーの右手はほとんど握力がない。今日は何を思ったのか、ボクサーのように白いバンテージで右手をガチガチに固めてきている。余計に降りるのが難しそうだ。

「よし、行くぞ！」

小山田が急に張り切りだし、侵入にはまったく無用なデカいラジカセを抱えて真っ先に井戸にもぐりこんだ。嫌な湿気のある井戸の中はぞっとするほど不気味だが、小山田は意に介す様子もない。こいつの、ある種信念のような気持ちの強さはどこから来るのかと首をかしげたくなる。

小山田のドレッドヘアが見えなくなると、次にロッキーが続いた。右手が上手く使えない上に、懐中電灯代わりのバカでかいオイルランタンを担いでいるものだから、見ていて実に危なっかしい。

がしゃがしゃと小やかましい音を立てて降りていくロッキーの次は、僕が降りることになった。ケンジが用意していたライトを腰につけて井戸の側壁にへばりつくと、世界が一気に変わった。一歩降りるごとに、非日常の世界に沈んでいく。かなり長く続く足場を降りて井戸の底につくと、遠い昔の記憶がかすかによみがえってきた。小学生の僕が、よくもまあこんなに深いところまでもぐったものだ、と、今さらながら驚いた。

「こっちだ」

長曾根ヒカルが降りてくるのを待って、僕が珍しく集団の先頭に立った。本来こんなことはしたくないが、後ろに引っ込んでいたい、という願望よりも、こんな暗闇とは早くおさらばしたい、という欲求の方が上回った。

「覚えてるの？　道」

長曾根ヒカルの問いに、僕は首を横に振った。二十年以上前、まだ幼い子供だった頃に一度だけ通ったルートなんか、覚えているわけがない。けれど、僕にあの時を思い出させるものが残っていた。白い光に照らされた下水管の壁、分岐する場所には、正しいルートを示す矢印がある。

鴨下修太郎が、スプレー塗料で描いた目印だ。

おそらく何度も雨水にさらされてきたはずだが、矢印は当時のまま、くっきりと残っていた。こりゃ、商店街のシャッターにいたずら描きをされたら、落とすのが大変なわけだ、と変に感心する。

井戸の底から一列になって狭苦しい下水管を進むと、トンネルのようなだだっ広い空間に合流した。大人の目で見ても、驚くほど広い空間だ。巨大な円の直径は、僕の背丈の二倍以上は優にある。こんなに広かったんだ、と、僕自身が改めて驚いた。

「なにここ、滅茶苦茶広い」

「たぶん、雨水の調整用の設備なんだ」

驚きの声を上げる長曾根ヒカルとロッキーに、僕が知っていることを伝える。雨水の貯留設備は、集中的な降雨があった時などに河川の氾濫《はんらん》を防ぐために作られる。大人になってから知ったことだが、僕らの都市では、一時間当たり五十ミリの豪雨を想定して下水設備や雨水調整設備が整えられているそうだ。だが、鴨下修太郎の父が市長を務めていたころ、この「時間当たり五十ミリ」という規模を無理やり「時間当たり百五十ミリ」に改竄《かいざん》し、想定よりも大規模な下水工事を実施したのだという。

もともと鴨下元市長は時間当たり百五十ミリの雨にも耐えられるように下水施設を拡張することを提案していたらしい。だが、そんな起こりもしない災害のために莫大な予算はつけられない、と、当時の市議会は大反発した。二十数年前には、この辺りに亜熱帯のスコールのような雨が降ることなど、誰も想像もできなかったのだ。

だが、雨水調整施設の整備が議論される数年前には、時間当たり百五十ミリ以上の集中豪雨があった場合、神社が建っている丘で大規模ながけ崩れが発生する可能性が市の調査で指摘されていた。神社の地下にはなんのために掘られたのかわからない大昔の地下道が縦横に走っていて、そこに大量の雨水が流れ込むと丘自体が崩壊してしまう恐れがあるということだった。丘の上神社の麓の土地は、大部分が鴨下一族の資産だ。元市長は、なんとしてでもその資産に対するリスクを回避しなければならなかったのだろう。

裁判では、自らの支持母体である地元の工事業者からのキックバックが目的であったとされているが、そんなことのために、過去に例のない未曾有の不正工事事件を起こすだろうか。遅かれ早かれ、こんな無茶苦茶な工事はバレていただろう。

鴨下元市長の三期十二年の負の遺産として語られてきた不正工事のなれの果て。作ってしまったものはどうしようもないと放置されてきたが、二十数年経って「起こりもしない」はずの災害は実際に起きた。とてつもなく広い雨水調整管の天井に光を走らせると、まだ濡れていることに気づく。信じられないことに、昨日の雨はこの大きな空間を満たしていたのだ。時折、天井からしずくが垂れてきて、ぴちょん、という音を響かせた。

鴨下元市長は、このとてつもない大雨が降るということを知っていたのではないだろうか。僕には、そうとしか思えなかった。予言者ケンジの正体は、鴨下ケンジ。かつて同級生だった鴨下修太郎の兄で、鴨下元市長の息子だ。ケンジが子供の頃から未来を予言することができていたのなら、いずれとてつもない雨が降るということを元市長が知っていても不思議ではない。

「よし、先を急ぐぞ！」

僕が独りで考え事をしているのをよそに、小山田は意気揚々とラジカセの再生ボタンを押した。「世界を守り隊のテーマ」が、下水管を中から破壊するのではないかというくらいの音量で響き渡る。僕は思い切り小山田の頭をひっぱたいて音量を下げさせた。

四方八方から、守れ、守れ、という声が聞こえてきて、頭が痛くなる。

突然、長曾根ヒカルが珍しくか細い悲鳴を上げた。何事かと思って進行方向に目を凝らすと、一本道の先に動く影が見えた。ネズミにしては巨大すぎる。影は、僕たちの進路をふさぐように立っていた。

「遅《おせ》えし、暑《あち》いし、眩しいし、うるせえし」

ぞっ、と実際に音がしたのではないかと思うほど、猛スピードで体中を悪寒が走り抜けた。僕たちが向けた光に照らされたのは、夏だというのに長袖の黒いシャツを着込み、革手袋をつけた、男だった。

「誰だぁ、お前」

「誰でもいいんだよ」

男がゆっくりと近寄ってくるにつれ、顔のディテールがわかってくる。拳を固めたロッキーがランタンを置き、一歩前に出る。僕は、こいつはだめだ、と言おうとしたが、男の冷たい視線をまともに浴びて、声が出なかった。横を見ると、長曾根ヒカルが男をにらみつけていた。


金髪男。

児童公園で、僕に暴行を加えたあいつだ。

「おいおい、四人じゃ一人足りねえじゃん、秘密戦隊」

「なんであんたがここにいるのよ」

長曾根ヒカルが、金髪男に向かって鋭い声を浴びせる。男は、薄い笑みを浮かべてスマートフォンを取り出し、見せつけるようにふらふらと振った。

「アイドルちゃんのスマホに、盗聴アプリを仕掛けておいたんだ」

長曾根ヒカルが唇を嚙み、プライバシーの侵害なんだけど、と、強がった。

「なんのために」

僕は枯れ果てた勇気をかき集めて、金髪男に向かって声を発した。この男が、なんの意味もなくここにいるわけがなかった。僕たちの行動を知っていて先回りをしているということは、もちろん邪魔をするつもりだろう。「おまえたち、ここから先は通さないぞ」で済めばいいが、平和に終わる予感はまったくしない。

「わざわざ素敵な場所に来てくれるから、全員いっぺんに片づけてやろうと思ってさ」

「片づけるって、僕たちを？」

「いいか？　おまえらは、世界を守るなんて言いながら、人様の家に乗り込もうとする異常者どもだ。俺は、そんな異常者を通すなと言われている」

「誰にだよ」

「クライアントの情報を明かすボディガードがいるかよ」

　クライアント、という言葉が誰を指すのかは僕には見当もつかない。けれど、「守り隊」の行動が逐一把握されていたと思うと、気味が悪くなった。金髪男が長曾根ヒカルの運転手として働いていたのも、「守り隊」の監視が目的だったのかもしれない。つまり、未来を知る者はケンジだけではないということだ。

　鴨下元市長、という言葉が、ぼんやりと僕の脳裏をかすめる。

「俺たちは、世界を守るヒーローだぞ！」

小山田が、そこをどけ、と声を張り上げた。「世界を守る、ねえ」と、金髪男は意味深な笑みを浮かべた。

「だからなんだよ」

「なんで邪魔するんだよ」

「お前らは世界を守るなんてことが正しいと思ってるんだろうけど、世界にはそうじゃない人間もいるんだよ」

世界滅びろ派、と、僕の口が無意識のうちに言葉をこぼした。

「そんなの、悪いやつだろ！」

「悪い？　悪いってのはなんだ。俺がこの場でお前らを一人残さず壊してやるのは悪いことか？」

「あたりまえだろ！　悪者め！」

「じゃあ、お前らがやろうとしていることはなんだよ」

一瞬、小うるさい小山田がぎゅっと唇を噛んで押し黙った。

「悪魔を倒して世界を守るんだ！　正義だろ！」

「世界ってのは、人一人殺してでも守るべきなのかねえ？　俺と何が違うんだよ」

殺す？　と、僕が首をひねると、間髪入れずにロッキーが前に出て、男を睨《にら》みつけた。

「俺がやる」

ロッキーは少し体を引いて半身《はんみ》になり、ゆっくりとファイティングポーズをとった。

「ロッキー、ダメだ。そいつは、なんかヤバいんだ！」

「大丈夫だよぉ、左だけで伸《の》してやるからよぉ」

ロッキーは僕の言葉に耳を貸さず、上体を揺らしてリズムを取りながら、男ににじり寄っていく。男は直立したまま動かない。だるそうに首を回し、自分よりはるかに小さいロッキーを見下ろした。手はだらりと下げたままだが、なぜか無防備には見えなかった。

ロッキーは身をかがめると、すばやく踏み込んで、左拳を突き出した。僕から見ると電光石火の一撃だったが、金髪男は手刀で難なく払いのけ、ロッキーの左太ももを蹴りつけた。ロッキーは痛《いて》ぇ、と、真っ正直な悲鳴を上げる。すぐ次の瞬間には、金髪男の左足が弧を描き、ロッキーの側頭部を急襲した。かろうじてロッキーは両腕で頭をかばうが、蹴りは罠《わな》だ。上げた右腕を摑まれ、思い切り絞り上げられる。ロッキーが悲鳴を上げながら上体をくの字にまげると、金髪男の膝が飛んできて、腹に突き刺さった。なすすべもなくロッキーは倒れ伏し、動かなくなった。

「ロッキー！」

小山田がラジカセを放り捨ててロッキーに駆け寄る。落としたショックで、音が止まる。

ケンジのラップが聞こえなくなると、急に静けさが戻ってきた。

金髪男は、飛んで火にいる、とばかり、近づいてきた小山田を引っ摑むと、小山田自身の腕が首に巻きつくようにひねり、締め上げた。自分の腕で吊り上げられる格好になった小山田は、地面から離れた足を必死にばたつかせる。

「おい、そいつを放せよ」

「放して欲しけりゃかかってこいよ」

僕は挑発されるままに雄たけびを上げて突進し、とりあえず金髪男の横に回って顔面を殴ろうとした。殴り倒せるとは思っていないが、防ごうとすれば、小山田を摑んでいる手を放さざるを得なくなる、と考えたのだ。

だが、僕の動きを的確に察知した金髪男は、体をひねって小山田の体を振りまわした。小山田の足が顔に向かって飛んできて、僕は思わず両腕で顔を覆う。再び前を見た時には、金髪男の長い左足が伸びてきていた。僕は腹を蹴り飛ばされて、背中からコンクリートの壁に激突した。

「少しは考えろよ。言われたまんまやってどうすんだよ」

金髪男は、ため息をつき、倒れこんだ僕を見て笑った。小山田の状況は変わっていない。完全に気道がふさがれているわけではなさそうだが、このままずっと吊られていたら、どうなるかわからない。

「放せ」

「はいはい、話は終わりだ。さっさと片づけて、帰らないとさ」

日本代表戦に間に合わなくなる、と、金髪は小山田を抱えたまま自分の腕時計に目をやった。午前零時キックオフ。今頃波多も起き出して、再び酒でも飲み始めているかもしれない。

「あのさ、サッカーバカ」

うずくまった僕の前に、長曾根ヒカルが立っていた。足を肩幅に開いて、あの金髪男と向き合っている。身長も体格も、金髪男とは比較にならないほど小柄だ。これで、実は格闘技の達人、などという秘密があればいかにもヒーローだが、そんな都合のいい展開にはなりそうになかった。よく見ると、長曾根ヒカルの手が小刻みに震えている。

「今日の試合、キックオフは、十二時じゃなかった？」

「そうだよ。お前らには関係ないけどな」

「もう間に合わないんじゃない？」

「心配すんなよ。さくっと終わらせてやるから」

金髪男は、腕に力を込める。小山田は目を見開いて、口の端からぶくぶくとよだれを垂らした。このままでは本当に死ぬ、という表情だった。命がけで小山田を助ける義理などないが、かといって見捨てるわけにもいかない。

「でも、もうあとちょっとで十二時だけど」

「何言ってんだよ。そんなに時間経つわけねえじゃん」

金髪男は、自分の腕時計を見ると、ふん、と鼻で笑った。

「まだ一時間以上あるだろうが」

「知らないんだ」

「何がだよ」

「サッカーバカだと思ってたら、ただのバカだったわけね」

「だから、何がだよ」

「今年から、日本もサマータイム制導入してるんだけど」

僕の頭の中には「サマータイム導入して、電気を節約しよう!」と書かれたノボリがはためいていた。エコ・ミーティングで見たアレだ。だが、実際にサマータイム制が導入されたなんて話は聞いたことがない。長曾根ヒカルが、話を合わせろ、とでも言うように、ちらりと僕に視線をよこした。

「なんだそれ」

「夏場は朝明るくなるの早いでしょ? だから、一時間朝を早くして、暗くなる前に仕事終わらして省エネしよう、ってこと」

長曾根ヒカルが、すらすらとサマータイムの説明をする。ステージ上で説明していた経験があるだけあって、簡潔でわかりやすい説明だ。

「だからなんなんだよ」

「夏の間は、いつもより一時間進んでるってことよ。時間が」

「そんなわけねえだろ」

金髪男は、もう一度自分の腕時計を見て、ありえねえ、とつぶやいた。ねじられた小山田の左腕が、ちょうど金髪男の目の前に来ている。

「嘘だと思ったら、小山田の時計を見てみろよ」

僕は、長曾根ヒカルを援護しようと、無理矢理声を張った。少し上擦ったが、金髪男の意識が僕に向いたのがわかった。僕はもう一度、時計を見ろ、と繰り返した。

小山田の時計はきっと今も、「十一時五十五分四十七秒」で止まっている。

「なんだよ、マジじゃねえか！」

「今！」

金髪男は小山田の時計に目を落とした瞬間、明らかに動揺して声を上げた。間髪入れず、長曾根ヒカルが僕の背中を叩く。まるで鞭を打たれた馬のように、僕は男に向かって突進した。金髪男は暴れ出した小山田を放り捨て、僕を迎え撃つべく拳を固める。だが、前傾しきった僕は、金髪男が迎撃態勢を取ってももはや止まることはできそうになかった。前へ。必死で足に力を入れると、今まで感じたことのない加速がついた。金髪男が狙いを定めて拳を振り抜こうとしたが、僕の足が一歩勝った。全体重を預けて肩から突っ込むと、ものの見事に金髪男の腹に突き刺さった。金髪男は苦しそうな声を漏らしながら後ろに吹き飛び、思い切り背中から転倒した。僕はそのまま、野球のヘッドスライディングのように、泥水の中に顔から飛び込むことになったが。

金髪男が憤怒の唸り声を上げて立ち上がったところに、今度はオイルランタンが飛んできた。長曾根ヒカルが放り投げたのだ。金髪男はとっさに腕でランタンを叩き落としたが、熱で腕を焼かれて悲鳴を上げる。

その時すでに、男の目の前にはロッキーが立っていた。

本当に、時間が止まったような気がした。ロッキーが金髪男の懐に入って、小さな構えから鋭く右腕を振りぬく。一連の動きが、音のない、スローモーション映像のように感じた。バンテージでぐるぐる巻きにして無理矢理作られた拳が、金髪男の顎に触れた。ごん、という鈍い音が響いた瞬間、世界の時間が元通りに動き出した。

金髪男の頭がねじ切れそうなほど大きく揺れ、顎が跳ね上がった。あさっての方向を見ていたかと思うと、男は糸が切れた操り人形のように膝からがくりと沈み、うつぶせに倒れ伏した。意識が飛んだのか、ピクリとも動かない。

「走れ！」

僕は泥だまりから夢中で立ち上がり、うずくまった小山田を引っ張り起こして暗い下水管の中を夢中で走り抜けた。後ろから、金髪男が狂ったように追いかけてくる気がする。心臓が激しく拍動し、息が苦しくなってくる。足が重くなってきて、思うように動かなくなる。

やがて、僕より先に小山田の足がもつれて、派手に転倒した。ようやく、全員が足を止めた。僕も長曾根ヒカルも膝に手をついて激しく息を吐く。ロッキーは、金髪男を殴り倒した右拳をおさえて、その場にしゃがみこんだ。顔面は蒼白で、額にはギトギトの脂汗が浮いている。

「ちきしょう、とっておきを使っちまった」

ロッキーは、獣のように唸りながら歯噛みをした。明かりを向けてみると、バンテージに真っ赤な血が滲《にじ》んでいるのがわかった。

「切ったのか」

「いや、中に鉄板仕込んできたからよ」

たぶん、拳の骨が折れて、肉破って飛び出してる、とロッキーは言った。聞いただけでこっちが気を失いそうになった。

「あんな奴が待ち伏せしてるなんて、ケンジは言わなかった」

「全員生きてるし、よかったじゃない」

「そういう問題じゃないだろ。最初からわかっていたなら、金髪が出るって言ってくれないとおかしい。もし、あいつが来るのがわからなかったんなら、予言の信憑性《しんぴょうせい》なんかないじゃないか」

むしろ、なぜみんなケンジを疑わないんだ？ と、僕は問いかけた。小山田は死ぬ思いをしたし、僕もロッキーもかなり殴る蹴るされている。運よく逃げ延びたとはいえ、どうしてケンジは金髪男の話をしなかったのかと、文句が出てもおかしくないはずだ。

「つまり、みんな知ってたんだろ？ あいつがいることを」

考えられる可能性はいくつかあるが、金髪男の襲撃を、僕だけが知らなかったのだとすれば、いろいろと説明がつく気がした。

「いるかもしれない、ってとこまではね。四人いればどうにかなる、とも聞いてた」

「なんで僕だけ知らされてないんだ」

「キミは逃げちゃうでしょ、そんな話聞いたら」

ぐっ、と言葉が詰まった。図星ではある。

「悪いけど、僕はここで下りる」

「は、どういうこと？」

「いや、ここまできて、それはねえよぉ、清水君」

長曾根ヒカルとロッキーが、間髪入れず返事をした。小山田は事態がよく飲み込めていないのか、きょとんとした顔をしていた。

「いったい、何を企んでるんだ、ケンジは」

長曾根ヒカルが、僕をにらみつけ、ロッキーと小山田は目を伏せて、何も答えなかった。

「悪魔が生まれないようにする。それだけ」

「まさか、そのために人を殺すつもりなのか」


——世界ってのは、人一人殺してでも守るべきなのかねえ？


金髪男が、ぽろりとこぼした一言が、さっきからずっと僕の中に引っかかっている。

「そうだったら？」

「そんなバカなこと、できるわけない。僕は行かない。勝手にやってくれ」

僕が進路を変えようとすると、すぐさまロッキーと小山田が前に立ちふさがった。だが、片手の使えないロッキーに、元々腕力と縁のない小山田なら、僕でも難なく突破できる。二人を突き飛ばして前に進もうとすると、額に硬いものが当たった。目の前には、険しい表情の長曾根ヒカルが回りこんで来ていた。僕の額に押しつけられているものに光を当てる。目のピントが合った瞬間、僕は腰を抜かしてへたり込むところだった。

長曾根ヒカルが手にしていたのは、やや小さめの回転式拳銃《リボルバー》だ。プラスチック製のモデルガンとは明らかに違う、金属の冷たい重厚感を感じる。長曾根ヒカルは僕が口を動かすより早く、本物だから、と告げた。

「どっちにしろ人殺しになるんだよ、私たちは」

「なんだって？」

「悪魔のＤＮＡを持つ男を殺すか、全人類を見殺しにするか」

——一人の人間を手にかけるか、二百人の囚人を見殺しにするか。

三年前に頭を悩ませた問題と、こんなところで再会するとは思わなかった。どっちを選んでも正解にならない二択問題だ。

「人類の運命なんて、僕らの責任じゃない」

「知った以上は私たちの責任だよ」

「それでも、僕は嫌だ、と言ったら？」

長曾根ヒカルは、無言で銃を構え直し、引き金に指を掛けた。

「どうせ、撃てないんだろ」

長曾根ヒカルは一歩下がって、銃口を僕の頭から少し外すと、人差し指に力を込めて引き金を引いた。瞬間、銃口からオレンジ色の火柱が噴き出し、鼓膜を引き裂くのではないかと思うほどの大音響が下水管を震わせた。僕はあまりの衝撃に尻もちをつき、泥にまみれながら呆然と銃口を仰ぎ見ていた。後ろで、ロッキーと小山田も同じようにひっくり返っていた。

「撃てるよ」

「僕をだまして連れて来たってことは、何か僕には役割があるんだ。僕が死んだら、未来は変えられなくなるんだろ？」

「別に、死なない程度に一発撃つことだってできるからね」

脚を撃ち抜くとか、耳を弾くとか、と言いつつ、長曾根ヒカルは照準を僕の耳に合わせた。あ、なるほど、と、慌てて口をつぐむ。人殺しもごめんだが、半殺しにされるのもごめんだった。

「黙ってついてきて」

どこへ、と、僕が消え入りそうな声で答えると、長曾根ヒカルは、銃を突きつけたまま、親指で自分の横を指さした。二本の管が交わる十字路の先に、空からまっすぐに降り注ぐ、一本の丸い光の柱が見えた。

傍らには、スプレー塗料で描かれた上向きの矢印が残っている。僕が進まなければならない道は、二十年以上前に決められていたようだった。

鴨下修太郎　半年前

丘の上神社の長い石段を歩いていると、フードを被ったトレーニングウェアの男が一人、修太郎の背後から、猛烈な勢いで横を駆け抜けていった。首筋を風が撫《な》で、荒い息遣いが一瞬聞こえる。修太郎は、元気だな、とつぶやいて、石段の先を見上げた。境内まで、先はまだまだ長い。なんでわざわざこんなところに、と、自然に文句が口をついて出る。ここに呼びつけてきたのは、ケンジだ。

石段を上りきり、展望台に到着すると、ラッパーかぶれに磨きがかかったケンジが先に来ているのが見えた。丘の上神社集合、と自分で言い出したわりには、全身から汗を噴き出させて、辛そうに肩で息をしている。

「よう」

ケンジは、ちょっと待ってくれ、というように手をひらひら振り、スポーツドリンクをバッグから取り出して、一気に飲み干した。五百ミリリットルのペットボトルが、あっという間に空になり、べこんと凹んだ。

修太郎はケンジの隣、少し距離を置いたところに座ると、煙草を咥えた。風が鎮守の森を抜けていく音と、種類のわからない鳥の声が聞こえた。相変わらず人の来ない神社だ。

「本当に、あいつを殺せば、世界は変わるのか」

「変わる」

「何度も聞いてるけど、本当かよ」

「それで変わらなかったとしたら、未来なんてのはどうやったって変わらねえんだろうぜ、きっとな」

「面倒臭くできてんな、世界ってのは」

煙草を吸いながら、修太郎は腰のあたりに居座る硬くて冷たい違和感を確かめる。人差し指にちょっと力を入れるだけで人の命を一瞬で奪うことができる、便利な道具がそこにある。数年前に、警察官が襲われて拳銃が奪われる事件があった。その時に奪われた拳銃が、まさにこれだ。三十八口径のリボルバー。決して殺傷能力が高いとは言えないが、それでも簡単に人を殺すだけの能力は持っている。

「シュウ」

「まあ、気にすんな。俺がきっちり悪魔の脳天をブチ抜いてやるよ」

「おい、シュウ」

「うるせえな。もうここまで来て、ビビったりはしねえよ」

「そうじゃない、聞いてくれ」

ケンジは、またいつものバカでかいラジカセのボタンを押し、音楽を流そうとした。ドンツクドン、と低音が響き始めたところで、修太郎はケンジの後頭部をひっぱたき、停止ボタンの辺りに踵を落としてラジカセを黙らせた。

「ヘイ、何するんだ、シュウ」

「じゃねえよバカ。俺と話するのに、いちいちラップが必要かよ」

ケンジは、倒れたラジカセを起こして壊れていないか確認し、静かにため息をついた。あまり楽しい話ではないらしい。昔からそうだ。ケンジは、言いにくいことを真っすぐに言えない。人の目を見るのも苦手だ。サングラスもヒップホップも、ラッパーというキャラクターも、人と対峙《たいじ》するために試行錯誤をした結果なのだろう。

「あまりいい話じゃないんだぜ」

「別に、いまさら何聞いても驚かねえよ」

「いいか、俺たちは、世界を守れない」

修太郎は、ずしんと腹に入ってきた言葉を、どう解釈していいのか迷った。とりあえず、時間を稼ぐために煙を思い切り吸い込み、吐き出した。ケンジはその間、じっと遠くを見ていた。

「あ？　どういう意味だよ」

「言葉通りだぜ。俺たちには、シュガー・カトウは殺せねえ」

「おい、ふざけんなよ。こっちは銃までパクってきたんだぞ」

　理由を言え、と、修太郎は歯噛みをした。

「シュウは、シュガーのところに辿《たど》り着けないんだ」

「なんだよ、バカにしてんのか」

「違う。シュウがいると、どうやっても邪魔が入るからだ」

「じゃあ、俺がシュガーの頭を弾きゃ終わり、ってのはなんだったんだよ」

「他の人間を巻き込むって言ったら、シュウは納得しなかっただろう」

「おい、ふざけんなよ」

　煙草を地面に叩きつけると、修太郎はケンジの正面に立ち、睨みつけた。サングラスの隙間から覗くケンジの目は、どこか違う世界を見ているかのようだった。

「俺のほかに、人殺しなんて汚れ仕事をやれるやつがいるのかよ」

「いる」

「いるわけねえ」

「いるんだよ。世界を守る秘密戦隊だ」

　修太郎がバカかよ、と発音しようと息を吸い込むと、ケンジは肉厚の人差し指で、修太郎の背後を指さした。

「あのよぉ」

　ケンジの指につられて振り返ると、修太郎の後ろに、いつの間にか男が立っていた。トレーニングウェアには見覚えがある。先ほど、石段で横を駆けあがっていった男だ。

「誰だよ、てめえは」

　男が、目深にかぶっていたフードを上げる。予想よりもかなり年長に見えた。老人、とまではいかないが、それなりの年齢だろう。少なくとも、長い石段を全力で駆け上がることができるだけの体力があるような歳には見えなかった。相当トレーニングを重ねなければ、それだけの体力を維持することは難しいだろう。

「シュガー・カトウを殺す、って言ったなぁ」

「だったらなんだよ。オッサンには関係ないだろ」

「俺が、手ぇ貸すぜ」

　修太郎が、なんだって？　と聞き直すよりも早く、立ち上がったケンジが、オッサン、名前は？　と聞いた。

「ロッキーだ。ロッキー岩城」

「なんだ、ロッキーって」

「オッケー、ロッキー」

　修太郎の声を、ケンジの声が上から掻き消した。ケンジとロッキーという男の間で、会話が流れるように進んでいく。男が一方的にしゃべり、ケンジが相槌《あいづち》を打っているだけだからだ。男は、シュガーを殺せるならなんでもやる、と言った。

修太郎は、なるほどな、と吐き捨てた。丘の上神社に呼び出されたのも、同じ目的の男が居合わせたのも、偶然であるわけがない。おそらく、ケンジの計画は何もかもが決まっているのだ。修太郎も、その中の一つの駒《こま》に過ぎないということだろう。

「おい、ケンジ、覚悟しろよ」

「覚悟？」

「巻き込まれたやつらが死ぬようなことがあったら、俺がお前の頭を吹っ飛ばしてやるからな」

ケンジは、むっつりとしたまま返事をしなかった。

幼い頃は、自分こそが世界を守るヒーローなのだと思っていた。だが、歳を重ねるにつれ、現実世界にはヒーローなど存在できないということを思い知らされる。この世界はすべて、因果関係で組み上がっているのだ。世界を守るヒーローも同じことだ。ヒーローとは、決められた理を打ち破って、己の意志を貫き通す存在ではない。因果が結んだ一点に、偶然立っていただけの人間でしかないのだ。

どうして、それが俺じゃないんだ？

修太郎はケンジの後ろ姿に向かってつぶやいた。

Verse.14 不法インクルージョン

降り注ぐ光の下から空を見上げると、天にぽっかりと丸い穴が開いているのが見える。小さな円形の空には、丸い月と無数の星がちりばめられていた。二十数年前に来た時と同じように、細い竪穴の上、覆いかぶさっているはずのマンホールの蓋は、また開かれていた。長い間、開きっぱなしだったということはさすがにないだろう。

昨日、後藤君と二人で豪雨の中を逃げ惑《まど》った記憶がよみがえった。限界を超える量の雨水が下水管に流れ込んだせいで、マンホールの蓋が吹き飛ばされて、至る所から水柱が上がっていた。水が噴き出さないまでも、雨水が一気に流入すると、圧縮された空気の圧力で蓋が飛んでしまうことがあるらしい。蓋が飛ばないようなロック式のマンホールもあるが、この辺はまだまだ旧式のものが多い、というようなことを、昨日の晩、ニュースでやっているのを見た。そういえば、初めて下水管に潜った日も、台風の翌日だった。すべての出来事が、僕たちのやろうとしていることに帰結しようとしている。

行くぞ、と、小山田が金属の足場に手をかけた。穴から外に出れば、白い家の敷地に出る。立派な不法侵入だ。上っていく小山田を見上げながら躊躇していると、長曾根ヒカルが拳銃で背中をつつき、無言で「行け」と促した。

マンホールを出ると、長曾根ヒカルがライトを動かして、母屋の壁に光を這わせた。すぐ目の前に、勝手口の扉があるのが分かった。

「ちょっと手伝ってくれよぉ」

ロッキーは、片手で首に下げたでかいお守り袋を取り出すと、小山田に向けて差し出した。前に週刊誌の切り抜きを入れていたアレだ。小山田が袋に指を突っ込んでゆっくりと中身を引き出すと、キーホルダーもついていない、むき出しの鍵がひとつ、僕たちの前に現れた。

「なんでこんなものが」

「合鍵作ったのさぁ。ここの内装工事手伝った時になぁ」

「なんのために」

「世界を守るために決まってんだろぉ」

なるほど、と、僕はいまさらながら、自分のバカさ加減に気づいた。これは、僕が思っている以上にしっかりと練られた計画なのだ。僕は緊張感のないケンジや小山田のノリに乗せられて、うかつにもこんなところまでのこのことついてきてしまった。だが、やろうとしていることは、巧妙に組み上げられた殺人なのだ。

小山田はロッキーから受け取った鍵を、ゆっくりと勝手口ドアの鍵穴に挿し込んだ。

さすがの小山田も緊張するのか、ふっ、と息をひとつつき、根元まで埋まった鍵を、ゆっくりと右に回す。かちん、という音を立てて、ドアはあっさりと開錠された。

「よし、行くぞ」

ゆっくりと、小山田がドアを開ける。家の中はしんと静まり返っていて、人気《ひとけ》がなかった。全員、骨の髄《ずい》まで日本人であるが故か、律儀に靴を脱いで上がった。入るなり防犯ベルでも鳴り出すかと思ったが、そこまで警備が厳しいわけでもなく、案外あっさりと侵入することが出来た。

入って右手はキッチン、左手はインナーガレージになっていて、ガラス越しにバカでかいSUV車が停まっているのが見えた。停電で冷房の効いていない室内は、サウナのように暑い。キッチンから廊下を進むと、広々としたエントランスに出る。天井が吹き抜けになっていて、幅の広い階段が見えた。

「二階」

長曾根ヒカルが階段を指すと、小山田とロッキーがうなずいた。小山田が、また真っ先に階段を駆け上がる。二階に上がると、広々としたリビングがまず目に入ったが、ひっそりとしていて誰もいない。大きな部屋がさらに二つあるが、まだ荷物置き場になっていて、積み上げられた段ボールで部屋が埋まっていた。

「あれ、だよね、きっと」

長曾根ヒカルが囁《ささや》き、廊下の奥をライトで照らした。突き当たりに、主寝室と思しきドアがある。音を立てないように忍び寄ると、中からかすかに物音が聞こえた。いる、と、小山田が口の動きで示し、行くぞ、とばかりドアノブに手をかけようとする。心の準備というものがまるでできていない僕は、ちょっと待って、と言葉を発するわけにもいかず、ただわたわたと背後やら天井やらを無意味に見回した。

が、ドアはすぐには開かれなかった。小山田の手を、ロッキーの左手が押さえ込んだからだ。同時に、血が固まって真っ黒になった右手が、何かを指差していた。

暗がりの中に、ぼんやりと青い光がゆっくりと点滅している。よくみると、小さな数字だ。停電でも光っているところを見ると、電池かバッテリーで動くタイプのものらしい。

「これ、どうすりゃいいの？」

小山田がパクパクと口を動かし、意思を伝える。ロッキーが何かを伝えようとするが、どう伝えていいのかわからないらしく、何度も首をひねった。そのうち、動く左手の指を、五本、三本、と繰り返し立てた。

八桁。

長曾根ヒカルの唇がそう動く。要するに、この扉の鍵を解除するためには、八桁の暗証番号が要るということだ。暗証番号、と簡単に片づけてしまったが、テンキーで八桁なら、組み合わせは一億通りだ。コンピュータでも使って総当たりするならまだしも、勘で引き当てることはまず不可能だろう。

「出番だよ」

長曾根ヒカルが、僕の肩口に銃口を這わせ、耳元でささやいた。

「出番、って」

「八桁。番号を入れてよ」

は？ と、僕が少し声を張ると、小山田とロッキーの手で、口をふさがれた。必死にうなずいて気をつけることをアピールし、ようやく解放される。

「僕にわかるわけがない」

「大丈夫。キミはわかってる」

「わかってる？」

「なんでもいいよ」

「なんでもいい？」

「キミが数字を入れれば、開くから」

もういい加減、うんざりだった。僕の人生は、僕自身が選んできたのだと思っていたから、今までの負け犬人生もなんとか我慢してこれたのだ。でもきっと、僕の人生がこうなることは前から決まっていて、僕は台本通りに生きているのだろう。世界を終わらせるためとか、守るためとか、どうでもいい理由で、僕の人生は脚色されている。

「どうしてさ」

「そう決まってるからだよ。キミが何を入れても、扉は開くようになってる。因果関係が決まっているから」

くじと一緒か、と、僕はつぶやいた。

「嫌だ、と言ったら？」

「引き金を引く。そのかわり、数字を入れてくれたら、それ以上ついてこなくてもいい。回れ右して帰るなり、警察に電話するなり、好きにしてくれていいよ」

「そう言えば僕が素直に従うって、ケンジが言ったのか？」

皮肉をこめた僕の問いに、長曾根ヒカルは何も答えなかった。

「入れたらすぐ帰る。部屋の中には入らない」

長曾根ヒカルがゆっくりとうなずいた。扉が開いて、守り隊を悪魔のＤＮＡの持ち主とやらのもとに導いたら、僕の役割は終わりだ。そうすれば、僕という人間は、世界にとってどうでもいい存在になるのだろう。それでいい。それが、僕という人間なのだ。

僕は、小山田を押しのけて、電子錠の前に陣取り、ひとつひとつ、光る数字をタッチしていった。

「最後は？」

小山田に催促されて、僕は我に返った。すでに、七桁数字を打ち込んでいる。こんなもので開くな、通るな、と念をこめながら、頭の中にある最後の数字を押した。

ぼんやりと光る「7」を押すと、小さな電子音がして、ロックが解除される音がした。開くのではないかと思いつつも、そんなわけはないだろう、と思っていた。だが、扉はいとも簡単に開いたのだ。やっぱりか、と、僕は何もない天井を仰ぎ見た。

扉が開いたと見るや、小山田が勢いよく突っ込んで来た。おい、やめろ、という間もなく、長曾根ヒカルとロッキーも、僕もろとも部屋になだれ込んだ。話が違うと思いながら、僕は部屋に押し込まれて、思い切り転がった。

部屋の中はとにかくだだっ広い空間で、奥にキングサイズのベッドがどん、と置かれているのが見えた。逆側は、一面がガラス窓だ。ベッドから町の夜景が見下ろせるようになっている。外と違って、この部屋だけは非常電源があるのか、エアコンが効いていてほんのり涼しい。照明はついておらず、月明かりが寝室を淡い光で照らしていた。僕たちは、ちょうど窓際の角に設けられた扉から入っていて、ベッドと正面から対峙する形となった。

「そこまでだ、悪魔！」

小山田が威勢良く叫ぶと、ベッドの中から、うわあー、という間の抜けた叫び声が聞こえてきた。盛り上がった布団が芋虫《いもむし》のようにもぞもぞと動き、ちらりと黒い頭が見えた。色黒の顔に、薄暗い中でもはっきり浮き上がる白い歯が不気味だ。

「いや、あの、どちらさん、ですかね」

「立て！」

小山田の甲高い声が部屋に響く。男はまた悲鳴を上げながら飛び上がり、ばさばさと布団を払い除《の》けて、ベッドの上に直立した。

小山田が調子に乗って、前に出ろ、と叫ぶと、男は、ひやあ、と情けない声を出してベッドから転落した。扉が開くなりすっ転んだ僕と、ベッドから転げ落ちた男が、正面から向かい合う形になった。

男は、上半身裸で、黒いビキニ型のパンツ一枚だけ、という情けない姿で、床に打ちつけた膝を抱えて悶絶《もんぜつ》していた。「悪魔生誕の儀式」に及ぼうとしていたのだろうから、半裸なのは致し方ない。むしろ、まだ全裸でなくてよかったと言うべきかもしれない。

膝の痛みをこらえながらこちらを向いた男と、僕の視線が、真っすぐにぶつかった。暗がりの中で、お互い目を凝らして相手を見る。浅黒い肌に、ややとがったアゴ。ちくちくとした直毛の短髪。相手の外見が見えてくるのと同時に、自分の顔から、血の気がどんどん引いていくのがわかった。

「し、清水、か？　営業部の」

「しゃ、社長」

僕は慌てて立ち上がり、「守り隊」の輪の中に紛《まぎ》れた。だが、さっきまでの非日常感は薄れて、急に現実感が戻ってきた。世界を守る、などというふわふわした状態から、自分の会社の社長宅に不法侵入しているのだというリアルに引っ張り戻されて、どうしていいかわからなくなったのだ。

社長は社長で、完全に油断しきったプライベートの姿を社員に見られて動揺しているのか、目を白黒させながらおずおずと立ち上がった。

「ええと、今日は、なんのご用でしょうかね」

静かな室内に、社長のすっとぼけた声が響いた。

ロッキー岩城　3ヵ月前

真新しく塗られたばかりの建物外壁を見ながら、梶井《かじい》八郎《はちろう》は後ろにつき従う日雇いのバイトに声をかけた。バイトと言っても、自分より十も年上のジジイだが。

つい一昨日まで雇っていた日雇いが急に姿を消し、代わり、と言って現れたジジイは、てんで使い物にならなかった。「住宅の内装工事補助」という、どう見ても腕力が必要な業務であるにもかかわらず、極端に握力がないのか、ろくに物も持てずに落としてばかりだ。

ジジイもジジイで、この歳でアルバイト生活ならもう少し悲愴感があってもいいと思うのだが、そういった重苦しい雰囲気はまったく感じられない。梶井もそれほど甲斐性があるというわけではないが、鴨下工務店という地元企業で三十年仕事を続けてきて、今は現場を任されるようになった。社会の中で、こぢんまりとした自分の希望を見つけるために、苦しみ、汗をかき、涙を流してきたのだ。なんのやる気もないジジイと同じ仕事をしていると、自分の存在価値を引き下げられている気がして、不愉快極まりなかった。

「おい、ジイサン、誰が家の中入って来いって言ったんだよ。外でゴミ拾ってろって言っただろ」

「ああ、すんません」

「何がすいませんなんだよ」

「何がって言われてもよぉ」

「あやまりゃいいってもんじゃねえんだよ」

八郎は、苛立ちのあまり、ジジイに軽く足蹴りを食らわせる。若いやつらを冗談で小突くことはあるが、十も年上の人間を蹴りつけたのは初めてだった。

「蹴るこたあ、ねえだろうがよぉ」

さすがにむっとした様子で、ジジイが口を尖らせる。この現場が終わったら、ジジイとはお別れだ。今日が最後だ、と自分に言い聞かせて、もう一発蹴りたくなる衝動を抑える。

ジジイから視線を外し、まだ新しいにおいのする広々とした室内を見渡した。内装工事も終わり、あとは仕上げを残すのみだ。遅れていた勝手口のドアの取り付けは、サイズあわせに手間取ったものの、ようやく先ほど終わった。後は、施主の希望で寝室のロックを電子錠につけかえる。そこまで見届けたら、午後からは別の現場だ。工程表とにらめっこして、ほっと息をついた。なんとか、予定通りに終わりそうな気配だ。

「俺はそろそろ次行かなくちゃならねえから、後頼むぞ」

ジジイが、へらへらしながら、任せとけ、と笑った。もちろん、ジジイには何も期待していない。

「監督さんよぉ」

「なんだよ」

「ここの旦那さんは見に来ねぇのかねぇ」

「さあ。知らねえよ。でも、どっかの会社の社長さんだっていうから、仕事が忙しくて来れねえんじゃねえか」

「残念だなあ」

「ジイサンには関係ないだろ」

「まあ、そうなんだけどもよぉ」

「でも、いいよな。こんなデカい家に住めて。金がある人は違うよな」

「俺だってよ、ほんとは今頃、デカい家を建ててるはずだったんだよぉ」

「あ？　ジイサンがか？」

「そうだよ」

「まさか」

「昔よぉ、ボクシングやってたんだよ。あのままやってりゃ、世界チャンピオンだったからな。今頃はジムの会長にでもなって、いい家に住んでたさぁ」

「世界チャンピオンなんて、そうそうなれないだろうが」

「いや、俺はなれたさぁ。強かったからな」

仕事柄、八郎はヤンチャな若者と接することは多かった。それこそ、ボクシングだの格闘技だのをかじったと言う者も多い。だが、八郎はその手の話が嫌いだった。人を殴って金をもらうなんて商売より、人の住む家を作る仕事のほうが何倍も高尚なのだと思っている。若いやつらはもっと、大工や左官職人に憧れるべきなのだ。

「そうやって、ちょこっと夢見たのを忘れられずにへらへら生きてるから、ジイサンはダメなんだよ。たいした仕事もできねえクセに、チャンピオンじゃねえんだよ、バカ」

ジジイはへらへらとした笑みを浮かべたまま、黙りこくった。どうだ、ぐうの音もでないだろう、と、八郎は胸のすく思いがした。

「バカ、ってのは言い過ぎだろうが」

「いいか、ボクシングだのチャンピオンだの言って、ろくすっぽ仕事もしねえからジイサンこのざまなんだぜ。家もねえ、仕事もねえ、家族もいねえ。なんのために生きてんだよ、ほんとによ」

なんのため、だろうなあ、と、ジジイは八郎に背を向けて、他人事のように答えた。

「だいたい、こんな歳になってまで、何がボクシングだよ。よれよれのジジイになったらなんの役にも立たねえだろうが。くだらねえ」

「監督さんよぉ」

八郎がなんだよ、と言った瞬間、ジジイは背中を丸めて反転し、両手を顔の前にあげて、ボクサーのように構えた。殴られる、と思った次の瞬間には、不自由だという半開きの右拳が、ぴたりと八郎の顎先で静止していた。思わず、ひっ、という小さな声が漏れた。

「俺ぁ、一発ぶん殴りたい野郎がいるんでなぁ、まだ鍛えてんだよぉ」

八郎は、体中から一気に冷汗が噴き出すのを感じた。ぴたりと止まった拳が、まだ八郎の顎先を捉えている。ケンカや格闘技とは無縁の人生を生きてきた八郎でもはっきりとわかるほど、ジジイの拳には殺気がこもっているように思えた。

Verse.15

銃口ヘジテイション

「ようやく会えたなぁ」

「え、あ、すいません、どなたでしたっけ」

半裸でおどおどする社長に、忘れんじゃねえよぉ、と、静かに吐き出しながら、ロッキーはファイティングポーズを取った。

「さっさとやろうぜ、王座決定戦をよ」

「え、あの」

シュガーこの野郎、と、ロッキーが吼《ほ》えた。今にも飛び掛かろうとするロッキーを、咄嗟に後ろから抱きとめたが、どういうことかわからずに頭が混乱する。ロッキーを止めたのも、深い考えなどない。本能的に体が動いてしまっただけだ。

「おい、ちょっと待てって。シュガーってどういうことだよ」

「放してくれよぉ！　一発、一発でぶっ殺してやるからよ！」

「一発も何も、そんな右手じゃ無理だって！」

ロッキーの右拳からは、まだ血が滴《したた》っている。骨が折れて肉を破っているのだとしたら、尋常じゃない激痛に苛まれているはずだ。だが、ロッキーは痛みなどどうでもいいといった様子で身をよじり、むずかる赤ん坊のような声を出しながら、僕の腕を振り解こうと必死だった。

「シュガーが目の前にいんだよ、俺の人生をめちゃくちゃにしやがった悪魔がよ！」

なんだって？　と、僕はロッキーの腰にしがみついたまま声を上げた。

「シュガーって、社長が？」

「そうだぁ、シュガー・カトウだってんだよぉ、そいつが！」

社長は、顔を引きつらせ、体を硬直させながら、目を丸くしてロッキーを見ていた。

確かに背格好はロッキーと同じくらいだし、歳の割りに引き締まった体をしているが、社長が元ボクサーなどという話は聞いたことがなかった。

「あ、あんた、もしかして岩城さん？　ロッキー岩城？」

ロッキーは社長の呼びかけには答えず、僕を引きずったままじりじり前に出ようとする。小柄なのに思った以上に力が強い。長時間引き止めておくことはできそうにない。

「おい、小山田、ちょっと手伝え」

小山田はじっと半裸の社長を見つめていて、僕がいくら呼んでも反応しなかった。そのうち、還暦間近とは思えないロッキーの筋力が僕のそれに勝り、腕を振り解かれた。

僕は勢い余ってしりもちをつき、ロッキーは背中を丸め、激しく上半身を揺らしながらシュガーこと社長に向かっていった。社長も困惑した表情のまま拳を握り、半身になってロッキーと対峙した。

「ちょっと、待って、俺が、岩城さんの人生をめちゃめちゃに？」

「めちゃくちゃにだ、めちゃくちゃ」

「俺が？」

「お前がだよぉ」

何か誤解が、と言いかけた社長に、ロッキーの左拳が伸びた。社長も、昔取った杵柄か、間一髪のところで上体を器用にくねらせて避ける。見た目はただの小柄な中高年だというのに、二人の動きは本当にボクシングの試合でも見ているように滑らかだった。

「いやだって、めちゃくちゃもなにも、初対面じゃないですか」

「お前がやらせたんだろうがよぉ」

「俺が？」

「女使って、俺を刺させたんだろうが！」

俺が？　と、社長はもう一度素っ頓狂な声を出した。その間も、ロッキーはせわしなく頭を揺らしつつ、時折鋭い左ジャブを出す。社長も社長で首を動かしてきれいに避ける。月明かりに照らされた半径一メートルほどの見えない円の中、二人の奇妙な攻防は続いた。

「誤解だ」

黙れ、と言うように、ロッキーの左ストレートが風を切る。右手を使わないところを見ると、やはり痛いのだろう。社長は独特のリズムでロッキーの的をはずし、手を伸ばせば掴めるのではないかという距離にもかかわらず、指一本体に触れさせない。

「誤解、だぁ？」

一瞬、ロッキーの背中が、ぐん、と盛り上がった気がした。見覚えがある光景だった。小さく固まったように見えた瞬間に描かれる、美しい三日月のような曲線。金髪男を葬った、必殺の右フックだ。

瞬きをする間に、などと言うこともあるが、瞬きなどしていないのに、その瞬間は何が起こったのかわからなかった。気がつくと、いい歳のオッサンが二人、床に転がっていた。ロッキーは右手首を押さえながら悶絶し、社長はうずくまって額を押さえていた。

ロッキーは、ちくしょう、と何度も血まみれの右手を床に叩きつけながら、嗚咽《おえつ》を漏らしだした。激痛と悔しさとでくしゃくしゃになった顔から、涙が零れ落ち、鼻水とよだれが糸を引いた。

「俺じゃない」

弾む息をなだめつつ、社長は首を振った。

「おめぇに決まってんだよぉ」

「いや、本当だ、本当だって。俺は、楽しみにしてたんだよ、岩城さんとの試合を。だけど、引退する、って話を聞いて、ほんとに残念で」

「嘘つくんじゃねえ！」

「嘘じゃない。本当に」

ロッキーは、この野郎、とまた声を荒らげたが、起き上がろうとして右手をついてしまい、声なき悲鳴を上げてうずくまった。それでも、痛みのあまりに震えだした左手を首に回し、麻紐を引っ張り出した。紐には、例のでかいお守り袋がくっついている。ロッキーは、「大願成就」と書かれたお守り袋を、社長に向かって投げつけた。

「な、なんだこりゃ」

「中を見ろよ、シュガー」

社長がいぶかしげに袋をまさぐる。僕は、一度中身を見たことがあった。中にはずいぶん昔の週刊誌の切り抜きが入っていて、「ボクシング界期待のホープ、深夜のご乱行」の写真が載っている。

社長は切り抜きを引っ張り出すと、薄暗い中で何度も目を凝らして紙切れに印刷されているものを確かめようとした。が、月明かりがあるとはいえ、室内は暗い。見かねた長曾根ヒカルが一歩前に出て、腰につけている白いライトを社長の前に放り投げた。

「君は、オーディションの時の」

「どうも、お久しぶり」

えっ、と、長曾根ヒカルを見る。僕が、社長と面識があるのか、と聞くと、ちょっとね、とだけ答えた。

「早く見れば、それ」

長曾根ヒカルに促されて、社長は手の中の切り抜きに目を落とした。見る間に表情が強張り、違う、と何度も首を振った。

「おめぇの女だろうが！」

「これは、違う」

「何が違うんだよ、この野郎！」

「違うんだ、岩城さん」

ふざけんな！　と、ロッキーが絶叫した。声が閉め切った部屋をびりびりと震わせる。

「俺がなぁ、今までどうやって生きてきたかわかるかぁ？　俺ぁなあ、ずっとお前《め》ぇをぶん殴ることだけ考えて生きてきたんだよ。もう、二十九年だ。毎日毎日よぉ、お前ぇの顔を思い浮かべて、殺してやるって思いながら生きてきたんだよ」

ロッキーは顔をゆがませ、しゃがれた声を振り絞って腹の中に渦巻く憎悪を吐き出していた。いつものへらへらした顔はどこかに消えうせ、長い人生を苦しみ抜いてきた男の顔があった。

「じゃあ、その恨みで、今日、殴りに来たってことなのか」

「殴りに？　バカ言うな」

「バカ言ってる、んですかね」

「殴り殺しに、だよ」

「そんなバカな」

　バカはお前だ、と口角泡を飛ばすロッキーに、社長は涙目で、そんな、と狼狽《うろた》えた。

「俺はなあ、お前ぇを殴り殺して、世界を守るんだよ」

　ロッキーは、再び血が滴りだした右手を震わせながら、鬼神の如き精神力でファイティングポーズをとった。本当に、人ひとり殴り殺してしまうのではないかと思うほどの、鬼気迫る形相だった。

「世界を？」

「あなたがいると、世界が終わっちゃうんだってさ、社長さん」

　まごつく僕の代わりに、長曾根ヒカルが間に入ってきて、社長にそう告げた。社長は「は？」と口をあけて、しばし固まった。そりゃそうだ。

「俺が？」

「そう。あんたの子供は、世界を滅ぼす大悪魔になるんだって」

　何をバカな、と声を荒らげるかと思ったが、社長は意外にも、え、そうなの？　と素直に長曾根ヒカルの言葉を飲み込んだ。

「俺には、子供なんかいないんだけど」

小山田が、急に、「黙れ悪魔！」と叫んだ。

「これからできるんだって。今からヤるつもりだったんでしょ？　そのきれいな人と」

長曾根ヒカルはベッドを指差すと、また、久しぶり、と手を振った。その瞬間、僕は膝に力が入らなくなって、ぺたんとその場に座りこんでしまうところだった。

——亜衣。

ベッドの上に、シーツに包まれたかつての恋人がいた。恐怖におののいている様子もなく、表情はうっすらと笑みを浮かべているようにも見える。顔から長い首が伸びていて、なだらかな肩のラインが露《あらわ》になっている。ほのかな光が、胸元に濃い陰影を浮かび上がらせていた。鎖骨のくぼみと自らの腕で押し上げられた胸の影が強烈に生々しくて、生臭い。僕は全身の毛穴がふつふつと粟立《あわだ》つ不快さに、思わず声をあげそうになった。

「いやあの、今日は安全日って聞いて」

「だって。そうなの？　亜衣さん」

「嘘ついちゃった」

彼女は、動揺を見せずに言い放った。長曾根ヒカルは、ふん、と鼻で笑い、不機嫌そうに舌打ちをした。僕は、震える手と波打つ心臓を抑えきれず、一人で頭を抱えた。

「男はバカだから、すぐ引っかかるよね、こういうのに」

長曾根ヒカルは、亜衣から社長に向き直り、粘《ねば》っこく絡んだ。

「いや、もうほら、彼女とは何もしない」

「そうは言ってもね。ここではいくらでもなんとでも言えるし、それが真実かどうか、どうやっても証明できないでしょ?」

長曾根ヒカルはゆっくりと拳銃を構え、銃口をぴたりと社長の眉間に向けた。

「こうするのが一番シンプルで、確実だよ。遺伝子ごと、あんたを葬る」

社長は半裸のまま両手を挙げ、蠟《ろう》人形のように固まった。社員の前に立って熱く訓示を垂れるカリスマ経営者の姿はどこにもない。鉛玉を前にすれば、人はみな平等だ。金持ちでも貧乏人でも、男でも女でも、銃で頭を撃ち抜かれれば、死ぬ。

社長に目を向けると、心が黒く、刺々しくざわついた。僕は、自分でも情けなくなるほど嫉妬《しっと》していた。彼女が別れ際に言った「好きな人」とは、あろうことか、僕の転職先の社長だったのだ。事業家として成功し、多額の収入を得、家を建て、車を持ち、何不自由のない生活をしていてなぜ、何も持たない僕が唯一手にした幸せを奪い取らなくてはいけないのだろう。女だっていくらでも寄ってくるだろう。なのに、なぜ選《よ》りにも選って彼女を。

人殺しなんて無理だ、と思っていた僕は、少しずつ別の自分に追いやられようとしていた。拳銃を手に取り、社長に向かってまっすぐ構える自分を想像する。社長は、驚いてへたり込んでしまうだろうか。それとも、泣きながら命乞いをするだろうか。僕は、生殺与奪の権利という圧倒的な力で、一人の人間をねじ伏せ、踏み砕く。そう考えると、邪悪な快感と行きどころのない黒い感情が混ざって、体全体に悪寒とも武者震いともつかない震えを走らせた。

「ねえ、覚えてる？　黄色担当」

長曾根ヒカルの突然の問いに、社長は目を白黒させた。額には、尋常じゃないほどの脂汗が浮いている。

「黄色？」

「黄色いヤツ、いたでしょ。ムキムキの肉団子みたいな体格の」

「あ、ああ、エスカータの時の」

「あれ、私の父親なんだよね」

「君が、彼の？」

「子供向け番組とはいえさ、ボクサー崩れのズブの素人《しろうと》が、いきなりドラマの主役なんて、人生上手く行きすぎじゃない？」

おい、なんだって？　と、危うく声を上げるところだった。長曾根ヒカルの父親がエスカータ・イエローだったという話は、ついさっき聞いたばかりだ。ということは、目の前にいる半裸の社長が、幼き日に僕らを虜にしたエスカータ・レッド、陣健作本人ということになる。

社長が元ボクサーだということでさえ驚いたのに、あの陣健作役の俳優であったということは、とてつもない衝撃だった。どう整理をつけていいかわからずに小山田を見るが、小山田は一向に驚いた様子も見せず、社長を睨みつけている。おかしいだろ、なんで驚かないんだ？　と、小山田の横顔に無言で語りかけた。

「それは、運がよかったと」

「運なわけないじゃん」

鞭で打つような一言が、社長の言葉を叩き落とした。

「あんたが主役になったのは、あんたのタニマチが金に物言わせて番組にねじ込んで、主役をやるはずだったうちの父親を引きずりおろしたから。当然、あんたはそれを知ってて、しれっと主役張って、人気者になった」

「それは」

「うちの父親なんて、主役なんて顔じゃないしさ、もし主役やってたら番組大コケしてたかもしれないよ。それでもさ、死体だの通行人だのを何年もやり続けて、ようやく回ってきたチャンスだったのよね。それをさ、急に横からかっさらわれたんじゃ、そりゃ性格もひねくれるよ」

長曾根ヒカルの口が、ひとつギアを上げた。徐々に感情が昂ぶっていくのがわかる。

「あんたがいなければさ、うちのバカオヤジだって、もうちょいまともだったんだと思うよ。私だって、父親に毎日殴られて、罵られて、金を毟《むし》り取られながら生きる必要なんてなかった。全部あんたのせい。あんたが、自分勝手に生きて、周りにいる小さい人間を踏み潰《つぶ》したせい」

社長は、何か答えようとしたが、自分に向けられた銃口を見て、また口を閉じた。

「あんたさえいなければ、私は世界を呪う必要なんかなかったの！」

長曾根ヒカルが、これほど大きい声を出したところを見るのは初めてだった。

「申し訳、ない」

「申し訳ない？」

「ほんとうに、申し訳ない」

申し訳ないじゃねえよ！　と、長曾根ヒカルはもう一度叫んだ。ついに、目から涙があふれて、勢いよく床に向かって零れ落ちた。銃口は震えていたが、決して社長から照準を外そうとはしなかった。

「私が！」

何か喚《わめ》こうとしたが、声が続かない。意思に反して痙攣《けいれん》しそうになる喉を力で押さえ込もうとしているように見えた。

「私が、床に這いつくばって父親に踏みつけられながら、世界なんて滅びろって思い続けて生きてきた時間をさ、たった、たった一言で片づけないでよ！」

社長は、がっくりとうなだれ、肩を落とした。目も頬も垂れ下がり、このままいくと、社長も一緒に泣き出しそうな気がした。

「その、写真の女は、俺の女じゃないんだ、岩城さん。ヤクザの情婦だ」

「なんだってぇ？」

「そのヤクザってのが、ボクシング賭博《とばく》の胴元で、俺にしつこく八百長を持ちかけてきてたんだ。写真はその時に撮られた。あとで強請《ゆす》るつもりだったのかもしれない。俺が、ヤクザの女に手を出してるかのような角度で写真を撮ったんだ。それが、回り回ってゴシップ紙に売られた」

ロッキーが、黙れ、と唸るように言った。

「関係ねえだろうが、そんなのよ」

「俺と岩城さんの試合、申し訳ないんだが、掛け金は俺に集まったらしいんだ。それじゃ勝負にならねえって、胴元は岩城さんの勝ちで全部受けた。けれど、俺は断固八百長を断った。だから、試合自体をなかったことにしようと、岩城さんを刺したんだ」

「じゃあ、なんで刺されんのが俺なんだよぉ！」

社長は、それはその、と、言いにくそうな顔をしながら、「スキが多かったから」という納得のいく仮説を提示したが、ロッキーは憤るばかりで納得する様子はなかった。

「エスカータへの出演も、俺は何度も断ったんだ。素人だったし、役者なんてやったことがなかったし。でも、いいから出ろといわれて、仕方がなかった」

「誰によ」

「当時の市長だ。君の言う通り、俺のスポンサーだった。八百長の件でヤクザに睨まれて、ボクシングができなくなって。引退して無職になったところを、何かと世話してくれたのが鴨下さんだったし、断り切れなかった」

「なんでテレビ番組のキャスティングに市長がしゃしゃり出てくるわけ？」

「あのドラマは、市長の経営する会社が一社提供してたんだ。その上、市の広報も兼ねて、税金も使ってた。ロケは全部市内でやったし、キャストもこの辺出身の人間が使われることになって。最初は、もともとアクション俳優だった君のお父さんが主役になるはずだったのは確かだ。でも、タイミング悪く、俺が市長に声をかけられた。元ボクサーのほうが、主役に箔《はく》がつくし、話題になるって、強引に決めてしまったんだ」

「だから俺は悪くない、って言いたいの？」

「悪くない、と言うか」

「あんたはさ、人を不幸にする天才だよね」

社長は、意を決したように、息を吸い込んだ。

「そうかもしれないな」

「急にしおらしくなっても誤魔化されないから」

「昔からそうなんだ。俺の周りの人間は、みんな不幸になる」

社長は、自虐めいた笑みを浮かべると、寂しそうに一つ、ため息をついた。

「何笑ってんのよ」

「俺はさ、本当はヒーローになりたかったんだよ」

「あんたなんかがなれるわけないじゃない」

「ボクシングはさ、世界チャンピオンになったらみんなのヒーローになれるんじゃないかと思って始めたんだ。戦隊ものの出演の話が来たときも困ったけど、正直、やってみると楽しかったよ。子供たちに声かけてもらったりして。夢が叶ったって、その時は思って」

なのに。と社長は言葉を切り、もう一度、今度は腹の奥底からこみあげてきたような、大きなため息を吐き出した。半裸で薄笑い、という滑稽《こっけい》でしかない格好のはずなのに、とてつもなく悲しそうに見えた。

「俺はヒーローになりたかったはずなのに、世界がどんどんおかしくなっていくんだ。いつの間にか俺は金の渦の中心みたいなところにでんと座ってる。ボクサーだった時もそう。役者もそうだし、今もそうだ。俺を中心にして、金がぐるぐる回りだすんだ」

社長の舌は、どんどん回転をあげていく。独特のリズムがいつの間にか人を引き込んで、話を聞かせてしまう。「ネイチャーマン」の話術は、こんなところでも健在だ。

「金なんかそんなに要らないから、俺はみんなに、カッコイイな、って思われたかっただけなんだよ。元々、ただの悪ガキだったしさ。ほんとに、ちょっとカッコつけたかっただけ。なのに、なんで金ばっかりが変に入ってきて、人を幸せにできねえんだろう。ついには、こうして銃まで突きつけられるほど人に恨まれるようになって」

社長は全身の力を抜くと、銃口に向かって余計な肉のない体をさらけ出した。さっきまで筋肉を強張らせていた恐怖や、生への執着が剝がれ落ちて、ただの肉の塊になってしまったように見えた。

「撃ってくれ。それで気が済むなら」

「勘違いしないで」

「勘違い？」

「私たちは、世界を守りに来たんだから」

僕は銃口の動きを見て、撃てない、と妙に確信していた。社長も気づいているかもしれない。長曾根ヒカルは、迷っている。元々、ただの人間が人を撃つこと自体、なかなかできることじゃない。その上、相手が無抵抗ともなれば、引き金を引く指は簡単に動かないだろう。

全人類が死に絶えるより、たった一人が死ぬだけのほうがマシだ、ということはみんなわかっている。けれど、その一人の命を奪うことができる人間は少ない。何か納得できる理由を求めて、誰かのせいにして、自分は悪くないと言い訳することができてようやく、引き金を引くことができるようになる。

「撃つのは、俺の役目だよ、ヒカりん」

長曾根ヒカルの手にあった拳銃は、後ろから簡単にもぎ取られた。銃口は、依然として社長を捉えている。銃を持ったのは、小山田だ。

「君は」

「うるさい」

小山田は両手で銃を構え、悪魔、と吐き捨てた。甲高くて耳障りないつもの声とはまったく違う、くぐもった声だ。

「どうして捨てたんだ」

「捨て、た？」

「どうして、お母さんを、捨てたんだ」

暗がりの中でも、社長の顔から血の気が引いていくのがわかった。

「母さん、だって？」

「そうだよ。妊娠までさせておいて、なんで捨てたんだよ」

「おい、君の母親というのは、もしかして」

名前を呼んだら殺すからな！　と、小山田は唾を散らしながら食ってかかった。「世界を守り隊」がなぜこの人選なのか、なるほど、そういうことなのか、と理解した瞬間、僕は力が抜けるような心地がした。

みんな、社長のことを、恨んでいるのだ。

これが、世界を守るヒーローか？

「いま、どうしてる」

「もう死んじゃったから」

「嘘だろ？」

「もともと体が弱いのに無理したから、死んじゃったんじゃないか」

お前のせいだ、と、震える声で小山田は言葉を突き刺した。社長は呆然とした表情で頭を抱えた。僕も、小山田のおばちゃん、死んじゃったのか、と惚《ほう》けた。小さい頃、何度か見たことがある。顔は覚えていないが、いつも笑顔だった印象は残っている。

「じゃあ、君は、俺の」

「うるさい！」

小山田は銃を構えなおし、また少し距離を詰めた。社長は、後ろには下がらなかった。小山田がもう一度、うるさい、と叫ぶのと、銃口から猛烈な火花が噴き出すのが同時だった。室内にはものすごい爆発音が響き、硝煙《しょうえん》の臭いが一気に広がった。社長は思わず身をかがめたが、おそるおそる顔を上げた。銃弾は外れたようだった。壁かどこかにめり込んだのかもしれない。

「次は、当てる」

「待ってくれ、違うんだ」

「俺は約束したんだ」

「約束？」

「世界を守るって、約束したんだ。悪魔をやっつけて、俺が、世界を守るんだ」

小山田はまた一歩足を前に出した。もう、至近距離といってもいい近さだった。次は外しようがない。小山田は、腕に顔を擦《す》りつけるようにして涙をぬぐった。

「撃って」

長曾根ヒカルの声が、静かに響いた。長曾根ヒカルの目からも、一筋、二筋と涙が溢れて、頬をつたった。

「撃ってくれよぉ」

ロッキーも泣いていた。

──撃て。撃ってくれ。

僕がそう言えば、小山田は撃つかもしれない。ダメだ、止めようとしたが、ベッドの上でじっと見守っている亜衣が目に入った。とたんに、全身をあらゆる負の感情が駆け巡る。社長がいなければ、僕はこんなに苦しむことはなかった。社長がいなければ、彼女は変わらなかったかもしれない。社長がいなければ、彼女は今も僕のそばにいたかもしれない。

──憎い。

──撃ってくれ。

世界を守るためだ。八百四十一年後の、人類全員の生命を守るためだ。何十、何百億という人間の命と引き換えになるなら、一人の犠牲者はやむをえない。もう、ここまで来て引き返すことなどできないんだ。

押さえ込んでいたものが、腹から喉を通って、僕の口をこじ開けた。

「小山田！」

風間亜衣　半年前

「清水君はさ、世界の終わりって、どうなると思う？」

「どうって、巨大隕石でも落ちてきて、みんな死ぬんじゃないかな。恐竜みたいにさ」

亜衣は小さなダイニングテーブルで紅茶を飲みながら、暖房の効いたリビングの床にごろ寝する彼を見ていた。左側には、読み終わった漫画が積まれていて、右側にはこれから読むつもりの漫画を待機させている。世界の終わりを語るには、些《いささ》か平穏すぎる休日だった。

「何よ、みんな死んでもいいの？」

「だって、僕がどうこうできる話じゃないじゃないか、そんなの」

「そんなことないよ」

「亜衣はどう思うんだよ」

「私？」

「そう。世界の終わりはどうなるのさ」

——世界の終わりは、静かだよ。とても。

そう言おうとして、亜衣は口を閉じた。風に揺れる髪が顔を撫でるのが鬱陶しくて、そばに転がっていたバレッタを使って髪の毛をまとめる。

「世界はさ、もう半分終わってんじゃないかなと、思うんだよね、私」

「どういうこと？」

「寝たきりのおじいちゃんみたいなもんでさ。人工呼吸器とか、外しちゃうともう生きてらんない、みたいなね」

「なるほど、半分、ね」

「世界のそんな姿を見たら、思うでしょ？　おじいちゃんも頑張ったことだし、楽にしてあげましょう、みたいなさ」

「誰が決めるんだよ、そんなの」

「ご家族の承諾をもとに、お医者さんが決めるんじゃないの」

「おじいちゃんじゃない。世界のほう」

さあ、と、亜衣は首を傾げた。

「神様、かな」

「ちゃんと僕たちの承諾を取ってくれるといいけどね。世界終わらせますけど、よろしいですか、みたいにさ」

「多数決取ったりね」

「世界の尊厳死に賛成の人、みたいな？」

「そうそう。世界を守りたい派と、世界滅びろ派に分かれてさ」

「やだね、なんかそれ」

「みんなでも、さすがに世界滅びろとは思わないかな」

少しだけ、その様子を想像する。超巨大な神様が空に現れて、人類に向かってこう言う。世界を終わらせるのに賛成の人、挙手。

「意外と多いかもしれないけどね。もう、世界なんかなくなっちゃえって思う人もさ」

「え、そうなの？」

「みんながみんな幸せなわけじゃないし」

彼の手の中にある漫画本に目をやる。熱心に読んでいるのは、主人公が命をなげうって世界を救う話だ。子供向けの漫画ではない分、ストーリーはもっと複雑だが、彼が好んで読む漫画の基本的な話の筋は、どれも似たようなものだ。物語の中のヒーローは、傷つき、苦悩しながらも人や世界を守ろうとする。死ぬほど苦労して助けても、たった数十年後にはみんな死んじゃうんだから無駄だよね、とは絶対に言わない。どうやら、漫画のヒーローには初めから選択肢が与えられていないように思えた。目の前の人間はどうやっても助けなければいけないし、世界が終わりそうなら、とにもかくにも守らなければならない。

「ねえ」

「うん？」

「もし清水君がヒーローだったら、やっぱり世界を守る？」

「僕じゃ無理じゃないかなあ」

「無理なの？」

「そりゃ無理だよ」

彼は、自分はハリー・スタンパーでもなけりゃ、陣健作でもない、と答えた。誰のことかはよくわからない。

「世界があぶない、って言ったらさ、やっぱ無条件で守るもんなんじゃないの？」

「僕が守れる世界なら、そのへんの中学生でも十分守れるだろうし」

「わかんないよ？　清水君が唯一無二のヒーローかもしれないじゃん」

「ないない。大人になると、自分なんてそんな器じゃないんだってことがいやというほどわかってくるんだよね」

器、と、亜衣はつぶやいた。

世界は今日も変わらずにここにあって、とても終わりそうには思えなかった。でも、世界は少しずつ年を取っていて、少しずつ終わりに近づいている。それだけは間違いない。平和に過ごせる日はだんだん少なくなっていって、悲しみと苦しみに包まれた毎日がやってくる。亜衣は紅茶を飲み干し、空になったカップをテーブルに置いた。手持ち無沙汰になった手で、はみ出した髪の毛をしばらくいじくり、ひとつため息をついた。

「よし、別れよう」

「え？」

亜衣の幸せな時間も、そろそろ終わりだった。次の行動はすでに決まっていて、歩むべき道も決まっていた。もう、この陽だまりの中で座っていることはできそうにない。なんとなく、残念だけれど。

「他に、とても好きな人ができちゃってさ」

あらかじめ用意していた言葉を、彼に告げる。人間の脳の反応パターンは決まっているのだ。その一言は、彼に反論の余地を与えない一言であるはずだ。でももし、彼が急に立ち上がって亜衣の体をがっしりと抱きしめ、「俺が君を守るから」なんて言い出したらどうすればいいだろう。すでに決められた運命を選ぶか、彼を選ぶか。人生で初めての選択をしなければならなくなるかもしれない。

「あ、そう、なんだ」

亜衣の妄想とは裏腹に、彼は顔をひきつらせながら無理矢理笑顔を作り、「じゃあ、しょうがないのかな」という、世界で一番どうでもいい一言を吐いた。

まあ、でもそれが清水君だよね。

心の中で、亜衣は静かに笑った。やはり、世界は終わることになりそうだった。

予定通りに。

Verse.16

選択トリガーオフ

「やめよう」

喉元まで出掛かった、撃ってくれ、という言葉を飲み込んで、僕は小山田に一歩近づいた。全員の視線が、一斉に集まる。なぜ止めるんだ、と言わんばかりだ。社長は両手を挙げて観念したように目を閉じていたが、僕の声を聞いて、うっすらと目を開いた。

「なんでだよ！」

「正しくない」

「そんなことない」

「こんなのは、正しくない！」

小山田は殺気立った顔で、スキを見て少し動こうとした社長を牽制した。

「悪魔から、世界を守るんだよ！　正義だろ！」

「違う！」

室内に、僕の声が響いた。

人を殺しちゃいけない、とは、誰もが当たり前のように言う。だがそれは、人間が勝手に作った法律が定めているだけの、希薄な概念でしかない。人を殺すことがなぜ間違っているのか、なぜ正しくないのかと聞かれても、僕はきっと上手く答えられない。法律で罰せられるから正しくない、という理由では、すでに覚悟を決めているであろう小山田には抑止にもならない。それでも僕は、小山田に向かって「正しくない」と繰り返した。他に表現する言葉が見つからなかったのだ。

「小山田は、世界を守りたいんじゃない。恨みを晴らしたいだけだ。ただ、社長が死ねば、気持ちが慰《なぐさ》められるってだけなんだ。ロッキーも、長曾根さんも、そうだろ！」

「それ以上言うと、マジでぶん殴るから」

「うるさい、清水」

小山田は銃口を向けていた右腕をもう一度曲げ伸ばしし、改めて狙いをつけた。うっすらと浮かび上がる小山田の表情からは、人間性が剝がれ落ちてしまっている気がした。小山田は、自分を奮い立たせるつもりなのか、甲高い「ヒィー」という奇声を上げた。社長がびくりと肩を震わせて、もう一度目を閉じた。

「撃て！」

「撃って！」

長曾根ヒカルと、ロッキーが同時に叫んだ。そこから先、自分が何をどう考えて動いたのかわからない。気がつくと、僕は小山田の銃と社長の間に立ち、自らの体で弾道を遮《さえぎ》っていた。目と鼻の先に、真っ黒な銃口がある。小山田が引き金を引けば、僕の脳天はスイカのように弾け飛んでしまうだろう。恐怖で足が震えた。

――正解を選ぼうとするから、お前は間違うんだ。

耳元で、波多の罵声が聞こえた気がした。世界を見殺しにするか、社長を殺すか。そんなもの、どっちを選ぼうが正解なんかない。しかも、正解を選ぼうとすると、僕は間違ってしまう。じゃあどうすればいいんですか、と、波多に泣きつきたくなる。

「本当に世界を守るためだっていうなら、僕ごと撃ち殺せばいいだろ！」

小山田は、ぐう、と喉を鳴らして、清水も撃つぞ、と喚いた。

「どけよ！」

「撃てよ！　世界と引き換えにするなら、一人も二人も変わらないだろ！」

小山田が僕を押しのけて前に出ようとする。僕は小山田の手を掴んで拳銃をもぎ取ろうとしたが、上手くいかなかった。しなびたゴボウのような腕のどこにこんな力があるのかと思うほど、小山田の右手はしっかりと拳銃を掴んでいて、離さない。

なんとか銃口を人のいない方向に向けようともみ合っているうちに、小山田の頭が思いきり僕の額にぶつかって、目の前が真っ暗になった。天地も東西南北もなくなって、気づけば、尻が床についていた。

言いたい言葉はいくつもあったが、伝えるための時間が絶望的に足りなかった。僕は一言、小山田！　と叫ぶと同時に床を這って小山田の足に縋りつき、銃に手を伸ばした。

「邪魔するなよ、もう！」

「おい、小山田、陣健作は最後、どうしたんだ」

「は？　陣？」

「エスカータだよ！　陣健作は、アンゴルモアを撃ったのか、撃たなかったのか、どっちだ！」

「そんなの、今関係ないだろ！」

レーザーガンを構えたエスカータ・レッド、老いたアンゴルモア。世界を滅ぼすという、超爆弾ハルマゲドンを前に、陣健作は、一人の人間の命を奪って世界を守ったのか。それとも、世界を失ったのか。

絶対的な正義の体現者として描かれた陣健作は、正解のない二択問題のどちらを選択したのだろう。正義のヒーローならば、誰しもが納得できる答えを出してくれたのではないか、と、僕は思ったのだ。

「どけよ！」

「見たんだろ、お前はさ！　エスカータの最終回を！」

ヒーローの選択を！

僕の手が、小山田の手首に触れる。拳銃をもぎ取ろうと、力を込めた瞬間だった。銃声が響き、耳がまた、きん、と高い音を鳴らして聞こえなくなった。僕は、バカ！と怒鳴りながら、夢中で社長に向き直った。社長は胸を押さえ、驚いたような顔をしていた。後ろに倒れようとする体を支えるために足を出すが、力が入っていない。ばたばたと数歩下がり、踏みとどまることが出来ずに、そのまま背中から部屋の壁に激突した。がくりとうなだれ、ずるずると座り込むようにして尻をつき、やがて横に倒れ、動かなくなった。

「この、バカ野郎」

小山田は、まだ火薬の臭いがする拳銃を取り落とし、その場にぺたんと座り込んだ。長曾根ヒカルもロッキーも、そして亜衣も、誰一人として口を開かず、動こうともしなかった。倒れた社長もまた、指先一つ動かさなかった。血を見てしまったら、人を殺したという恐怖に潰されてしまう気がして、僕は倒れた社長に近づくことがどうしてもできなかった。

すぐ隣で放心している小山田の肩に手を置くと、小山田は顔をゆがませ、また涙と鼻水でぐちゃぐちゃになりながら、かすれた声で泣きだした。小刻みに震える手で自分の顔をさすり、何度も涙を拭った。

「世界を、守った」

「違う」

「俺は、世界を守ったよ、清水」

「違う！」

小山田の肩を揺らし、定まっていない視線を僕の目にひきつける。これが、世界を守ったヒーローの目かよ、と、怒りが湧いた。小山田は、怯《おび》える小動物のように目を動かし、どこかに自分を正当化してくれるようなものがないか、探しているように見えた。

「俺は、世界を」

「世界なんて、関係ない。お前は銃を撃って、人が一人死んだ。それだけだ」

「だって」

「だってもくそもあるかよ！　バカ！　このバカ！」

小山田はもう一度、だって、と首を振った。

「撃ったんだ」

「なに？」

「エスカータ・レッドは、アンゴルモアを撃ったんだよ」

小山田信吾　1ヵ月前

バイトを終えて家に帰ってくると、もうそこから何もやる気が起きなくなる。小山田信吾は殺風景な六畳間の真ん中に細い体を投げ出すと、意味もなく「あー」と声を出した。一人暮らしの部屋の中、それに応える声はない。

高校三年生の時に母が病気でこの世を去って、以来十年間、信吾はほとんど天涯孤独の身だった。母は信吾が生まれる前に父親とは別れている。父親は信吾の存在自体を知らないだろう。兄弟もなく、親戚もいない。学校は休みがちだったので、友達もいない。唯一、母親の両親が存命の身内だが、自分たちの娘が未婚の母となったことをよく思っていないようで、信吾とは距離を置いている。それでも、ときどき食料品などを詰め込んだ荷物を送ってきてくれるので、助かってはいる。

就職先はなかなか見つからない。自分自身の問題もあるのかもしれないが、高校三年生の半ばで中退せざるを得なかったことが響いている。工事現場や工場内の仕分けといった肉体系の労働は、非力な体では続かなかった。今は、地元の工場の検品のバイトと、居酒屋のバイトを掛け持ちしている。生活はなんとかできているが、三十歳という年齢が近づいてきているのに、そこから先の未来は見えてこない。

まあでも、なんとかなるだろう。

最近、日雇いのアルバイト先で知り合ったロッキーは、六十手前でバイト生活だ。それでもなんとかなっているし、なんとかしている。ロッキーにできるなら自分にもできるはずだ。そう考えていないと、自分が押しつぶされて、消えてなくなるんじゃないかと思ってしまう。

ぐったりと畳の上に寝ころんだまま、唯一の資産ともいうべきスマートフォンをいじくって、音楽をかける。流れてきたのは、「ハチクマ」だ。サビに行く手前で、「ヒカリん」こと長曾根ヒカルのソロパートが入る、一番お気に入りの曲だ。

――キミはひとりじゃない

――未来はきっと変えられるから

ありきたりと言えばありきたりな歌詞だ。でも、長曾根ヒカルの澄《す》んだ声に乗って、言葉が心にするりと染み込んでくる。ひとりじゃない。未来はきっと変えられる。そう背中を押してもらってようやく、朝から晩までバイトをこなして疲れ切った心と体が、「動こう」という気力を取り戻す。

――ごはんはしっかり食べて。

そうだった、お母さんと約束したんだった、と、信吾はゆっくり立ち上がって台所に向かった。月末でお金がないから、今日は安いパスタを茹《ゆ》で、油で炒《いた》めて食べることにする。具はなし。あと一週間すればバイト代が入ってくるから、その時は少し、おいしくて栄養のあるものを食べるつもりだ。

お湯を沸《わ》かしている間に、四畳半の寝室の電灯を点《つ》ける。敷きっぱなしの万年床の枕元に、小さな位牌と遺影が置かれている。母親のものだ。仏壇なんかは買えないから、小さな棚にあちこちから貰って来た申し訳程度の仏具を並べている。水を替え、線香に火を点けてお鈴《りん》を鳴らす。手を合わせて今日一日の出来事を話そうとするが、特に話すべきことは何もなかった。今日は何もなかったよ、と、胸の中で正直に報告を済ませる。

棚に飾られている母親の遺影は、信吾が中学を卒業するとき一緒に写真屋で撮影したものだ。今となっては、これくらいしか母親の姿は残っていない。中学くらいまでは信吾の顔は母親似だったはずなのだが、歳を取るにつれて、次第に母の面影が自分から消えていった。それだけじゃない。どことなく、父親の顔に似てきているような気がした。

母を捨てた父親に似ていく自分は、どうしても我慢できなかった。と言っても、もちろん整形をするようなお金などない。仕方がないので、髪型や服装をできる限り父親から遠ざけることにした。試行錯誤の結果、レゲエアーティストのようなヒッピースタイルと、ドレッドヘアにすることで、ずいぶん印象を変えることができた。これなら、父親に似てる、と言われずに済むだろう。ただ、正社員登用からはまた遠ざかることになるが。

母親が残した鏡台に映る自分を見ていると、突然、ハチクマの曲が中断して通話着信音が鳴った。慌ててスマホを摑み、画面を見る。「ケンジ」という登録名が表示されていた。何？　と電話に出ると、ヨウマイメン、という声が返ってきた。

「いよいよ、明日だぞ、シンゴ」

「わかってるって。まかしとけ」

電話の主は、ケンジという友達だった。半年ほど前、ハチクマのイベント会場近くでぶっ倒れているところを助けたのがきっかけで友達になった。なんでも、ケンジは未来が見える予言者らしい。人一倍脳がエネルギーを必要とするらしく、常に糖分を補給しないと倒れてしまうそうだ。通りがかりの人が無視していく中、信吾はケンジの言う通り、飴玉とコーラを買って来てやった。困っている友達がいたら助ける。それも、母親との約束だった。

ケンジは助けてもらったお礼と言って、ハチクマのプラチナチケットを当てる方法を予言してくれた。いろいろ難しい話もされたけれど、内容は覚えていない。ただ、人気沸騰でまったく取れなかったチケットが、予言のおかげで手に入った。

そのケンジが、八百四十一年後に世界が終わる、という予言をした。きっと、世界が終わるという予言も当たるだろう。

——世界が大変なことになったら、守ってね。

いよいよ、母親との約束を果たすべき時が来た。小山田は、一も二もなく、ケンジに協力すると申し出た。まず与えられた仕事は、明日部屋を訪れるという清水勇介に、ケンジの予言を伝えることだ。

「清水が来たら、よう清水、って言えばいいんだろ」

「その通りだ。それで、世界を守るメンバーがそろうことになる」

「世界を守り隊の結成だな！」

遺影の飾られた棚の一角に、小さな拳銃のオモチャが置いてあった。小さい頃に空き地で拾って、ずっと持っていた宝物だ。小さくて弱い信吾が世界を守るためには、力が必要だった。自分の体の力を超越する、大きな力。ケンジは、信吾にも世界を変えるだけの力が眠っている、と言ってくれた。

俺が、世界を、守る！

鏡に向かって銃を構える。そして、世界を終わりに導く「悪魔」に対峙する自分の姿を、信吾は何度も思い浮かべた。

世界を守るのは俺だ。お前は、レッドなんかじゃない。

Verse.17 永久パーティング

しゃがみ込んだ小山田を見下ろして、僕は呆然と立ち尽くすことしかできなかった。外からは、パトカーのサイレンの音が聞こえている。それも、一台や二台ではない。五、六台か、それ以上だ。停電中の住宅街をパトロールしている、という雰囲気ではなかった。真っすぐにこちらの方角へ向かってきているように思える。銃声が漏れて、誰かに通報されたのかもしれない。

「警察が来る」

小山田を含め、全員が放心状態だった。つい今しがたまで興奮状態だった長曾根ヒカルもロッキーも、倒れた社長を前にして、呆然と立ち尽くしている。

「行け」

魂の抜けた小山田を引っ張り起こし、無理やり立たせる。早く行け、と急かしても、小山田はグズる幼児のように抵抗した。行け、行かない、というやり取りの間にも、サイレンの音は近づいている。僕はだんだん腹が立ってきて、小山田の頭を力を込めてひっぱたく。古い綿布団を叩いたような音がした。

「行けよバカ！」

「だって、俺も死ななくちゃさ」

俺も、悪魔のＤＮＡを受け継いでるんだ、と、小山田は泣きながら床に転がった拳銃に手を伸ばす。僕は小山田を強引に引っ張り戻して、今度は前髪の分け目から覗く額にこつん、と拳骨を見舞った。さすがに痛かったのか、小山田は、痛ぇ、と小さな悲鳴をあげて頭を手で覆った。

「お前みたいなリズム音痴が、世界的なラッパーになれるわけないだろ」

「でも」

「お前は、誰のために生きてんだよ」

「誰って」

「お前は世界のために生きてんのか？　世界ってなんだ？　世界ってやつが、頼むから俺のために死んでくれって、小山田なんかに言うのか？」

ケンジに利用されるだけ利用されて、殺人犯として捕まるのは理不尽だと思った。取調室で「予言が」「ケンジが」と言い訳をしたところで、なら仕方ないな、とは言ってもらえないのだ。小山田は「日本国の刑法を犯した罪」をただただ背負わなければならない。

小山田は顔を上げ、一歩下がった。痛みで頭が冷えたせいか、目は、少しだけ正気を取り戻しているようにも見えた。

「行こう」

長曾根ヒカルが、ドアを開けた。右手を押さえたロッキーがちらりと僕を見ながら廊下に出た。僕はまだぐずぐずとつぶやく小山田を反転させて、尻を蹴り飛ばした。小山田は前につんのめりながらも廊下に飛び出す。

「キミは？」

後から行く、と言うと、長曾根ヒカルは、気をつけて、とだけ残してロッキーと小山田の後に続いた。階段を下りる足音が次第に遠くなり、勝手口が開く音がした。後には、動かない社長、転がる拳銃と僕、そしてシーツに包《くる》まったままの亜衣が残った。

「こんなことになるとは思わなかった」

亜衣は、僕を見たまま、やはりじっと動かなかった。

「社長の子供が、世界を終わりに追いやってしまうから、なんというか、子供ができないように邪魔して欲しい、と言われてきたんだ、僕は」

亜衣は動かない。

僕は口を閉じ、その場に膝をついた。何を言っても言い訳だし、そもそもその言い訳が浮世離れしすぎている。話せば話すほど、自分は少々頭がおかしいのだ、とアピールしているような気になった。

「ごめん。謝って済むことじゃないけれど」

するり、と、ベッドから彼女が立ち上がった。一糸纏《まと》わぬ姿で手をついた僕に近づき、目線が合うようにしゃがむ。大きくはないが、力のある目が、まっすぐに僕を覗き込んでいた。

「なんで清水君が謝るの？」

信じがたいことに、彼女はそう言って微笑んだ。目の前で人が撃ち殺されたにもかかわらず、恐れもしなければ、怯えもしない。さすがに、それはおかしい、と鈍い僕でも気がついた。

「なんでって」

「清水君を裏切ったのは私だよ」

「もしかしてだけど」

知っていた、のかな、と、僕はおそるおそる尋ねた。

「まあ、一応ね」

「どうやって？」

初めて会った日、合コンで突然囚人の話をし出した彼女を思い出した。彼女もケンジと同じように、僕とは違う何かが見えている人間だったのか、と、少し腰が引けた。

「別に何もしないけど、なんでかわかってる」

「未来が、見えるのか」

「見える、って感じじゃないけどね。私の一生はもう決まっていて、私はこれから何が起きるのか全部知っているし、その通りに生きてる。虫が光に向かって飛んでいくのと同じような感じ。抗《あらが》えない」

「そんなバカな」

「みんな同じだよ。見えない何かに知らず知らず引っ張られながら生きてるでしょう。私は、引っ張られてるなあ、ってことが見えていて、どこに向かっているかがわかるだけ。それ以外は清水君となにも変わらないよ」

「じゃあ、僕がここに来るのも決まってたってこと？」

「そうだね。全部決まってた」

僕は、懸命に首を横に振った。

「いやだって、僕たちは、今日ここにいるはずじゃなかった。未来を変えようとして、それで」

彼女は首を振って、寂しそうに笑った。笑顔には、憐れみのようなものが、ほのかに香っている。そのにおいを感じ取ると、僕は何も言えなくなって、口をつぐんだ。

「清水君たちが今ここにいるってことは、最初からそう決まっていたってことだよ」

「じゃあ、僕と一緒にいたのも、決められていたから？」

悪びれもせず、彼女はうなずいた。

「うんそう。清水君が、鍵を開けてここに来てくれるように」

「僕が?」

「私が間違いなく彼の子を宿すには、今日、彼に生き延びてもらわなきゃいけなかった。だから、きっと清水君が必要だったんだよ」

だから、なんで僕が、という言葉に、力がこもった。

僕は入口ドアを見た。僕が入れた八桁の暗証番号は、日付だ。僕と、亜衣が交際を始めた日。つまりは、三年前の彼女の誕生日だった。

「だいたいさ、僕たちが来ることが決まっていたのなら、マンホールを塞《ふさ》げばよかっただろ? 勝手口のドアの鍵を変えればいいし、電子錠の暗証番号を、あんなわかりやすい数字にしなきゃよかったじゃないか。どれか一つでもやっておけば、僕たちは何もできなかった」

「そうしたら、清水君は来なかった。そして、他の人間が、他の方法でここにたどり着いていたんじゃないかな」

「それは」

「清水君がここに来るためには、マンホールは開いてなきゃいけなかったし、勝手口のドアの鍵を変えちゃいけなかったし、このドアは電子錠にして、清水君じゃないと思いつかない数字にしておく必要があった」

「じゃあ、僕も、世界を滅ぼす側の人間だったたってこと？　最初から」

「そう。私と一緒だね」

「僕が助けるとは限らないじゃないか」

「わかるよ。清水君の答えの出し方は決まってるんだもの。何百年後の世界の何億人っていう数字だけじゃ、清水君は人間だって実感しない。目の前に殺されそうな人が一人いるなら、必ずその命を助ける」

　脳の反応パターンは決まっている。いくつかの反応パターンの組み合わせで、人間の性格や感情は成り立っている。

「違う。僕は、自分で、考えて」

「みんなそう思ってるんだ。でも、そんなことができる人間はいないよ」

「そんなバカな」

「みんながパターン通りに動くから、私は未来がこうなるってわかるんだと思うんだ」

　ケンジの予言も、そういうことなのかもしれない、と、僕は思った。

　鍵を開けるために、ケンジは亜衣と接触した僕を守り隊に参加させるしかなかった。けれど、守り隊に加わったことで、僕は世界を滅ぼす悪魔を救う人間になった。ケンジの予言に従っても、世界を守ることはできなかった、ということだ。むしろ、ケンジの予言さえも、世界の終わりのシナリオに組み込まれていた。

「でもさ、助けられなかった、よ」

「そうなんだよね。清水君が彼を助けるはずだったのに、彼は助からなかった」

「ごめん、なさい」

「別に責めてるわけじゃないよ。決められた通りにすべてが動いていたはずなのに、なぜか変わっちゃったんだ」

「どういうことだろう」

「世界を守ったってことじゃないかな、清水君たちが」

「どうして？」

「どうしてだろうね」

世界は、なぜか守られた。悪魔の遺伝子を持つ男は死に、子供はもう生まれてこない。世界中の人々の行動パターンに変化を起こさせるほどのヒップホップ・ミュージックも誕生しない。世界の終わりは、きっと訪れない。頭ではそうなんだろうと思いつつも、何一つ実感は湧かなかった。今や、八百四十一年後の世界がどうなんてことに、どれほどの価値があるだろう。

「違う」

僕は首を振り、ため息を一つついた。

「違う？」

「僕たちは世界を守ったんじゃなくて、単に、人を一人殺したんだ」

「やめときなって、そういうの。背負い込むのはよくないんだよ」

「とりあえず、僕が自首しようかと思うんだ」

「何のために？　私は誰にも言わないよ」

「目の前で人が死んでいるのに、それを黙ったまま生きていくなんて、僕にはきっとできないからさ」

サイレンの音は、まだけたたましく鳴り響いている。僕が銃に手を伸ばすと、彼女が横から奪い取るように銃を拾い上げた。そのまま、銃口を僕の額に向け、空いている手で肩を押した。

「な、なにを」

彼女が一歩前に出て、肩を押す。押されて、僕が一歩後ろに下がる。また一歩。だんだんと、僕は部屋の外に押し出されようとしていた。

「行ったほうがいいよ」

「いや、でも」

「清水君がここに来たのはしょうがない。そう決まっちゃってたんだもの」

「だとしても」

額に突きつけられていた銃がぐっと前に押し出されて、僕は尻餅をついた。廊下に追い出された格好だ。彼女は、寝室の入口に立って僕に銃を向けていたが、おもむろに転がっていた白いライトを僕に放り投げ、銃を自分のこめかみに当てた。

「何してるんだよ、やめろ」

「大丈夫。私、鈍感だからさ。怖くないんだ、こういうの」

僕は彼女を刺激しないよう、ゆっくりと立ち上がった。銃を引き渡せ、と、右手を伸ばすが、彼女が動く気配はなかった。一歩近づくと、彼女は、それ以上はダメ、と銃で威嚇《いかく》する。外から、拡声器で呼びかけてくる声が聞こえた。完全に包囲されている、武器を捨てて投降しろ、という内容だ。

「なんで死ぬ必要があるんだ、亜衣が」

「私の役目は、終わったみたいだよ」

「そんなバカな。意味がわからない」

やめろ、と僕が言う間に、彼女は電子錠のキーを触り、飛び込もうとする僕より一呼吸早く、ドアを閉めた。僕は夢中で、うっすらと光るテンキーに指を這わせる。だが、正確に八桁入力したはずなのに、緊張感のない、ちー、というブザー音が鳴った。慌ててもう一度入れるが、結果は一緒だった。

「パスワードは初期化しちゃった。ごめんね」

ドアの向こうから、少しくぐもった彼女の声が聞こえた。

「僕が自首する。そうしたら、亜衣は自由だろ？　自由に、思うとおりに生きればいいじゃないか」

「そんなこと、やったことがないからできないよ」

「みんな、やってるじゃないか」

「この世界に、自由に生きている人なんて、一人もいないよ、清水君。本当に自由になっちゃったら、人は何をすればいいのかわからなくなるんだ」

彼女の言葉に心底ぞっとして、次の言葉が喉に詰まる。

「未来は、すべて決まっているけど、実は何も決まっていない、ってことか」

ドアの向こうで、亜衣の笑い声がした。

「逆だよ、逆」

「逆？」

「未来は何も決まっていないけど、実はすべて決まってる」

「こうなることも？」

「こうなったってことは、こうなるってことだったんだよ。最初からね」

亜衣の声は、淡々としていて、なんの言い淀《よど》みもなかった。きっと、心底そう確信しているから出てくる言葉なんだろう。

「それからさ、悪いんだけど、ボクサーのおじさんに謝っておいてくれるかな」

「ロッキーに？」

「あの人からボクシングを奪ったのは、たぶん、前の前の前くらいの私」

「前の前の？」

「試合をさせてたら、事故が起こってたんだと思うよ。だから、私が無理矢理止めた。彼の子供を産まなくちゃならなかったから、私は彼を守らなければならなかったんだ。とはいえ、おじさんには痛い思いもさせちゃったし、辛い思いもさせちゃったからね」

一体、何を言っているんだ、と、僕は頭を抱えたくなった。「私」に、前も後もあるのだろうか。

「意味がわからない」

「私はね、器なんだよ。清水君たちの言う、悪魔を生むためだけの存在。私は、十八歳から三十歳までの女、という人生を何度も繰り返して、世界を終わりに導く子供を宿すの。確率的に、その年代が一番妊娠しやすいからね。今回の私は失敗しちゃったから、次の私、その次の私がまたどこかで誕生して、また同じように動き出すのかも」

「そんなバカな」

「私も全部知ってるわけじゃないけど、たぶん、世界中で毎日同じようなことが起こってるんじゃないかな。清水君みたいな人と、私みたいなのが、毎日戦ってる」

人間の体では、毎日数千個の癌細胞が生まれているのだという。亜衣は世界を殺す癌細胞で、ケンジはそれを阻止しようとする免疫のようなものだとでも言うのだろうか。

「君は、いったいなんなんだ」

「私？　私は私だよ。清水君は、清水君でしょ？」

その瞬間、壁の向こうから、ぎゅっと押し込めたような鈍い銃声が聞こえ、重いものが床に倒れる音がした。僕が声を嗄《か》らして名前を呼んでも、もう亜衣の声は返ってこなかった。

長曾根ヒカル　3ヵ月前

奇跡カンパニー社のイメージキャラクターオーディションは、都心のホテルで、終始ぴりぴりとした雰囲気の中で終わった。面接を終えて控え室に戻ると、ヒカルはマネージャーに連絡を入れた。終わった、とメッセージを送ると、ダメでもハチクマがあるから大丈夫、と返ってきた。苦笑して、携帯をバッグに放り込む。もう、グループに戻ることはできない。そのつもりもない。

まばらにしか人の残っていない控え室を後にして、周りに人の目がないことを用心深く確認しながらエレベータに滑り込む。B2と書かれたボタンを押して、ホテルの地下駐車場に移動した。

目指す、軍用車ベースの四角い車は、すぐに見つかった。

車から少し離れた壁際に立っていると、スーツ姿で胸元をざっくりと開けた男が、車に向かって歩いてくるのが見えた。唇が震えそうになるのを抑えて、顔からできる限り感情を消した。

「社長さん」

予想以上に自分の声が響いて、ヒカルは唾を飲んだ。呼びかけられた男も、驚いたように視線を向けた。先ほど面接会場で話したばかりの、奇跡カンパニー社の社長だ。

「君は、さっきの」

「あの、偶然通りかかったらいらっしゃったので」

「あ、ああ、そうですか」

「もう、お仕事おしまいなんですか」

「今日はね」

「あの、車、かっこいいですね」

「うん、ありがとう。いい車でね」

「なんか、乗ってみたいなあ、なんて」

なんてわざとらしいセリフだ、とは思ったが、他に取っ掛かりが見つからなかった。

社長は面食らったのか、誰もいない駐車場を見回した。

「どういう、意味だろう」

「そのまんま、です。車に乗って、どこかに連れて行ってもらえたらいいなあ、って」

社長と寝ろ、と言った父親の顔が浮かんできて鳩尾《みぞおち》の辺りが気持ち悪くなったが、顔には出さないように力を込めた。社長は、がしがしと後頭部をかき、せわしなく頭を動かしていた。

「いろいろ、誤解されるんじゃないかな、そういうこと言うと」

「大丈夫です。誤解とかじゃないんで」

そうか、と、社長はふっと溜息をついた。

「今日の参加者の中では、君が印象に残っていたんだけど」

「ありがとうございます」

「目が透明だった。なんとなくだけどね。体全体が透き通っているような気がして、ウチの商品のイメージにもいいなあと思ったよ」

乗ってきた、とヒカルは思った。全身の筋肉が、少しずつ縮んでいく気がする。持っていたバッグのストラップを握り締める手に力が籠った。

「嬉しいです」

「君が、こんなことをするとは思わなかったからな」

「え、あの」

「帰ってくれないか」

でも、と口を動かすと、もう一度「帰ってくれ」という言葉が降ってきた。今度は、かなりきつめだった。身がすくむのを我慢して、ヒカルは前を向いた。

「じゃあ、あの、渡したいものが」

バッグを前に持ってきて、ファスナーを開けようとする。だが、大きい声を聞いたシヨックで、手が震えていた。まごついているうちに、誰かの足音が聞こえた。頭に血が上っていて、すぐ近くに来るまで気がつかなかったが、音の感じからすると、ヒールのついた女性用の靴だろう。

「あら、ヒカルちゃん」

急に名前を呼ばれて、全身が固まった。顔を上げると、スーツ姿の女性が怪訝《けげん》そうにこちらを見ている。

「亜衣、さん」

「どうしたの？　こんなところで」

風間亜衣は、ヒカルの事務所にオーディションの話を持ってきたキャスティング会社の営業だ。社長に視線を戻すと、ばつが悪そうに眼を泳がせていた。そういうことか、と、ヒカルは一歩足を引いた。

「いや、たまたま社長さんがいらっしゃったので、車を見せていただいて」

「あ、かっこいいよね、この車」

亜衣は、少しの動揺も見せず、真っすぐにヒカルを見ていた。これほど正面から目を見て話す人間もなかなかいない。恋敵と思ってヒカルにプレッシャーを与えているつもりかもしれないが、目の表情からは腹の中の感情がまるで読み取れなかった。

「おじゃましちゃいましたかね」

亜衣に気を取られている間に、社長は逃げるように車に乗り込み、すでに車のエンジンをかけていた。

「社長さん、あなたのこと気に入ってたよ。透き通ってて、でも存在感があって」

「あ、ありがとう」

「いい結果だといいですね。また、事務所に連絡するね」

亜衣はかなり車高の高い助手席に慣れた様子で乗り込むと、流れるようにドアを閉じた。窓からヒカルを見下ろして、真顔で手を振る。車は派手なエンジン音を立てて、あっという間に遠ざかって行った。後には、右手をバッグにつっこんだまま、呆然と立ち尽くすヒカルだけが残った。

「いつから見てたわけ」

「一部始終」

ヒカルの後ろに、いつの間にか男が一人立っていた。男は薄い笑みを浮かべながら、煙草を咥えている。

「勝手なことすんなって言ったろ」

「うるさい」

「世界ってのは、そう簡単に変わらねえんだ」

「世界なんて、私には関係ないから。むしろ、滅んじゃえばいいんだよ。人間なんて、全員死ねばいい」

「じゃあ、なんで、俺たちの話に乗ったんだ？　お前」

「あいつが憎いから。それだけ」

男は、身じろぎもせず立ち尽くすヒカルの肘を掴むと、ゆっくりと引っ張り上げた。

抵抗しようと力を入れたが、男の力には到底かなわなかった。

「放してよ」

「憎い、ってくらいじゃ、普通は撃てねえよ」

ヒカルの手には、小ぶりながらずしんとした重みのある、黒い拳銃が握られていた。

警察官から強奪したという、本物だ。

「約束してよ」

「約束？」

「あいつを撃って。撃ち殺して」

Verse.18

限界ブラックアウト

気がつくと、僕は元来た下水管の中をひたすら走っていた。

もし警察に捕まったら、状況をどう説明すればいいのかわからない。まかり間違って、僕が社長と亜衣の二人を殺したことになってしまったら？　死刑、という単語が頭をよぎると、逃げることしか考えられなくなった。僕は、自首するなどとのたまったことも忘れて、社長の家から飛び出し、裏庭のマンホールに潜り込んだのだ。

管の中を走ると、足音が気味悪く反響して、僕を追い立てた。胸を撃ち抜かれた社長や、拳銃を構えた警官が後ろから追いかけてくるように思えて、僕は半狂乱になって逃げ続けていた。

早く地上に出たい、と気ばかりがはやって、足が追いつかない。前のめりになりながら走っていると、正面から何かにぶつかって、派手にひっくり返った。瞬間、全身が総毛立って、危うく悲鳴を上げるところだった。転がったライトが、僕の目の前にあるものを照らし出している。

人間の足だ。

「いいとこに来たな」

慌てて逃げようとしたときには、もう遅かった。僕は誰かに首根っこを掴まれ、強引にひっぱり起こされていた。外に出たい、逃げなきゃ、とばかり思っていたせいで、僕は下水道の中に金髪男がいたことをすっかり忘れていた。

「生きて、たのか」

「マジで死にかけただろうが。まだ頭がガンガンすんだよ」

姿は見えなかったが、金髪男の声が、生暖かい呼気と一緒に耳を撫でた。

「放せ」

「代表戦、キックオフしちまったじゃねえか」

男は僕を後ろから蹴り飛ばし、ライトを拾い上げて腕時計を確かめた。淡い光が、金髪男の顔を浮かび上がらせる。ロッキーに殴られた左顎が、風船のように腫れ上がっていた。

「だったら、早く、帰れよ」

「間に合わねえんだよ、もう。時間は戻らねえんだぞ」

うずくまる僕の腕めがけて、金髪男の足蹴りが飛んできた。ずしんと骨に響くような痛みに耐えかねて、僕は這いつくばりながら逃げ惑う。

「やめてくれ」

「うるせえな」

固いつま先が僕の鳩尾にめり込み、息が出来なくなった。痙攣する腹を押さえて立ち上がり、泥水の中を転げまわりながら、光の届かない闇の奥へと逃げる。数メートル進んだところで、後ろから足を蹴り飛ばされて転倒する。また立ち上がると、今度は襟首を摑まれて引き倒された。

起き上がる、倒される、蹴られる、また起きる。起き上がっても、もう逃げられない。金髪男は、僕を嬲《なぶ》り殺しにするつもりだろう。立ち上がる気力を失って、僕は男の前に跪《ひざまず》いた。

「おいおいおいおいおいおい」

ふざけんな、と、金髪男は激昂《げっこう》し、僕の胸ぐらを摑んで、体を引っ張り上げた。湿った呼気を感じるが、ライトの光の届かない闇の中では、数センチ先にあるはずの男の顔すら見えない。

「絶望したヤツってのは一番つまんねえんだよ。いい声で泣けよ」

「どうせ、何をしたって、僕を殺すんだろ」

「諦めるなって。奇跡的に逃げられるかもしれないだろ？」

金髪男は、逃げろと言いながら僕の足首を踏みつけた。続けて、十、九、とカウントダウンする声が聞こえる。鬼ごっこのつもりだろうか。

痛む足を引きずりながら立ち上がり、暗闇に向かって歩みを進める。ゆっくりと数字を数え上げる金髪男の声は、足を前に出すたびにどんどん遠くなっていった。僕がさほど遠くまでは逃げられないとたかをくくっているのだろう。

靴を脱ぎ捨てて足音を消し、足の痛みをこらえて一気に走るスピードを上げた。暗闇の中で距離を取れば、金髪男が僕を見失う可能性だってある。一縷《いちる》の望みに賭けて、僕は暗闇の中を滅茶苦茶に走った。

「痛っ！」

全力疾走を始めて二、三分経った頃だろうか。足の裏に激痛が走って、僕は泥水の中に倒れ込んだ。何か、固いものを踏みつけた感触がある。おそるおそる足の裏に手をやると、鋭いガラスの破片のようなものが深々と突き刺さっていた。

引き抜こうとすると、背骨が痺《しび》れるほどの痛みで、声も出ない。それでも、震える手に満身の力を込めると、突き刺さっていたものがずるりと抜けた。同時に、手が温かくなる。おそらく、傷口から血が溢れだしているのだろう。

「終わりか？」

数メートル先から、金髪男の声が聞こえた。もう随分距離を取ったつもりでいたが、ただの思い込みであったらしい。

「終わり、かな」

「なんだよ、せっかくチャンスをやったのに」

男の声が、かなり響く。どうやら、広い空間にいるらしいということはわかった。

「なんで、こんなこと、されないといけないんだろう、僕は」

「結局、人を殺したんだろ？　おまえらは」

「いや、僕がやったわけじゃ」

「おまえは人殺しの分際でよ、明日からまたしれっと普通の生活に戻るのか？　俺は、世界を守ったヒーローだ、とか言いながらさ」

「そんなことは、わからない、けど」

「許されないだろうが、そんなの」

音が反響して、金髪男が後ろにいるのか、前にいるのかわからない。だが、金髪男は僕の位置を正確に把握しているように思えた。背中側に回りこまれて、首に腕を回されたら最後だ。僕は、背中を壁に付けようと、じりじりと後退する。

右手を少し後ろに引くと、また何か固いものに手が当たった。四角くて、大きい。なんだこれはと探っているうちに、指が何かを押した。淡い光が、うっすらと闇に浮かび上がった。

ラジカセだ。

——だが、俺の魂はいつもユウたちと共にある。

井戸に入る前、ケンジが偉そうに吐いていたセリフを思い出した。魂ってなんだよ、と思いつつ、僕は手探りで再生ボタンを押した。深い意味があったわけではない。けたたましい音を立てれば、少しは死の恐怖が和らぐのではないかと思ったのだ。

プチャヘンザ　諦めんな
丘の上の神社　までちょいの地点だ
未来をCheckする真の予言者
KEN-Zからの助言さ

ラジカセがスピーカーをびりびりと震わせながら、ドンツクドン、という低音を響かせた。初めて聴く曲だ。もし、そばにケンジがいたら、「ユウが再生ボタンを押すってことはわかっていた」と、偉そうなセリフを吐くに違いない。

音をアゲな　ビートにノリな

両手広げな　一、二、三歩下がりな

「うるせえな！」

ケンジのラップが、同じフレーズを何度も繰り返す。金髪男が、苛立った様子で声を荒らげた。僕は、リリックの通り、ラジカセのボリュームを最大まで上げた。痛む足を引きずって立ち上がり、両腕を広げる。ビートにノる、というのがどういうことかよくわからなかったが、前に小山田がやっていたように、ゆらゆらと上下に揺れながら、後ろに足を出した。一歩、二歩、三歩。このラップがケンジの予言なら、何かが起きるかもしれない。

三歩目は、ガラスの突き刺さっていた右足だった。地面につけた瞬間、あまりの痛みに、がくんと膝が落ちた。僕は、よろめいた体を支えようと、腕を伸ばした。下水管の内壁に触れるつもりだったのに、手が触れたものは、もっと柔らかいものだった。

確かめるまでもなく、僕は腕を摑まれた。人間だ、と思った次の瞬間には、暗闇の中の誰かが、僕の背後に回り込んでいた。喉元に腕が巻きついてきて、ぎゅっと締まる。なんだよケンジ、と文句を言おうとしても、もはや声は出せなかった。

このまま絞められて窒息するのか、頸椎《けいつい》を折られて絶命するのか。

「目を閉じろ」

かすかに、耳元で声がした。

言われなくてもそうするさ。

全身から力が抜けていく。恐怖と疲労の中、言われるがままに目を閉じると、あっという間に意識が遠のいていった。

鴨下修太郎　8月7日

バン、というすさまじい破裂音とともに、オレンジ色の光が閃《ひらめ》いた。ほんの一瞬だけ暗闇が引きはがされて、空間のすべてが露わになる。修太郎は、網膜に焼きついた影に向かって、さらに二発、銃弾を放った。

――音をアゲな　ビートにノリな

――両手広げな　一、二、三歩下がりな

修太郎は、右手に携えた銃を下ろした。硝煙の臭いが鼻につく。足元には、破壊的な音量でケンジの曲を垂れ流しながら、びりびりと震えるラジカセがある。舌打ちをして、停止ボタンを踏みつける。音楽が止まり、ようやく静寂が戻ってきた。腹立たしいが、この音のおかげで、修太郎はこの場所にたどり着くことができた。

ポケットから真鍮《しんちゅう》製のオイルライターを取り出し、指先で転がす。かしゅん、という独特の音がして、小さな三角形の炎が現れた。ゆらゆらと揺らめく光が、半径二メートル圏内のすべてを照らし出す。

修太郎の左腕に抱えられた清水は、ぐったりとうなだれていた。呼びかけても返事はない。ゆっくりとしゃがんで座らせ、口元に火を近づけた。呼気で炎が揺れる。どうやら、気を失っているだけのようだ。

「よう、生きてるか、ブラザー」

ライターが浮かび上がらせた光の中に、もう一人、横たわる人間の姿があった。すらりとした長身に、ちくちくとした金髪。仰向けになったまま動かないが、胸が激しく上下動している。虚空《こくう》を掴むような格好で両手を硬直させ、浅く短い呼吸を繰り返している。

大黒だ。

「どこで買ったんだよ、こんなもの」

バッファロー・ビルかお前は、と、修太郎は大黒の顔面を小突く。大黒の顔には、小さな双眼鏡のようなものが括《くく》りつけられていた。暗視用の赤外線スコープ。乱暴に剥ぎ取ると、生気を失った顔が現れた。記憶にあるより、随分ねじくれた顔になっていた。相当、道を外れた人生を生きてきたのだろう。清水や小山田がまったく気づかなかったのも仕方がないと思えた。

俺と同じだな、お前。

言葉を声には出さないまま、修太郎は大黒の顔を見下ろした。

「うる、せえ」

仰向けに倒れた大黒は、ひゅうひゅうと喉を鳴らしながら、かすれた声で返事をした。鎖骨の下あたりに、真っ黒な穴が開いているのが見てとれる。修太郎が男の胸を指でまさぐると、オイルライターの炎が、指先にまとわりついたどす黒い液体を浮かび上がらせた。

「後から、来て、ヒーローぶってんじゃ、ねえよ」

「別に、ぶってねえよ」

「最初から、お前が、来るはずだった。お前が、先頭切って、ここに」

「俺がいねえからって油断して、還暦間近のジジイに殴り倒されたんだろ？　ダッセえな」

大黒は笑おうとしたようだったが、弱々しく咳き込み、黒くねっとりとした液体を吐いた。

「いい歳こいて、下水管の中で何してんだ、お前は」

「しらねえ、よ」

「クライアントは、親父だろ？」

「知ってんなら、言わすんじゃねえ、よ。しゃべんの、辛《つれ》えんだぞ」

「大袈裟なんだよ。急所は外れてるだろうが」

しゃべるたびにひゅうひゅうと音を立てる金髪男の胸に、持っていたタオルを当ててやる。命中したのは一発、体内に残らず、右胸を貫通しているようだった。

「ヒーローになりたかったのか？　性懲りもなく」

「バカ、言うな。お前を、壊したかった、だけだよ」

「残念だが、またお前の負けだったな」

「世界を守った、ヒーローぶってんのか。鴨下、修太郎」

大黒は、大の字になったまま、肩を震わせて笑った。

「ぶってねえよ」

「おまえは、人殺し、だから、な。ただのな」

「こんなもん持ってるやつに、言われたくねえな」

修太郎は、暗視スコープを弄《もてあそ》びながら、つま先で大黒の足を軽く蹴った。

「殺す、つもりは、なかったけどね」

「あ？」

「おまえの親父に、殺すなって、言われてたからな」

「なんだ、今度はいい子ぶってんのか」

「俺が、言われたのは、社長サンに、近づけるな、ってこと、だけだ。殺すな、とは、言われたが、壊すな、とは言われなかったから、おまえだけは、壊してやろうと、思ってた、けどな」

修太郎が明かりにしているライターは、熱を帯びて、素手で持っていられないほどの温度になってきた。しゃがみ込んで、大黒の近くにそっと置く。やがて、炎は激しくなって、ライターごと燃え上がった。生気のない男の顔が、赤い炎に照らされて、ゆらゆらと揺れた。

「俺の、親父はな、ここで死んだ」

「へえ」

「おまえの、親父が、無茶やらせた、突貫工事で、事故って」

「なんだよ。それなら、ウチの親父を恨めよ」

「親父は、バカ正直に、この工事が、土砂崩れの被害者を、なくすんだって、言ってたんだよ。下手したら、神社のある、丘が崩れて、麓一帯、生き埋めになるやつが、いっぱい出るかもしれないってさ」

修太郎は返答に困って、少しの間、言葉を詰まらせた。

「残念だが、やらせた本人は、公共工事の規模をできるだけデカくして、業者からキックバックさせる金を吊り上げることしか考えてなかったけどな」

「それ、直接聞いたのかい？　元市長サンによ」

「さあな。だいぶ前に絶縁してるからな。知らねえよ」

「金のためだかなんだか、知らねえが、人は、助かったんだろ。丘が崩れて、川がもっと、溢れてたら、ヤベエくらい、死人が出てたかもな」

「何が言いたいんだ、おまえは」

大黒は、顔をしかめて唾を呑み込み、痛みに呻《うめ》いた。だが、表情には、うっすらとした笑みが浮かんでいた。

「ほんとうの、ヒーローは、誰なんだろうな、って、ことさ」

修太郎は舌打ちをすると、煙草を一本取り出し、地面に置かれたライターの火に先を近づけた。口に咥えて少しふかすと、匂いのある煙が、体内に入ってくる。

「おい」

「なんだよ」

「一本、よこせよ」

「肺に穴開いてそうだけど、吸えるのか？」

修太郎は、無造作に咥えていた煙草を、大黒の口に挿してやった。手に噛みついてくるかと思ったが、大黒は思いの外《ほか》おとなしく煙草を咥え、何度か煙を吸い込み、むせた。

「ずっと、おまえが、嫌いだった」

「気持ちわりいくらい突っかかってきやがったな、おまえ」

「神様がな、きっと、お前という、悪魔を、ブチ殺せって言ってんだ。そういう、運命を、負ってんだ、俺は」

「それ以上、バカをこじらせるんじゃねえよ」

「穴が、ふさがったら、今度こそ、壊しに行ってやるからな」

覚悟しろ、と、大黒は笑った。修太郎は、そのまま死んでろ、と答えた。

「そろそろ行くぜ」

修太郎が煙草を捨てると、オレンジ色の火花が散って、すぐに消えた。ぐったりと動かない清水を担ぎ上げると、重てえな、と、自然と文句が口をついて出た。

「おい、鴨下」

「なんだよ、しつけえな、半死人のくせに」

「結局、どうなった」

「さあな。予定とはずいぶん変わっちまった。世界が守られたのかなんなのか、まだわからねえよ」

「そんなこと、聞いてねえ」

「あ?」

「代表、戦に、決まってんだろうが」

ああ、と。修太郎は思わず笑った。

「2－1で負けたぜ」

「くそ、マジか」

そのまま、大黒は何も言わなくなった。修太郎はオイルライターの炎に背を向け、暗視スコープをつけた。サッカーの試合結果まで、すでに決まっている。考えてみれば、つまらない世界だ。

「またな」

返事はない。後ろから襲いかかられることはないだろう。

丘の上神社の井戸に繋がるマンホールは、もう少し先だ。

Verse.19

帰還リアルワールド

朝起きて、いつもの天井がどろりと視界に入る。枕元の目覚まし時計は、アラームが鳴る五分前の時刻を表示していた。カーテンからは日の光が入ってきていて、少し開いた窓の隙間から、生暖かい風が吹き込んでいる。クーラーもつけずに寝ていたせいか、全身が汗で濡れていて気持ちが悪い。僕は獣のように唸りながら布団から這い出そうとしたが、右足の裏に激痛が走って、再び布団の上にひっくり返った。

部屋の真ん中に置かれた小さなカウチソファには、昨日僕が着ていた服が脱ぎ捨てられている。どれも泥だらけで、ところどころ破れていた。足を見ると、包帯でぐるぐる巻きにされていて、わずかに血が滲んでいる。

金髪男に殺されかけて、下水管の中で気を失って。

それから、どうやって自宅に帰ってきたのか、まったく覚えていない。酒に酔って記憶が飛んだことはあるが、その時の感覚に似ている。

傷はあちこち治療されている形跡がある。きっと、誰かがここまで連れてきて、応急処置までしてくれたのだろう。そう言えば、誰かの背中に負われたような記憶が、うっすらと残っている。

痛む足を浮かせながら、僕は洗面所に向かった。固まった血や泥を洗い流し、髪を整え、歯ブラシを口に突っ込んだまま、新しいワイシャツを羽織った。乱暴に歯を磨き、口をゆすぐ。ゆっくりと顔を上げると、ぱきん、と心が折れる音がした。


――こんな日に仕事したいわけ？


世界が守られたのかどうかはわからないが、僕の生きてきた世界は、すでに大きく変わってしまった。僕は殺人に加担し、露見を恐れて逃げたのだ。あの金髪男が言ったように、今までと同じ毎日をのうのうと送ることは、もうできない。

僕はキャビネットに置いてある退職願を引っ掴んだ。仕事の辛さに堪えかねて退職願を書いたのは少し前のことだが、追い込まれて逃げようとしたあの時と今とでは、少し違っていた。


「あの」

「あ、はい」

「ご用でしたら承りますが」

本社の受付の女性に声をかけられて、僕は我に返った。朝から今までの出来事が、ぐるぐると頭を巡っていた。退職願をカバンに放り込んだ僕は、営業所には連絡せず、直接本社に行くことにした。波多に連絡をして、退職とかふざけんなよ、と言われたら、自動的に謝った上、撤回してしまいそうな気がしたからだ。

美人と言われれば、まあ美人、という感じの受付嬢は、不機嫌さを隠そうともせずに、硬い作り笑いを浮かべた。完全に腰が引けた僕は、蚊の鳴くような声で、営業部の清水です、と名を告げた。受付嬢は、無言で社内用のカードキーをカウンターに置き、小汚いファイルを取り出して、部署と名前と入館時間を書いてください、と、完璧なまでに事務的な対応をしてくれた。

「ご用件はなんですか」

「退職願を、出しに」

受付嬢は、ほんの少しだけ表情を強張らせた。足を引きずり、顔に派手な傷を作った僕を見て、いったいどんな理由で退職するのか訝《いぶか》しく思ったのかもしれない。

「どなたかにアポイントは取ってありますか？」

僕は返事をする代わりに、首を横に振った。

「では、訪問先を人事課にしてください」

僕が、どう書けばいいのかとまごついていると、不機嫌そうな表情を少しだけ崩して微笑み、懇切丁寧に書き込む内容を説明してくれた。自社の社長が殺されてもあまり影響がないのか、彼女は淡々と業務をこなしていた。

「四階の会議室Aでお待ちください」

受付嬢の案内は、流れるようにスムーズだった。営業の仕事はいろいろしんどい分、離職率も高い。ついていけなくなった社員が辞めることも日常茶飯事だ。おそらく、対応にも慣れているのだろう。そう思うと、やるせない気持ちになった。

僕は言われるままに四階に上がり、会議室A、と書かれた部屋に入った。だだっ広い空間のど真ん中には、長机とパイプ椅子がぽつんと取り残されていた。

席に着くと、ここに初めてきた日のことを思い出した。幹部社員がずらりと並ぶ中、社長はさらりと入室し、真ん中の席に座った。僕の履歴書にざっと目を通すと、いきなり「採用!」と宣言し、来週頭から来れる? と話しかけてきた。社長は、驚いた様子の幹部社員たちに向かって、「我が社の営業で、清い水って名前は最高でしょ」と笑った。

営業でヒーローになってやろう、などと甘く考えていた僕を、社長はたった一言で叩き伏せた。彼女に振られたくらいで自棄《やけ》を起こすような人間が、「清水って名前、最高でしょ」と、屈託のない笑みを浮かべることができる人間と同じステージに立てるわけがないのだ。

ほどなく、ドアをノックする音がした。僕が返事をするまでもなく、ドアが開く。部屋に入ってきた人を見て、僕は椅子から転げ落ちそうになるほど驚いた。襟の高いワイシャツに、ややカジュアルなスラックスという出で立ち、色黒の肌に、異様に白い歯。

「社長」

地獄から舞い戻った社長は、眉間にしわを寄せて僕を一瞥《いちべつ》すると、ふっと息をひとつついた。おもむろに、携えていた紙袋に手を突っ込む。再び現れた手には、見覚えのある拳銃が握られていた。

「死んだ、と思われてたのかな」

社長は手に持った拳銃を少し弄んでから、驚いて動けなくなってしまった僕に、銃口を向けた。うなじの毛がちりちりと逆立ち、鳩尾の辺りが縮み上がる。怖かったが、僕は、目を閉じることにした。

時間が、とてつもなく長く感じられた。早く撃ってくれないと、決心が揺らぎそうだった。口の中が乾き、緊張に堪えられなくなった心臓が変なリズムを叩き出して、気分が悪くなった。大声で叫びながら逃げ出してしまいそうになった瞬間、何度も聞いた、火薬の爆ぜるあの音が響いた。

ゆらり、と頭が揺れ、四肢から力が抜ける。小さな熱の塊が、僕の体の中から生きる力を奪い取って、どこかに飛んで行く。世界は、方向を失って、混沌の中、崩れ、やがて。

パイプ椅子がゆっくりと傾き、僕は後ろに投げ出された。背中に衝撃が走り、少し息が詰まる。天井をまっすぐ見上げた僕は、そのまま死ぬのだ、と思った。

「おい、起きろ」

社長の言葉に、遠ざかろうとしていた意識が一気に色彩を取り戻した。自由の利く左手でペタペタと体を触るが、穴が開いていたり、血が噴き出しているような場所は特にない。少しだけ、耳がキンとしているだけだ。

「プロップガンだな、これは」

プロップガン、と言われても、なんのことだかわからなかった。僕は片腕で上体を起こし、座りなおした。社長は慣れた手つきでもう一度銃を構え、引き金を引いた。今度は、派手な発砲音はせず、撃鉄がカチン、と地味な音を立てるだけだった。

「プロップ、ガン」

「なんだ、知らないのか。映画で使う小道具だよ。要はモデルガンだが、ド派手な火柱を噴くように改造されてる」

小道具、と聞いて、座ったまま腰が抜けそうになった。つまり、本物そっくりだが、実際に弾丸は発射されないということらしい。当然、殺傷能力はないということだ。

「小、道具」

「昔、ほんのちょっと役者をやったときに使ったよ。懐かしいな」

社長は、拳銃を長机に置くと、僕の正面に座った。

「でも、撃たれて、倒れて」

「いや、恥ずかしながら、撃たれたと思って気を失って、そのまま朝まで寝ちゃってさ」

「寝て、たんですか」

「朝起きたら、銃が転がってるだけで。もう、狐につままれるってのはこういうことかと思ったね」

「あの、亜衣、は」

僕が名前を出してしまったがために多少微妙な空気が流れたが、社長は真剣な顔で、いなくなった、と頷いた。ドア越しに聞いた銃声が、命を捨てるべく銃口を自分に向けたものだったとしたら、亜衣は一体どうなったのだろう。火傷《やけど》くらいはしているだろうが、死んではいないに違いない。

「最初は、彼女もグルなんだと思った。だけど、残されていた銃はプロップだし、いったい、なんだったのかと」

「それは」

世界を守りに、と言うのは、恥ずかしくてできなかった。今となっては、どうしてあの場に自分がいたのかも理解できない。

「清水は、彼女と知り合いか」

「あの、半年くらい前まで、その」

社長はこめかみを押さえ、ため息をついた。

「知らなかったんだ」

「いや、僕もまさかこんなことになっているとは」

脛に蹴りは飛んでこなかったが、反射的に頭を下げた自分にいい加減うんざりする。

「なあ、清水」

「は、はい」

「俺の子供が、世界を滅ぼすって言ってたじゃない」

「いや、でも、それは」

「どうなんだよ」

「僕は、よくわからないんですけど」

予言のこと、豪雨のこと、それから守り隊のメンバーのこと。僕は、言い訳がましく社長にすべてを話した。本社の会議室というシチュエーションでしゃべると、内容がいかに浮世離れしているかが自分でもよくわかって、冷や汗が止まらなかった。

「結局、俺は悪魔なんだろうな」

「信じるんですか」

「え、嘘なの？」

「いや、嘘じゃないですけど」

「じゃあ、信じるも信じないもないじゃないか」

「でも、僕が嘘じゃないと言っても、信じる信じないは社長しだいじゃないですか」

「え、じゃあ清水は嘘ついてるの？」

「いや、嘘じゃないんですけど」

そういえば、この人は小山田の父親だった。社長、と肩書きがつくと偉い人のように感じるが、話しているうちに、ああ、なるほど小山田か、と頭が痛み出した。

「俺がいなかったら、みんな不幸にならなかったわけだろ、きっとさ。世界を滅ぼすかどうかは知らないけど、俺は悪魔だったんだ」

「ですが」

「忘れられねえよな、あの時、俺を見る目をさ。ああ、俺の人生は、こんなに人に恨まれる、ひどいもんだったんだなって思ってさ」

僕はまたしても下を向き、すみません、と謝った。

「恨みがあろうとなかろうと、僕たちがしたことは許されないことでした」

僕は内ポケットから退職願を出し、社長の前に置いた。

「なんだよこれ」

「会社を辞めて、自首をしようと思います」

「自首、ねえ」

社長は、僕がしたためた退職願を読みもせず、雑巾を絞るようにねじって投げ捨てた。

「あっ」

「自首してみてもいいけど、なんの罪で逮捕されるつもりでいるんだ」

「え」

「警察も困るんじゃないか」

「いや、あの、立派な殺人未遂、ですし」

「こいつで人は殺せないだろ」

「じゃあ、住居侵入とかそういう」

「来てみるか？　きれいなもんだぞ、うちは。誰かが入った形跡なんて何もない。本当に夢かと思ったくらいだからさ」

社長は、弾の出ない銃を両手でこね回す。

「仮に清水が自首をして、警察の皆さんに洗いざらい全部話すとするだろ？」

「はあ」

「すると、俺は社員の交際相手を遊びで奪った挙句、いろんな人に恨まれて殺されかけた社長、ということになるよね」

「いや、それは事実とは若干違うと」

「そうなるんだって。そうなったほうが、みんな面白がるんだから。見ただろ、あの写真。一瞬、俺と女の位置が重なっただけなのに、マスコミには深夜のご乱行って書かれちゃうんだぞ」

「それは、そうかもしれませんけど」

「そしたら、わかりやすく解釈されちゃうんだって。ゴシップの方が週刊誌も売れるし、ニュースの視聴率も上がるし。そしたら、わけのわからないクレームが来て対応コストかさむだろうし、会社の株価も下がるだろうし。競合他社がネガキャンしてくるだろうし」

社としては、あまりいいことないよな、と、社長は渋った。確かにそうだが、殺されそうになった本人はそれでいいのかと、加害者側である僕が困惑することになった。

「ですが」

「清水も俺も、お互い傷ついたよな、ってことでチャラにしよう。そしたら、俺も気にしないことにする。それでいいだろ？」

ダメか、と、社長は真っすぐに僕を見た。ちょっと気まずくなるほど真っすぐに。

「社長は、ほんとにいいんですか、それで」

「俺としてはさ、よかったと思ってるんだ」

「よかった？」

「恨まれている相手が分かれば、償《つぐな》えるだろう。ちゃんと償えるかはわからないけど、少なくとも、すまなかったって気持ちは伝えられる」

「そう、ですか」

連絡を取りたいから、頼むな、と、社長は身を乗り出して僕の肩に手を置いた。

「いいんでしょうか、それで」

「目的地に着いたなら、途中回り道しようが、転んで膝をすりむこうが、まあいっか、ってなるだろう」

なりますかね、と、なおも僕が首を捻ると、社長は、なるんだよ、と、強めに答えた。僕は気圧されて、はい、とうなずいてしまった。

「じゃあ、本題に入ろう」

「えっ」

社長の一言の衝撃に、今までのは本題じゃないんですか、と、体がのけぞった。僕の古臭いリアクションには目もくれず、社長は紙袋から地図と名刺を取り出した。よく見ると、それは僕の名刺だ。

「この家、覚えてるか」

社長は住宅地図を広げ、赤ペンで丸を囲んだ家を指差した。周囲の家からすると、大きな家だ。だが、ぱっと見せられてもどこの地図なのかがイマイチ把握できない。周辺の建物を目で追い、ランドマークを探すが、めぼしい建物のない住宅地のど真ん中で、ここ数ヵ月の記憶となかなかリンクしない。

「あ、ええと」

「少し前に、清水が行ってるらしいんだが」

近くに、見覚えのある細長い建物があった。あ、と声が出る。小山田の家だ。小山田の近くのでかい家、と記憶を辿ると、契約が取れそうで取れなかった、おばあさんの家だということを思い出した。

「あ、はい、覚えて、ます。おばあさんが一人で暮らしてて」

「なんか、再訪を約束したのに、放置したらしいじゃないか」

「すいません、あの、お約束という感じではなかったので」

「昨日本社に来て、清水の名刺を置いていったんだと」

マジですか、と、股間が縮み上がる思いがした。言葉は悪いが、世界を守るとか、退社だ自首だ、なんてことがひどくどうでもよくなって、僕はあっという間に現実の真っ只中に叩き落とされていた。

「いいか、あのばあさん、とんでもない人なんだよ」

「と、とんでもない」

「イブホテルって知ってるだろ？」

「はあ、ビジネスホテルの」

「そう。あのばあさん、創業者の奥さんで、前会長のご主人が亡くなられてから、後を継いで、イブホテルグループの会長なんだ」

「えっ」

そんな人を怒らせてしまったら、と考えると、金髪男に絞め殺されてた方がはるかにマシだったのではないかと思えてきた。手が震えて、心臓が喉元まで迫《せ》り上がってきた。

「入れてくれる、と言ってる」

「は、え？」

「清水の話を聞いて、ホテルの客室にうちのウォーターサーバーを導入したい、と思ったそうだ。再訪を待っていたのに、なかなか来ないから名刺を持って訪ねていらっしゃった」

「は、はあ」

はあ、じゃない！　と、社長が大きな声を出した。仕事の話をし出してから、急に目の色が変わっている。

「いいか、イブホテルグループ全部で、全国二百ヵ所、三万五千室だぞ。これからもまだまだ増えるんだぞ」

「いや、はあ、すごい、ですね」

「ホテル全室に、うちのサーバー入れてくれる、って言ってんだよ！」

お尻から頭の先まで、悪寒が駆け抜けた。僕は会社に何か損をさせたわけではないだろうが、話が大きすぎて事態がよく飲み込めない。

「先方は、清水が担当するならって条件をつけてきている。今辞められたら、この話もご破算だ」

絶対辞めるんじゃないぞ、と、社長は僕の頭を鷲掴《わしづか》みにした。

「え、あの」

「決まれば、大躍進だぞ。確実にシェア一位奪取だ！　こんなビッグビジネス、二度とないぞ！」

社長はぎらぎらとした目で、鼻息荒く僕に詰め寄った。あれ、カッコつけたいだけで金なんかあんまり要らないんじゃないですか、話が違いませんか、とは思ったが、口に出す勇気はなかった。

「な、なんで僕をご指名なんでしょう。単なる営業社員ですし、そんな大きな話をするところに、場違いだと思うんですけど」

「詳しくは聞いてないけど、孫に似てるから、って言ってたな」

「お孫さんに」

「なんか、孫に優しくされたみたいで嬉しかったらしい」

「それだけですか」

「たぶん」

　そんな程度で、何億何十億という金がぽんと動くと思うと、心底怖くなった。百万円で手が震える僕が、こんな恐ろしい人たちがわさわさいる世界を守ろうなど、役者不足も甚《はなは》だしい。

「社長、あの」

「ん？」

「なんで、水なんですか」

「なんで？」

「会社です。起業するときにはいろんな選択肢があったと思うんですけど、社長は、なんで水を選んだんですか」

　起業の経緯は、社員なら誰でも知っている。社長がある会社の営業社員だった時、社内ベンチャーとして宅配水事業を立ち上げ、独立し、今に至る。社長が働いていた企業というのは、鴨下の父親の会社だ。

「ほら、ボクシングやってたからな」

　社長は、座ったまま両拳を引いたり伸ばしたりして、笑った。

「はあ」

「減量きつくてさあ。試合前になると、唇かっさかさになっても、水が飲めないんだよ。腹も減ってるんだけど、直前になると、もう飯より水のことしか考えられなくなる」

「それで、水を」

「試合前の計量をパスして、ようやく飲む水がとんでもなく旨いんだよ」

社長は、遠い昔を思い出しているのか、水を飲み込むようなしぐさを見せながら語る。

「僕には、想像できないです」

「この世界が特別なのは、水があるからだ」

今のは、CMのキャッチコピーにいいな、と、社長は一人で興奮しながら、ゴミ箱に放り捨てた僕の退職願を拾い上げて、メモ代わりにした。

「清水」

「は、はい」

「予言者の人に伝えてくれ」

「え」

「俺はもう、結婚しないし、子供も作らないから安心しろって」

「そんな」

「俺には、息子がいる。それだけで、世界は素晴らしいんだ」

社長は微笑んだ。屈託のない笑顔は、あの小山田信吾にそっくりだった。

風間亜衣　8月7日

ゆっくりと目を開けると、目の前を塞いでいる白と黒の塊が見えた。じくじくと痛むこめかみに力を入れて目の筋肉を引っ張り、なんとかピントを合わせる。白いのは自分の手、黒いのは拳銃だった。

おかしいな、と上体を起こし、銃弾が撃ち込まれたはずのこめかみに手をやる。穴は開いていなかったが、皮膚が爛《ただ》れていて、触ると痛む。拳銃をガチャガチャといじってなんとかシリンダーを外し、弾丸を確認する。まるで本物のようだが、弾丸はフェイクだ。

「あれ、そういうこと？」

これまでは、何をするにも、頭のずっと奥で囁く「神様」の言うとおりになっていた。人生は、あらかじめ知っていた通りに間違いなく進んでいて、昨夜もそうだった。世界を変えようとする人々が銃を携えてやってくる。だが、「彼」は、清水の助けで生き残る。警察のサイレンに驚いた彼らが退散した後に、恨まれて落ち込んだ彼を慰めつつ一度限り交われば、求める子供ができるはずだった。

なのに、生き残るはずの彼は死んで、自分が一人残された。

彼が死んでしまうはずはなかった。でも、神様は何も言わなかった。すべてが決まっていて、抗いようがないと思っていたから従っていたのに、そうじゃなかった。もう、どうしていいかわからなくなって、一度自分をリセットすることにした。自分が死んでも、代わりはきっといる。この世界を、シナリオ通りに進めるための、神様の駒のような人間が。

そう思って自ら頭を撃ち抜いたはずなのに、なぜだか亜衣はまだ生きていた。銃は、偽物だったのだ。

立ち上がって、「彼」に駆け寄る。夜明けが近いのか、外が白んできて、部屋の様子もよく見えた。胸の辺りを探るが、出血もなければ、傷口もない。そっと耳を寄せると、かすかに寝息が聞こえた。

「寝てる、だけか」

寝ている「彼」を揺り起こしてどうにか交わり、子を宿せば、また予定通り世界は動き始めるだろう。やがて生まれる子は、世界を破滅へと導く悪魔となる。それが、全人類に課せられた、正しい未来のはずだった。

——一人の命を犠牲にするか、それとも二百人を見殺しにするか。

ずっと考えていた問題は、取捨選択の問題だと思っていた。選んだ結果がどうなるかを考えて、「どちらがよりよいか」を選ぶ。頭の中の神様は、二百人を見殺しにする派のようだった。きっと、世界は定められた形できれいに終わるべきだと思っている。出会って来た人たちも、静観することを選ぶ人が多かった。ふざけた答えを出す人間もいたが、多くは、「どちらがマシか」を考え、自らの手で命を奪うことを嫌がった。たいていの人は、「運命」という言葉を使って、二百人を見殺しにする正当な言い訳とした。

多くの人が出した答えなのだからと、亜衣も「運命」という言葉で、自分を納得させることにした。自分が、世界を滅ぼす悪魔を産む母となることは、運命だ。

一人の命すら奪わずに、すべての人を助ける。「水牢問題」において、それは常人にはできない選択、つまりヒーローの選択だ。だから、普通の人間は、まず初めに両方助けるという選択肢を捨ててから、考え出さなければならない。誰も納得しない、幸せにならない選択をするとき、人は神様、とか、運命、とかいう言葉で誤魔化さないと、答えを出せないらしい。

「さて、どうしよっか」

頭の中で、亜衣の人生を決めていた神様の囁きは、もう聞こえなくなっていた。未来は、すべて決まっているのかもしれないが、神様ですら未来はわからないということも知った。どうするかは、自分で選ばなくてはならない。「選ぶ」というのは、初めての経験だった。

「清水君はさ、やっぱり世界を守るヒーローだったんじゃないかなあ」

ベッドからシーツを引きはがし、「彼」の体にそっとかける。胸の辺りが上下していて、静かに呼吸が続いている。こういう時、人は「申し訳ない」と思うものだ。そっと頬を撫でて、ごめんね、と囁く。彼は一瞬もごもごと口を動かして、また深い眠りに落ちていった。

人生で初めての選択は、実に簡単なものだった。このまま彼を揺り起こして交わり、世界を滅ぼす子を宿すか、否か。選択するまでもない。一人の人間も殺さずに、全人類の命を守る。それができたら、一番いいに決まっている。誰も悲しまない。誰も苦しまない。世界で一番ヒーローらしくないヒーローが選択した未来を、わざわざ修正する理由など、何一つ見つからなかった。

汚れた裏口をきれいにして、部屋を元通りに整理すると、もうすっかり朝になっていた。裏口の鍵を閉め、庭に転がっていたとんでもなく重いマンホールの蓋をずるずる押して、元あった穴に収める。朝起きた彼は、全部夢だった、と思ってくれるだろうか。

「これで、私も世界を守り隊になったかな」

亜衣は一人でほくそ笑むと、外に出た。

目の前には道路がある。左右、いずれかに進むことができる。右に行け、左に行け、と言ってくれる存在はどこにもない。気弱なヒーローから善悪の知恵を得た亜衣は、エデンの園から放逐されてしまったのかもしれない。これからは、すべて自分の頭で考えて、人生を選んでいかなければならない。間違えることも、失敗することもあるだろうし、迷ったり、恐れたりすることもあるだろう。人生は死ぬまでのY字路。選んだ道の先で泣くのも自分次第、笑うのも自分次第だ。

「右かな」

右に行こうとして、止まる。なんとなく嫌な感じがするから、やっぱ左。左に行こう。左に行きたい。亜衣は、少し大股になって、第一歩を踏み出した。少し先に、十字路が見える。あそこまで辿り着いたら、今度はなんと、三択に挑戦しなければならない。

「よし、行こう」

今日は、八月七日。

初めて迎える、三十歳の誕生日の朝だ。

Verse.20

解縛ショルダータックル

本社を後にして営業所に戻ると、もう昼過ぎになっていた。

とりあえず、営業所のドアを開けて中に入る。みな外に出払ってしまっていて、オフィス内はしんと静まり返っていた。僕はなぜか、忍び足で階段を上り、自席に荷物を置いた。傍らには、販促グッズが満載の「苦行」が、いつでも持ち出せる状態で置かれている。とはいえ、十キロの荷物を担いで歩き回れるほどの力は、今の僕に残っていなかった。

「サボりか」

一瞬、心臓が飛び跳ねて、全身が固まった。ゆっくりと振り返ると、窓際でコーヒー缶を灰皿代わりに煙草を吸う波多の姿があった。相変わらず、僕は人の気配を察知するのが鈍い。

「いや、あの、午前中ちょっと本社に」

すみません、と言うと、蹴りの代わりに吸いかけの煙草が飛んできた。慌てて叩き落とし、火をもみ消す。波多はすぐ、二本目に火をつけた。

「別にもう、お前のことなんてどうでもいい」

　波多のデスクはきれいに片づけられていて、真新しい段ボールが一つ積まれている。横には、社員証と社員用の携帯が並べられている。

「え、あの」

　波多は、新しい煙草を吸いながら、つま先で何かを指した。

「辞めちゃうんですか、会社」

「もう辞めた」

「なんでですか」

「部下が成績出さねえから、クビになったんだよ」

　僕が、反射的にすみませんと頭を下げる前に、今度はお茶のペットボトルが飛んできた。

「あの」

「んなわけねえだろ、バカ。普通に辞めんだよ、飽きたから」

　波多は自席の引き出しを開け、書類やら封筒やらを次々ゴミ箱に突っ込んだ。僕は、その様子を脇でじっと見ていた。

「何してんだよ。外でも回って来いよ」

「いや、あの」

「気が散るだろうが」

「波多さんに、ひとつ聞きたいことがありまして」

「聞きたい？」

「大雨の日、後藤君が僕のとこに来たじゃないですか。波多さんに言われたって」

波多は、手の動きを止め、ああ、と上っ面だけの返事をした。

「なぜですか」

「お前が全然契約取ってこねえからだろうが」

「僕がサボってようが真面目にしてようが、部全体の数字にそれほど影響ないじゃないですか。波多さんが、数字にならない指示を出すわけがないんですよ。わざわざ、ノルマ未達の後藤君の一日を潰してまで僕の尻を叩くより、後藤君が普通に一日営業したほうが、成約取れる可能性が高いと思いますし」

自分で言ってて悲しくならねえのか、と、波多は一番痛いところをきれいに突いた。だが、プライドというものを放り捨ててしまうと、自虐も案外楽なものだ。いいか悪いかは別として。

「あの日、母子連れが亡くなったじゃないですか。親水公園で。雨なんか全然降ってなかったのに、急に上流から鉄砲水みたいなのが公園の小川に押し寄せて、逃げ遅れて」

僕は、力ずくで話題を引き戻し、自分の言おうとする結論に方向を定める。波多は肯定も否定もせず、気味が悪いほど静かに僕を見ていた。

「それがどうした」

「親水公園は、エリアDでした。後藤君のエリアです」

「だからなんだよ」

「午後イチは親水公園で休憩してる、って後藤君は言ってたんです。もし、後藤君が波多さんに言われて僕のエリアに来ていなかったら、間違いなく増水に巻き込まれていたと思います。波多さんは、大雨の後に電話でこう言ったんですよ。後藤は生きているか？　って」

もし後藤君が親水公園の鉄砲水に巻き込まれていたら、死者は五名になっていた。

ケンジの予言通りに。

「結論を言えよ、先に」

「波多さんは、知ってたんじゃないですか」

「何をだよ」

「雨が降ることをです。それから、後藤君が死ぬことも」

波多は、しばらく何も答えなかった。僕の目を見ながら、腹の中を探っているように見えた。

「だったらどうだっつうんだよ」

今思えば、僕が小山田の契約を取りに行ったのは、波多に追い込まれたことが原因だった。僕が、偶然飛び込んだ家に、偶然小山田がいた、なんてことはありえない。よくよく考えると、僕はケンジや小山田だけでなく、波多にもコントロールされていたのではないかと思ったのだ。

おかしい、と感じたのは、後藤君の一件があってからずっとだ。胸の中にもやもやしていたものは、波多の表情を見て確証に変わった。

「波多さんも、世界を守り隊、なんですか」

「そんなダセえネーミングに納得した覚えはねえけどな」

「拳銃で、殺すつもりだったんですよね、社長を」

「そうだよ」

波多は、なんのためらいもなくうなずき、禁煙のはずのオフィスで煙を吐き出した。

「でも、銃は偽物でした。プロップガンっていうやつで」

「間違えたんだよ」

「間違えた？」

「ヒカルのバカがオトリ用の銃を持っていきやがって」

「オトリ？」

「銃ってのはな、部屋の中でぶっ放すと音がすげえんだよ。実際、すごかったろ？　近所の人間に通報されて、踏み込まれたらまずいだろうが。だから、オトリの銃を外でぶっぱなすんだよ。そうすりゃ、警察が来てもそっちに注意が集まるだろ」

鳴り響いていたサイレンの音を思い出した。包囲した、という声が聞こえていたのは、僕らではなく、オトリに向けていたものということだろうか。

「そんな、オトリを使って当日僕らが捕まらなくたって、後々すぐにバレたんじゃないかって思いますけど」

「社長は死んでる。翌朝会社に来ない。本社の連中が騒《さわ》ぎだす頃に、俺が様子を見に行くと手を上げる。幹部の中では俺が最年少だから、異論は出ねえ。俺は社長の家で足跡だの指紋だの、痕跡を消した後に通報する」

「亜衣が通報したら終わりだったじゃないですか」

波多は首を振り、それはねえ、と言い切った。

「あの女は、社長のDNAが欲しかっただけだからな。社長が死ねば、存在価値がなくなる。銃を残してやれば、自分で頭をぶち抜いて、勝手に死んでくれたはずだ」

扉の向こうで響いた銃声を思い出して、心が軋んだ。もし長曾根ヒカルが実弾入りの本物を持っていたら、亜衣も死んでいたということだ。そしてそれも、ケンジの計算のうちに入っていた。

「じゃあ、僕たちに社長を殺させて、自殺した亜衣に罪を着せて、全部知らんぷりするつもりだったってことですか？」

「ま、そういうことだ」

手が、抑えられないほどぶるぶると震えた。こんなことは人生で初めてだった。なんだこれは、どうしたんだ、と思っているうちに、僕はようやく震えの理由を理解した。そうか。僕は今、怒っているのだ。

「銃が本物だったら、小山田は、社長を殺した殺人者になるところでした」

「まあな」

「あいつにとっては、父親ですよ？　捕まるとか捕まらないとかじゃない。あいつは一生、父親を殺したってことを背負って生きていかないといけないじゃないですか。他の、ロッキーや、長曾根さんだってそうだ。世界を守った、なんていうのが慰めになりますか？　世界が守られようが滅びようが、ひとりの人間を殺すことで、どれほど苦しむかわかりますか！」

波多は、うるせえな、という表情を浮かべて煙草を空き缶に放り込み、窓際から離れた。怒りに震える僕を無視するように、デスクの片づけを再開する。

「他のやつらは全部了承済みだ」

「僕は聞いてない」

「あたりめえだろ。お前はいちいち面倒臭《くせ》えんだよ」

「面倒臭い？」

「予言なんかねえだの、悪いことはできないだの、理屈でしか考えられねえだろ。四の五の言わずに、最後の鍵を開けりゃ、それだけでよかったんだよ」

自分でも信じられなかったが、僕は衝動的に波多に詰め寄り、襟首を摑んでいた。勢い余って、波多は背中からロッカーに激突し、派手な音を立てた。

「おい、止めとけよ」

「人を、人をなんだと思ってるんですか」

さらに力を込めようとしたところで、波多の足がするりと体の間に割り込んできて、僕はそのまま後ろに思いきり突き飛ばされた。デスクに置いてある資料や、いくつかの椅子を巻き添えにして、僕はひっくり返った。

「別になんとも思ってねえよ。考えたところで、それしか方法がねえんだから、しょうがねえだろうが」

「それなら、あんたがやればいいだろ。あんたみたいに、人殺しなんかなんとも思わないサイコパスみたいな人間が、やりゃいいじゃないか」

なんだとコラ、と、波多は苛立ちを募らせて前に出る。僕は夢中で立ち上がり、腰を落として構えた。

「俺が社長の頭ハジいて終わりなら、とっくにやってんだよ。他に方法があったら、誰がわざわざお前みてえな日和見《ひよりみ》野郎を使うんだよ」

「もういっぺん、言ってみろ」

僕は、息をふっと腹から吐き出すと、雄たけびをあげて突進し、全体重を乗せて頭から波多に突っ込んだ。さすがに不意を突かれたのか、突進を正面から受けた波多は派手に吹っ飛び、応接スペースに倒れ込んだ。パーティションが倒れて、どんがらがしゃん、とマンガのような音を立てた。

「偉そうなことを言って、人を巻き込むなよ！　僕だってね、虫みたいな人生かもしれませんけどね、これでも、精いっぱい生きてるんですよ！　人の人生をいじくるなよ！　僕の人生だぞ！」

いつも、上から僕を見下し、仕事では絶対的な支配者であったはずの波多が無様に転倒するところを見て、僕の体はさらに震えた。越えようとも思っていなかった壁に、うっすらとヒビが入ったように思えたのだ。

波多が立ち上がろうとするところに、僕は再び体当たりをしようとした。

起き上がった波多の、無防備な腹がすぐ目の前にある。僕の人生を弄ぶ神様かなんかに、言う通りになるものかと思い知らせてやりたかった。波多だけじゃない。僕の前に立ちふさがってきたありとあらゆる人の顔が浮かんだ。

だが、波多は、立ち上がりざま一歩素早く後退し、僕から距離をとった。ほんの一歩分ではあったが、イメージよりもぶつかる位置が遠ざかったせいで、僕は大きくバランスを崩した。なんとか踏みとどまろうと太ももに力を入れた瞬間、弧を描いて飛んでくる波多の手のひらが見えた。見えた、と思った時には、空気を詰めたビニール袋が破裂するような音が耳元で炸裂し、目の前が真っ暗になっていた。次に見えたのは天井だ。

ぐらつく頭にうろたえながらも、僕は本能的に跳ね起きようとした。が、額には硬い鉄の塊が突き立てられていて、頭を起こすことはできなかった。少しだけ髪の乱れた波多が、僕の体を跨《また》ぐように立って息を荒らげていた。

「こっちは本物だからな」

「撃てばいいじゃないですか」

波多は、拳銃の撃鉄を起こした。すっと表情が落ち着き、目が冷える。拳銃を持つ手は、ぴたりと止まった。額を押さえつけていた銃口が、ほんの少し離れたが、もっと強い力で頭を押しつけられているようで、身動きは取れなかった。

「残念だけどな、お前の言うきれいごとなんかは、通用しねえんだよ」

僕が大人しくなったのを見届けて、波多は銃口をそらし、ゆっくりと撃鉄を戻した。

波多は、大の字になって動かない僕を尻目に、片づけを再開した。倒れたままの僕の顔の横に、「廃棄」と殴り書きされた段ボールが積み上がる。急に涙が溢れだしてきて、一筋二筋と、目じりから耳の横へ流れ落ちていった。

「お前は、バカみたいに突っ立ったまま、社長が撃たれるところをぼんやり見ているはずだった。小山田は社長を撃って、世界を守ることになっていた。本物の拳銃でな」

「僕は、そんなにバカじゃない」

波多は、いいや、と否定し、脳の反応パターンは決まっている、と繰り返した。亜衣は、僕が目の前の人間を助ける、と言った。言っていることが逆だ。

「どうしてだ」

「どうして？」

「なんで邪魔をした」

「なんでって」

「昔の女の前でカッコつけたかったのかよ」

「違います」

「じゃ、なんだよ」

あまり思い出したくない記憶だったが、僕は銃を構える小山田の姿を頭に浮かべた。

混乱する中で、僕は何を考えていただろう。

「後藤君が、生きてたからです」

「後藤？」

「大雨の死者は、五名じゃなくて、四名だったじゃないですか。ケンジの予言は絶対じゃないんだ、って思ったんです。もしかしたら、社長が死なずに済んで、世界も守れるような方法だってあるんじゃないかって。だったら、そのほうがいいじゃないですか」

口の中が乾いて、唇の裏と歯茎がくっつくせいで、うまく舌が回らない。

「ここで言いましたよね、波多さん。正解を選ぼうとすると間違うって。じゃあどうやって選べばいいんだって思ったら、長曾根さんが言ったんですよ。自分がどうしたいかっていう気持ちの問題だ、みたいなことを」

「ヒカルが？」

「あんまり考える時間もなくて、じゃあ、自分はどうしたいんだって思ったら、目の前で人が死ぬところを見たくない、って」

波多は、ちらりと僕を見て、ふん、と鼻を鳴らした。拳銃のシリンダーを回し、残弾数の確認をすると、置いてあったカバンの中に投げ入れた。かすかに、俺のせいか、とつぶやいたように見えた。

「じゃあ、まあ、しょうがねえな」

波多は、処分しとけよ、と段ボールを叩き、仰向けの僕を捨て置いて、階段を降りていこうとした。僕はようやく上体を起こし、ぐらつく頭を支えながら、なんとか立ち上がった。

「波多さん、あの、どこへ」

「どこって、行くとこがあるんだよ」

「警察に、行く気ですか」

拳銃の入ったカバンを小脇に抱えている姿を見て、直観的にそう思った。波多の表情は変わらなかったが、目は前だけを見ていた。

「オトリのつもりで、パトカーのフロントガラスに実弾ぶち込んじまったからな。オマワリだってもう絶対に引っ込みつかねえだろう」

「オトリになっていたのは、波多さんだったんですか」

「誰かが落とし前をつけねえと、この一件は終わらねえんだよ。全部うまく行きすぎで終われるほど、世界は甘くねえ」

「もしかして、それで、会社を」

波多は、いちいちうるせえ、と悪態をついて、階段を降りて行こうとした。

「おい」

「あ、はい」

「いいタックルだったじゃねえか」

足腰鍛えられてよかったな、と、波多は言い捨てて、事務所を出て行った。

僕が、「拳銃強盗犯、鴨下修太郎が自首」というニュースを知ったのは、その日の夜のことだった。

長曾根ヒカル　8月7日

「外まで丸聞こえだったよ、ケンカ」

「(株)奇跡カンパニー」と書かれた扉を開いて出てきた修太郎に、ヒカルはそう声をかけた。うるせえな、という返事は、ヒカルの予想通りだ。

修太郎は小脇にバッグを抱えている。中にはきっと、実弾入りの拳銃が入れられているだろう。本当なら、侵入した社長の家に置き捨てて来なければならなかったものだ。

「何しに来たんだよ、お前は」

「車、返しに」

ヒカルが、飾り気のないスマートキーを差し出す。借りていたツーシーターのスポーツカーは、営業所の向かい側の路肩に停めてあった。

「おいおい、ずいぶん汚《きたね》えな」

「泥の中走ったから。洗車する時間もなかったし」

「どうせしばらく乗らねえだろうから、勝手に乗ってろよ」

「いつまで？」

ヒカルの言葉に、修太郎は少し答えるのをためらっているように見えた。

「さあな」

「もう、わかってるんでしょ？」

修太郎が、拳銃を持って自首するという話は聞いていた。

予言者ケンジが立てた計画は少しずつブレて、ヒカルたち「守り隊」は、全員が元通りの日常に戻ることができなくなった。つじつまを合わせるためには、手元に残った拳銃をどうにかしなければならない。

あの日、拳銃の管理は、いまいち信用のならない小山田ではなく、ヒカルの役目だった。なのに、その第一歩でヒカルはミスを犯した。本来、修太郎に持たせるべきプロップガンを、実銃と勘違いして持ち出してしまったのだ。

プロップガンは、ヒカルの父親が警察から盗んだものだと偽って、ヒカルを脅すために使っていたものだ。どうやら、昔、拳銃強盗のニュースを見て、昔、撮影所からくすねてきたプロップガンを「本物」と言い張ることを思いついたようだ。そんなハッタリに怯えて暮らした日々を思うと、悔しさが湧いてくる。

精巧にできているとはいえ、何度も額に突きつけられてきたプロップガンと、本物を見誤るわけがなかった。なのに、当日ヒカルが手にしていたのは、呪いのようにつきまとってきた父親の銃だ。どうして、と何度考えても、答えは出なかった。間違えた、という事実がそこにあるだけだ。

ケンジの予言通りにやったのだから、私は悪くない、と割り切ることは難しかった。ケンジの予言がどうであれ、現在の時間軸の世界では、ヒカルは間違いなくミスをしたことになっているからだ。

そして、そのせいで、あってはならないはずの実銃が、手元に残ってしまった。

「七年」

「執行猶予は？」

「つくわけねえだろ。凶悪犯だぞ、俺は」

修太郎の逮捕から裁判までの未来は、すでにケンジが見ているのだろう。七年の実刑。拳銃を強奪し、パトカーに向かって発砲するというイカれた犯罪者に対して、世間は「七年は短すぎる」と言うかもしれない。いや、そう言うだろう。けれど、ヒカルにとっては永遠にも感じるほど、長い時間のように思える。

「二十六歳」

「あ？」

「出所するころ。私は二十六歳になってる」

「大物女優とか言われて、ふんぞり返ってるかもしれねえな」

「予言？」

「予想だ。お前の未来なんか見てるほど、ケンジも暇じゃねえんだよ」

そっか、と、ヒカルはうつむいた。

「待ってるよ」

「あ？」

「迎えに行くよ」

「あのな、前科者と付き合っても、いいことねえんだぞ」

「そうだけどさ」

でも、待ってるよ。

ヒカルはそう言いながら、修太郎の胸に顔をうずめ、子供のように泣いた。珍しく、
修太郎は突き放すようなことはしなかった。ネズミの檻から救ってくれたあの手が、ヒカルの頭をやさしく撫でていった。

Verse.21 異世界リコレクション

早朝の丘の上神社は、うっすらと霧がかかっていて、ほんの少しだけ神秘的だった。参道を進み、展望台からの風景を望むと、海から上がってきた朝日が真っすぐに体を貫いてきた。

昨晩は一睡もすることができなかった。体のあちこちが痛むのもそうだが、頭が混乱しすぎたせいもある。考えることが多すぎるのに、何一つ消化できない。まんじりともせずに夜を過ごし、眠れずに朝を迎えようとしていた。

これは、もしや夢なのではなかろうか。気がつくと、夢から覚めて、いつもと変わらない忙しい朝を迎えるのかもしれない。本当に、昨日の出来事は現実だったのか、自分の足跡を確かめたくて、僕は空が白む早朝、家を出た。悪夢の児童公園の横を通りすぎ、スポークのひん曲がった自転車で坂道をひたすら上った。丘の麓に自転車を停め、眩暈がするような石段を登り切って、神社の鳥居をくぐる。足は痛んだが、それよりも、答えを求める感情が先に立った。

「こういう社《やしろ》ってのはな、大昔、海の前に作られてたんだぜ。俺たちの町は、昔は全部海の底だったってことだ。信じられるか？」

展望台の東屋には、先客がいた。いるんじゃないか、という気もしていたが、実際、本当にいると気味が悪かった。鏡餅のようなフォルムの背中越しに、朝の世界が広がっている。

「僕が来ることはわかっていた、ってこと？」

「いや、偶然だ」

冗談なのか本当なのか、ケンジはにやっと笑いながら、振り返った。傍らには、あのラジカセが置いてあるが、汚れと破損でボロボロになっていて、いつものような轟音は吐き出していない。

「元々、ここには恵比寿堂っつう、えびす神を祀《まつ》る堂があった。えびす神てのはわかるか？　海からくる神様のことだ。昔は、クジラの死骸は、えびす神の贈り物だったらしい。二つ三つの集落全員が腹いっぱい食えるほど肉が取れるし、脂や骨は売れるし」

ケンジは、唐突に昔話を始めた。いつもの、ヨウヨウ、ヘイヨウ、という口調は鳴りを潜めていた。きっと、今、目の前にいるのは、素の「鴨下ケンジ」なのだろう。

「神社に祀られてるのは、事代主神だろ？　小学校の時に習った」

「事代主神ってのは、釣り好きでな。海神なんだ。ちょうど七百五十年前に、政争に敗れた神官の一族が、この地に流れてきた。その一族は、事代主を信奉していたんだ。同じ海神だし、えびすも事代主も同じだろ、ってことで、二つをくっつけて、ここに神社を建てた」

昔の人は発想が自由だな、と、僕は妙に感心した。ただ、なんの話なのかはさっぱり摑めない。

「詳しいな」

「それが始まりだ、ユウ」

「はじまり？」

「コトシロってのは、言葉を知る、ってことだ。つまり、託宣の神様だ」

「たくせん？」

「神様のお告げを聞くってことだぜ」

「それって」

予言か、と、僕は喉を鳴らした。

「ユウは知りたかったんだろ？」

ケンジは、何が、とは言わなかった。癪に障るが、その通りだ。でも、予言者じゃなくたって、それくらいはわかることかもしれない。僕は、知りたかった。

自分が、いったい何をしたのか。

「まさか、そんなのいくらなんでもファンタジーすぎるだろ」

「一族からは、何代かに一人、託宣の能力を持った子供が生まれたらしい。もちろん、世界が終わることも知っていた。この神社の麓で、悪魔のラッパーが生まれることもだ。あながち、荒唐無稽な作り話でもねえ、っていう証拠は、俺だ」

「いや、でも、そんなの」

「一族は、神社のある丘に、ひそかに地下道を掘った。大雨が降ると、地下道に水が流れ込んで、内部から山を削るようにだ」

「何のために？」

「とんでもない大雨が降ったら、神社もろとも、山が崩れるようにさ。土砂が崩れた先には、新築の大邸宅があるはずだった。世界を滅ぼす悪魔は、生まれることもなく、この世から消え失せるって寸法だ」

僕は、いやいやいやいや、と首を振る。話のスケールが大きすぎて、とても目の前にある、田舎の神社とはリンクしない。

「ま、ここまでの話は余談だ。信じるも信じないも、どっちだっていいことだぜ」

ケンジは、ポケットから飴玉を取り出し、また機械的に口の中に放り込んだ。

「だって、とんでもない雨は降ったけど、別に崩れなかったじゃないか」

「そうだ。山を崩すための水が、キレイに流れちまったからな。ユウも見ただろ？」

僕は、はっとして、拝殿の方向に目をやった。裏手にある井戸の地下深くに作られていたのは、雨水調整用の、巨大な設備だ。

「俺のせいなんだ、ユウ。俺が、世界の終わりを、親父にしゃべっちまった。ガキの頃に」

「親父、ってのは、元市長、だな?」

ケンジは、少しだけ眉を動かし、知ってるなら話が早いな、と笑った。

「親父は、八百四十一年後の世界なんて、どうでもよかった。それより、土砂崩れで地価が下がる方が問題だった。神社の下は、ほとんどウチの土地だからな。土に埋まっちまったら、資産価値はゼロだ」

僕は、ぼんやりと丘の上神社の正式名称を思い出した。全国にたくさんあるらしい、賀茂神社の中の一つ。丘の上から見下ろせる、神社の下の土地は、つまり、賀茂下、だ。

「だから、水を抜くために、市長になって、下水工事したっていうのか?」

「そうだ。世界の終わりと引き換えにな。俺たちは、親父がやらかしたことの尻拭いをしなきゃならなかった」

「俺たち、っていうのは」

波多さん、という名前が出てきて、言葉が詰まった。かつて同級生だった、同い年の鴨下修太郎を、呼び捨てにしてしまったって別に構わないだろう。けれど、僕の中では、もはや鴨下修太郎は、上司の波多でしかなかった。薄れて遠いところに行ってしまった幼い頃の記憶よりも、つい昨日まで、目の前にあった現実の方が、脳の中で優先される。

「シュウは弟だ」

「波多っていうのは」

「親戚の名字だ。親父が収監されてから、シュウは波多家で育てられたもんでな」

「それで、僕を騙《だま》すために、先廻りで会社に入ったって言うのか」

「本当は、俺とシュウでなんとかしようと思ってた。でも、どうあがいても二人では無理だった。邪魔が入って、あの家まで到達できない」

ケンジの予言はややこしい。ケンジが未来を見て、その未来を変えるために何か行動を起こさなければ、と思った時点で、未来は変わってしまう。無数にある未来の世界の中から、別の未来を選択する、とケンジは表現したが、その選択のパターンが無限にあるということだ。

ケンジは、幼い頃から毎日ずっと、世界の終わりを回避するためのシミュレーションを、頭の中で繰り返してきたのだという。その試行錯誤の結果、僕は一つの駒として、計画に組み込まれたというわけだ。

「それで、結局世界は変わったのか」

「八百四十一年後の世界を見るまでは、まだ少し時間がかかる」

「少し？」

「おそらく、十年ほどかかるだろうな」

気の長い話だ、と、僕はため息をついた。

「じゃあ、僕らがやったことが世界を変えたのかなんなのか、わからないな」

ケンジは少し間を取ると、いや、と、首を横に振った。

「ユウが変えたことがある」

「僕が？」

「俺は、取捨の選択をしなければならないと思っていた」

「選択？」

「つまりだ、一つのものを得るために、何かを犠牲にしなきゃならねえと思ってたんだ」

一人の命と、全人類の命。

「だが、ユウは、どちらも捨てなかった」

「どっちも選択しなかった、ってだけだよ。それに、元々銃は偽物だった。僕がどうこうしなくても、社長は死ななかったんだよ」

「もし、ユウがシンゴに撃て、と言っていたら、ヒカリんは銃を取り違えなかったかもしれねえ。そして、シュガーは予定通り死んでいたかもしれねえな」

「どういうこと？」

「俺たちが言うところの時間は一方通行だが、世界の因果は時間とは違う。選択に対して、つじつまを合わそうとするんだ」

「つじつま？」

「過去も、未来も、この世の法則も、選択に合わせて変わるのさ。俺たちには、その変わった後の世界しか見えないがな」

意味がまったくわからない、と、僕は両手を上げて降参した。目の前にある世界のこともわからないのに、因果だなんだと言われても理解ができっこない。

「ユウの選択が違うものだったら、この世界はまったく違う世界になっていたかもしれねえぜ。俺のような予言者がこの世界に存在してることも、もしかしたら、ヒップホップって音楽が誕生したことだって、ユウの選択を起点にして決まったことかもしれねえ」

それはいくらなんでも、と僕が首を振っても、ケンジは「冗談だ」とは言わなかった。

「ユウの選択は、捨てられようとしていた命を守ったんだ。死ぬことになっていた人間に、生きる未来を与えた。俺も、シュウも、罪のない人間を殺さずに済んだ。それは、まさしく、」

ヒーローの選択だ。

ケンジはそう言うと、僕に向かって頭を下げた。僕は、照れていいものかよくわからず、うん、とも、へえ、ともつかない生返事をしただけだった。

「今日は、そんな、俺のヒーローにラップを贈るぜ」

は？ と言う間もなく、ケンジはボロボロのラジカセを、神社の下に広がる世界に向け、再生ボタンを押した。近隣どころか、海の方まで聞こえるのではないかと思うほどの爆音が、ドンツクドン、と響き渡る。ケンジは、唸りを上げるラジカセを背にして、いつものようにマイクを取り出し、ゆらゆらと揺れながら、マイクチェック・ワーン、などとラップをし出した。マイクチェックも何も、マイクはどこにも繋がっていないし、ラジカセの音量に負けて聴きとりづらいったらない。

「いや、そういうのいいって、もう」

「ヘイ、マイメン、ユウへのリスペクト、を込めた俺の骨太、なラップを届けるぞ、アガりまくる熱量、殺到するリクエスト」

もし僕の選択が世界を変えるというのなら、こいつがラップと出会わないようにしてほしいと祈りたい気分だった。

ヒーローの選択（後編《アウトロ》）

休日の朝、一度目が覚めてから訪れる浅い眠りの中で、僕はいつも七年前の自分を見る。自分が自分であることはわかっていて、夢が記憶の断片であることもわかってい る。明晰夢《めいせきむ》というやつだ。

どんな出来事が起こっても、僕は同じ行動を取り、同じ言葉を発する。僕の脳に焼きついた過去は、たとえ夢の中でも、自由には変えられない。だが、起きた後、僕は少し不安になる。夢で見た記憶は、変わっていないのだろうか。もしかしたら、まったく違う夢を見ていた僕もいるのではないだろうか。誰かの選択で世界が変わってしまって、今いる僕は、いつかいた僕とは違うのではないだろうか。

小難しいことを考えながらうとうととしていると、どたどたという足音が聞こえ、腹の上に重たいものがドスン、と乗っかってきた。息が詰まって、おごうぇ、と、喉がひっくり返りそうな声が出た。

光を拒否しようとする瞼《まぶた》をむりやりこじ開けると、自分の上に覆いかぶさった布団が見えた。さらにその上には、幼い自分が乗っかっている。

「ねえ、もう七じだよ！　あさだよ！」

小さな頃の自分に見えたのは、三歳になる息子だ。最近、顔だちが僕に似てきた。

「ねえ、みっくん」

「なにー？　おきた？」

「パパ、まだ眠いんだけどさ」

「おきなきゃだめだよ」

「昨日も夜遅かったんだよ。可哀想じゃない？　疲れたパパ」

最近は忙しくて、家に帰ってくる時間も遅い。日曜日だけは全社的に完全休日と定められているので、今日はなんとか休みを取ることができた。が、朝の幸せなまどろみは、毎週こうして、息子によって打ち砕かれる。

息子は、ぜんぜんかわいそうじゃない、と笑い、僕の布団を引っぺがし始めた。布団にしがみついて抵抗するが、攻撃は容赦ない。きっと妻が、パパを起こしてきて、と言ったのだろう。彼は大義名分を得たことで、僕から無慈悲に安眠を奪い取ることが正当な行為だと信じている。

「わかったよ、わかった」

根負けして、僕は布団との別れを決意し、起き上がった。部屋の窓からは、やわらかい朝の光が差し込んでいる。起きてしまえば、心地よい朝だ。

「ねー、はじまっちゃうよ」

「え、あ、そっか、そんな時間か」

息子は僕の手を引き、無理やりリビングに引っ張っていく。リビングには、引っ越しの時に奮発した座り心地のよいソファと、大きめのテレビが置いてあった。狭苦しいリビングにはおおよそ不釣り合いな大きさだが、いつかこの家具が小さく思えるような家に住まわせてやりたいという、僕の独りよがりな思いがひそかに込められている。

「おはよう」

キッチンで洗い物をしながら、妻がニヤッと笑った。笑顔の意味は、よくわかる。いつまでも寝ていないで、さっさと支度をし、買い物に連れていけ、という顔だ。

七年前、僕がカバンに退職願を忍ばせて本社ビルを訪れた日、受付をしていたのが妻だった。そこからイブホテルとの契約の件で本社ビルに行く回数が増えたおかげで、僕は妻とたまに会話をするようになった。社交辞令のつもりで飲みに行こう、と言ってみると、とんとんと話が進み、交際が始まり、息子ができ、結婚することになってしまった。

以前、なぜ僕と話そうと思ったのかと聞いてみたことがある。妻は少し考えた後、ヘッドハンティングで辞めようとしたところを引き留められたエリートだと勘違いした、と答えた。退職願を書いてきたのに居残って、そこから社長と何度も出かけていたからだろう。

僕は例のごとく、ごめん、と謝るしかなかったが、妻は笑って、嘘だよ、と僕の額をつついた。代わりに、「なんかかわいかったから」と答えた。初めて見たときに、頬を擦りむいてうつむいていた僕が、妻にはとてもかわいらしく見えたのだそうだ。ダメな男に惹かれるのよね、とも答えた。ならダメでよかったよ、と返した。

社長の家に忍び込んだ罪悪感は、未だに残っている。絞り上げられた腕の痛みと恐怖も、きっと一生忘れられないだろう。でも、僕が「世界を守り隊」なぞに参加せず、頬に擦り傷を作っていなかったら、妻は僕に興味を持たなかっただろう。そして、愛すべき小さな息子は、この世に生まれてこなかった。

僕が、違う選択をしていたら。奇跡カンパニーに転職しなかったら。夕暮れの住宅街で、小山田の部屋のドアホンを押さなかったら。僕の人生は、選択の連続でできていた。もし、違う選択をしていたら、今ごろ僕は、まったく違う世界で生きているのだろう。こうして、息子に起こされる朝などなかったかもしれない。それは、本当にすべて最初から決まっていたことなのだろうか。

「はじまるよ！」

息子は、器用にリモコンを操ってテレビをつけ、見たい番組にチャンネルを合わせた。同時に、軽やかでアップテンポなヒップホップサウンドが流れ、カラフルな五人のヒーローが登場する。僕らの時代は、疾走感のある「これぞヒーロー！」というテーマソングが普通だったが、時代はだいぶ変わったようだ。

カットの切り替わりが激しくなり、最後に「世紀末戦隊・エスカータ」の文字がデカデカと映し出された。

今年は戦隊シリーズの四十周年ということで、過去のシリーズから最も人気のある作品をリメイクする、という企画が持ち上がった。ファン投票の結果、圧倒的な票を集めたのは、世紀末戦隊・エスカータだ。僕ももちろんエスカータに票を投じた。

リメイク版は近年でも突出したヒット作になっているが、子供たちにとどまらず、僕と同年代の大人たちが大いにハマっているような気がする。

「ねえ、みっくん、今日でエスカータ最終回だよ」

息子は、ええー、と不満そうな声を出すが、心ここにあらずといった感じだ。目は絶対にテレビから外さない。

「ねえ、みっくん、このCM、パパの会社のだよ」

テーマソングが終わると、CMが流れる。社長がかつて主役を演じたエスカータのリメイクとあって、我が奇跡カンパニーも、番組のスポンサーに名を連ねた。僕は毎度興奮して息子に自社製品をアピールするのだが、妻にも息子にも、あまり反応してはもらえない。

テレビの四角い枠の中から、長くつややかな黒髪をなびかせた長曾根ヒカルが、真っすぐにこちらを見る。小さな唇が、「この世界が特別なのは、水があるからだ」と、キャッチコピーを囁く。

驚くべきことに、あの事件の後で社長は、長曾根ヒカルにイメージキャラクターのオファーを出した。長曾根ヒカルと、ヒカルの父親に対する贖罪《しょくざい》の気持ちがあったのかもしれない。だが、それ以上に社長の商売への嗅覚が鋭かったのだろう。長曾根ヒカルの起用は当たって、CMは大いに話題になった。彼女はアイドルから脱却して若手女優の道を歩み、今は映画やドラマにもちょくちょく出ている。僕は、なんだか不思議な気持ちになって、思わずテレビから目をそらした。


先週の放送は、陣健作たちエスカータ五人が悪の秘密結社アポカリプスのアジトに侵入し、ついに最後の大広間に辿り着くところまでだった。大広間は、僕の記憶にあるちゃちなセットではなく、CGを駆使した巨大な地下空間にリメイクされている。

エスカータの五人は、男三人、女二人のチームになっていた。最近は、男女平等やらジェンダーが云々とかいろいろあって、この構成が一般的なのだそうだ。レッドの陣健作はそのままだが、ブルーとホワイトが女性二人のカラーになり、グリーンとイエローが男二人だ。男二人はさわやかなイケメンになり、お調子者のイエロー、というキャラクター設定もなくなってしまった。

ところどころ現代風にアレンジはされているものの、大まかな設定やストーリーは、かつてのエスカータを踏襲している。小さい頃に一度見たとはいえ、ストーリーはほとんど忘れていた。息子と一緒になって、初見のように楽しんでいる。

『撃て、撃つんだ、陣！』

『そうよ、もう時間がないわ！』

『世界を守るんだ、それが俺たちの使命だ！　そうだろ！』

クライマックスが近づくにつれ、僕の心臓は早鐘のように鳴りだした。ここからは、完全に未知の領域だ。隣を見ると、僕と同じ体勢で、真剣なまなざしをテレビに向ける息子の姿があった。

『さあ、選択しろ、健作』

興奮した息子の歓声で、耳がキン、と鳴る。画面は、レーザーガンを構えた陣健作のアップになっていた。

『おそらく、陣のレーザーガンには、あと一発分のエネルギーしかない！』

サブリーダー役のグリーンがなんとも説明臭いセリフを吐くと、女子二人が、悲痛な顔で主人公の背中を見つめ、祈った。こんなシーンあったかなあ、と、僕はおぼろげな記憶を探った。息子が興奮しながら、一発しかないんだってパパ、と言いながら、ばしばしと僕の頭を叩いた。

やっぱり、撃つのか。

エスカータ・レッドこと陣健作は、「俺が、世界を守る！」と、決め台詞をかっこよく叫んだ。レーザーが発射されるエフェクトが激しく画面を揺らし、エスカータのメンバーたちの顔がカットインする。アンゴルモアの胸元から、派手に火花が散り、着弾の瞬間が何度かリプレイされた。僕も息子も、思わず、あっ、と声を上げた。

一瞬の後に、静寂が戻る。蠢《うごめ》く超爆弾・ハルマゲドンはゆっくりと拍動を弱め、やがて止まった。

息子が、やった、と声を上げた。対照的に、僕は「そうか、撃つのか」と、ため息をついていた。世界を守るためには、ヒーローが老父を撃ち殺すことも正当化されてしまうのだろうか。それが、エスカータの描く正義なのだ。

「パパ見て！　アンゴルモアが生きてる！」

興奮で鼻息の荒い息子が、テレビ画面を指さす。アンゴルモアの手が動いていた。仁王立ちをする陣健作のカットを挟み、老人の目がゆっくりと開いた。

『なぜ、殺さない』

老人の顔から、カメラがゆっくりと下がり、胸元を映した。煙を噴き、小さな火花を散らしているのは、アンゴルモアの体から伸びていた、エネルギー・チューブだ。僕は、思わず、ほあ、と気の抜けた声を出した。

『お前のような悪魔でも、人間だからだ』

そこから、約五分のクライマックスが待っていた。ハルマゲドンの停止とともに、アジトがお約束の崩壊を始める。エスカータ・レッドは、ハルマゲドンに駆け寄り、恋人を救い出す。グリーンとイエローがアンゴルモアに駆け寄り、繋ぎ止めていたチューブを引きはがす。そのままアンゴルモアを抱え上げ、全員で地下を通る「秘密の抜け穴」

へと急ぐ。崩落してくる天井を砕き、チームワークで地割れを乗り越え、やがて、間一髪、山の麓にある出口に辿り着く。

『私を殺さなければ、また世界は危機に陥ることになるぞ』

生きながらえたアンゴルモアの言葉が、静かに響く。陣健作は変身を解き、一人の人間に戻って、アンゴルモアに向き直った。

『その時は、何度でも』

俺が、世界を守る！

陣健作が両拳を天に突き上げ、エンディングテーマが流れ出した。エスカータの戦いは終わらない。そう、世界を滅ぼそうとする悪がいる限り！　というナレーションとともに、物語は完結した。

クライマックスシーンからエンディングまで、僕はろくに呼吸をしていなかったらしい。全身の力が抜け、どっと疲労感が襲ってきた。

「ねえ、大丈夫？」

ソファに深々と座った僕を、後ろから妻が覗き込んだ。

「え、うん」

「なんか、すごい真剣に観てたけど」

妻の笑い声を聞いて、僕はようやく現実に戻ってくることができた。

「いや、でもさあ、アレはずるくない？」

「なにが？」

「最後のシーンだよ。一発しか撃てない状況でさ、ほっそいチューブだけ撃ち抜くとかさ。当たらない、なんてことないんでしょ」

「当たらなかったらどうしてたんだろ」

「あんなちっちゃい的だよ？」

――だって、ヒーローだもん。

妻の一言が、すべてだった。

誰の命も奪わずに全世界を守るという答えは、類稀《たぐいまれ》なる能力と精神力を兼ね備えたものだけに許される、清々しいほど完璧な、ヒーローの選択だった。普通の人間には、とても選べない。

いずれ、世界はとてつもなく広大で、自分が小さな歯車の一つに過ぎないということに息子も気づくだろう。この世界にヒーローなんていないことも、直径数センチのチューブを一発で撃ち抜くようなスーパーパワーが自分に備わっていないことにも。歯車は、自分をすり減らして、右に回るか左に回るか、悩みぬいて選択するしかない。でも、そういう小さな選択が、世界を回す最初の一歩になるかもしれないのだ。

「ねえ、みっくん、パパのこと好き？」

すきー、と笑いながら、息子は僕の胸に顔をこすりつけた。

「どうして？」

「だってねー、パパはねー、ヒーローだからだよ」

「パパがヒーロー？」

「そうだよ。いつもだっこしてくれるしねえ、オモチャかってくれるしね」

僕は妻に視線を向け、今の聞いた？　というメッセージを送る。妻は苦笑いをしながらも、よかったね、という表情を返した。

僕が息子の頰をもちもちとつまんでいると、スマホが震え出し、着信を知らせてきた。何事かと思って画面を見ると、いやな予感がした。小山田だ。無視しようかとも思ったが、どうせあいつのことだから、僕が出るまでエンドレスでかけ続けてくる。さっさと出て、適当にあしらって切るのがベストだ。

「よう、清水」

「なんだよ、日曜の朝っぱらから」

何言ってんだよもう昼だぞ、と小山田が言うので、早く時計の電池を換えろ、と答えた。

「ケンジが、新曲を作ったんだ」

「新曲って、予言か」

そうだよ、と、電話の向こうで小山田が、セイホーゥ、と喚いた。背後で、音楽が鳴っていてうるさい。ケンジの家にいるらしい。すぐに、電話からドカドカと小やかましい音が聞こえてきた。僕は、躊躇することなく電話を切る。少し間があって、すぐに小山田からまた電話がかかってきた。

「おい、なんで電話を切るんだよ」

「こんな朝っぱらからケンジのラップなんか聴きたいやついるかよ」

予言だぞ、と小山田が息巻くが、それはそれで聞きたくない。

「いいか清水」

「なんだよ」

「またまずいことが起きてるんだよ」

「まずいこと？」

「ケンジの新曲を聴くとわかるんだけどさ」

僕は、とりあえず掻《か》い摘《つま》んで教えろ、と答えた。ケンジの中途半端なラップを聴かされるより、口頭で説明してもらった方が早い。小山田はぶつくさと文句を言いながら、しぶしぶ説明をし出した。

「このままいくと、世界が終わるんだ」

「なんだよ、今度は何年後に世界が終わるんだよ」

「五十八年後だよ」

ごっ、と、僕の口から人間の言語とは思えない音が出た。

「悪化してるじゃないか」

「そうなんだ。なんとかしないといけない」

「何がどうなって世界が終わるんだよ」

小山田は少しの間、話すのを止め、おそらく後ろにいるであろう予言者に向かって、どうなるんだっけ、と聞いた。僕は、もういいからケンジに代われ、と怒鳴った。ごそごそと音がして、耳元から、ヨウマイメン、とケンジの声がした。

「どういうことだよ」

「どういうこともねえ。悪魔のラッパーが誕生しちまう」

「なんだよ、悪魔の遺伝子ってのはそんなにごろごろしてんのか」

ケンジは、誰しも悪魔に成り得るんだぜユウ、と、呑気なことを言う。

「誰なんだよ、そいつ。悪魔のラッパー」

「ゴッチだ」

「は？」

「MC・ゴッチだよ、ユウ」

「誰だよ、ゴッチ」

「ほら、ユウの会社の」

ご、後藤君？　と聞くと、ケンジは、ヤップ！　と答えた。

「そんなバカな」

「ゴッチは最近、昔の仲間とまたヒップホップをやりだしてる。ああ見えてなかなかラップが上手いんだ」

「いや、にしたってさ」

「だが、今度は簡単だ。ゴッチを殺すとか、そんなバイオレンスなことはしなくていい」

「当たり前だよ、バカ」

「いいか、ユウは、今からシンゴと一緒にゴッチを拉致しに行ってくれ。ロッキーも来る。ゴッチは今日、最近気に入ってる職場の女と遊ぶ約束をしているから結構暴れるが、気にするな」

ケンジは、思い出したように、ゴッチを拉致、して速攻キャッチ！　とギリギリな韻を踏んだ。

「拉致って、いや無理だろ、そんなの」

「大丈夫だ。どっちにしろ、ゴッチは女に振られる。変に罪悪感を持たなくていい」

「いや、そういうことじゃなくて」

「そして、なんとか、憩いの広場に向かってくれ」

憩いの広場と言えば、僕が初めて長曾根ヒカルを見た、公共のイベントスペースだ。

自宅からは結構距離がある。

「何かあるのか、今日」

「ライブだ。ゲリラライブがある」

「誰のさ」

「ハチクマだ。新曲のプロモーションで、日本各地でゲリラライブをやってる」

「ハチクマ？　ゲリラライブって、なんでケンジが知ってんだよ」

予言に決まってる、とケンジが呆《あき》れた様子で答えた。

ハチクマことHONEY&BEARZは、メンバーの入れ替えを繰り返しながら、まだ存在していた。長曾根ヒカルがいたころのメンバーは全員が卒業したが、現在のメンバーもかなり人気があるらしく、以前より頻繁に名前を聞くようになった。

妻と目があった。会話から不穏な空気を感じ取っているのか、冷たい視線が僕に注がれている。

「今日じゃないとダメなのかよ」

「ダメだ。今日、ゴッチをライブに連れていかなければ、世界は終わる」

「なんでだよ、なんでハチクマなんだ」

「いいか、連れていけば、ゴッチはハチクマにハマる。そして、ヒップホップは捨てて、アイドルにどっぷり浸かることになる。悪魔のラッパーは誕生しない」

「もうなんなんだよ、社長の一件で世界は守られたんじゃないのかよ」

「いいか、ユウ。世界は幾重にも罠を張っていて、変えられた未来を元に戻そうとするんだ」

「イタチごっこじゃないか、それじゃ」

だから世界を守り隊がいるんじゃないか、とケンジが言い放った。どうやら、守り隊は今後死ぬまで世界を守らないといけないらしい。

「今日は厳しい。奥さんと買い物に行く約束をしてる」

ケンジは、ヘイユウ、世界が終わるぞ、と語気を荒らげた。

「だって、後藤君でしょ？　あの後藤君だよ？　後藤君が悪魔のラッパーだって言われてもさ」

「俺も、まさかとは思ってるぜ、ユウ」

僕の声が聞こえているのか、ケンジの予言は当たるんだよ！　と、小山田が思い切り叫んだ。

「僕じゃなきゃダメなのかよ、それ」

「シュウの出所はまだ少し先だし、ロッキーとシンゴだけじゃ手が足りない。ユウが頼みだ」

ふざけんなよ、と、僕はこめかみを押さえた。だが、目の前では妻が、さらに、ふざけんなよ、という顔で仁王立ちをしていた。

「頼む、ユウ。世界を守ってくれ」

電話の向こうで、小山田とケンジが「世界を守り隊のテーマ」を歌いだした。妻の視線に耐えきれず足元を見ると、無邪気に縋りつく息子がいる。五十八年後、息子はきっとまだ生きているだろう。絶望の地獄の中、息子が苦しみもだえて死んでいくと思うと、胸が痛んだ。それも、後藤君のせいで。

世界を守り、息子のヒーローになるのか。妻と買い物に行って、平穏無事な日曜日と引き換えに世界を滅ぼすのか。電話口からは、早くしろ、時間がない、というケンジの声が聞こえている。妻はきっと、小山田から誘われた僕が約束をすっぽかしてアイドルのライブに行こうとしている、と思っている。

僕の世界は、今日を境に大きく変わってしまうかもしれない。せっかくスムーズに回っていた歯車が、がりがりと軋んでいる。

さあ、選択しろ、清水勇介。

頭の中で、アンゴルモアが嗤う。

解説――それぞれの選択

村上貴史（ミステリ書評家）

■あなたの選択

この『ヒーローの選択』の作中で、ある人物が問題を出す。

二百人の命と一人の命。どちらを救うか選ぶ立場になったなら、どちらにするか、という問題だ。

実際にはもう少し補足情報を加え、さらに、ちょっとした仕掛けを施してその人物は出題するのだが、さて、この本を手に取ったあなたならどんな選択をするのだろうか。

■清水勇介の選択

清水勇介――半年前に、二年半付き合った彼女に振られた。「好きな人ができた」と突然告げられて……。

二十九歳にもなって甲斐性《かいしょう》なしの薄給男だったせいだろうか。

そう考えた勇介は転職に踏み切った。「奇跡の水、ミラクルネイチャーウォーター」の訪問販売という仕事だ。契約を取れば取るだけ収入は増える。月収百万を超える強者《つわもの》もいるというが——勇介はそうではなかった。連戦連敗。おっかない上司には、まさに直球のパワハラでこってりと責められ、一生懸命頑張るが、それでも成績ゼロの日が続く。

そしてある夕暮れのこと。その日も勇介は一つの契約さえ取れずにいた。その状態で飛び込みで訪れた一室には、小学校時代の級友が暮らしていた。勇介は、なんとか記憶をたぐって、小山田信吾とい名前を思い出す。勇介を部屋に迎え入れた小山田は、ミラクルネイチャーウォーターの契約をあっさりと了承した。そのうえで彼は、契約の話は後でするから、とりあえず自分の話を先に聞いてくれといって、妙な話を始めた。

小山田によれば、このままだと世界は八百四十一年後に終わるという。そう予言があったのだそうだ。予言をしたのは小山田の友人のケンジ。ケンジは自作のラップで未来を語り、そして必ず的中させる予言者なのだという。小山田は勇介に対して、世界の終わりを防ぐため、ケンジに会ったうえで、「世界を守り隊」に入って欲しいと求める……。

かくして世界を守ることになった勇介の物語——そう、それが『ヒーローの選択』という小説なのだ。
ちょっと待てよ、二十九歳の冴《さ》えない営業マンが世界を救うって、そもそも世界が滅びるという予言を信用するって、そんなのアリか？　と思われる方もいらっしゃるかもしれない。正直いって、そう訝《いぶか》しむのも無理はないことだろう。だが、そこはさすがに小説すばる新人賞を――少々リストが長くなるが、花村萬月《はなむらまんげつ》、篠田節子《しのだせつこ》、佐藤賢一《さとうけんいち》、村《むら》山由佳《やまゆか》、荻原浩《おぎわらひろし》、堂場瞬一《どうばしゅんいち》、朝井《あさい》リョウなどなどを輩出した新人賞を――受賞してデビューした著者だけのことはある。行成薫《ゆきなりかおる》は、抜群に心地よい読み味で、しかも読者にとって十分に身近なリアリティを維持したまま、サスペンスフルかつダイナミックに物語を動かしていくのである。読み手は一片の不満もなく、頁《ページ》をめくり続けることになるのだ。「そんなのアリか？」が、いつのまにか「これもアリだな」に化け、さらに「これこそが正解」に深化していくのである。

それは結局のところ、清水勇介（正義の味方の仲間入りを要請されるがそれなりの常識人）の周囲に存在する〝正義の味方〟や〝予言者〟など（まだまだ他にも出てくる）といった胡散臭《うさんくさ》く信用ならない記号が、記号のまま作中に置かれるのではなく、人として生々しく生きているためであろう。本書に登場する正義の味方や予言者は、「え、おまえが？」とか「え、俺もなの？」という温度で描かれていて、つまりは、〝自称正義の味方〟や〝自称予言者〟といった偽物臭さがぷんぷんしているのだが、それ故に、現実世界に存在しそうであり、リアルなのである。

しかもだ。行成薫は登場人物の造形をそれらの設定だけで済ませるのではなく、ひとりひとりについて、いくつもの小さなエピソードを丹念に積み上げ、それらを通じて、各人が読者にとって地続きの世界に存在することを実感できるように書いているのだ。さらにまた、そうした描き方によって、読者は、正義の味方や予言者たちのものの考え方に共感したり、あるいは、その行動に納得したりする。結果としてひとりひとりが実にチャーミングに輝き始めるのである。奇を衒《てら》ったようなキャラクターを揃《そろ》えつつも、この著者、実に巧みに人物を造形しているのだ。

そのうえで、著者はさらに巧みである。正義の味方は、正義の味方らしく常人離れした活躍をみせる。予言者も予言を的中させる。日常と非日常の端境《はざかい》で、ほんの少しだけ非日常にはみ出した程度の奇跡ではあるが、著者は、彼等を本物として造形しているのである。これは人物造形の妙であると同時に、プロット造りの巧みさでもある。行成薫は、こうした小さな奇跡を梃子《てこ》にして、物語を大胆に動かしていくのだ。大胆なうえに、そのプロット上のエピソードの配置は、このうえなく周到だ。それらが伏線の回収として次々と有機的に嚙《か》み合っていく様を、読者は愉《たの》しむことができるのである。

行成薫は本書でこの人物造形とプロット造りの才能を最大限に活《い》かし、正義の味方が悪魔の誕生を抑止する作戦を描き出す。「世界を守り隊」という正義の味方たちの子供の頃のエピソードを現在進行形の作戦と絡《から》めたり、あるいは、悪の側の心境を語ったりしながら、緩急自在縦横無尽七転八倒八面六臂《ろっぴ》に物語を進めていくのだ。

そこにさらに、親子の在り方という実に普遍的な糸が織り込まれる。それも様々な色の糸だ。一般的には〝恵まれた〟といわれるであろう家庭で育った子供もいれば、DVにさらされ続けた子もいる。父親を知らずに生きてきた子供もいれば、〝教育熱心な自分でありたい〟という親の身勝手を押しつけられた子供もいる。そんな親子の糸は、作品の主題でこそないが、物語の強靭《きょうじん》さをしっかりと支えているのだ。これまた著者の技の冴えである。

それにしてもつくづく思うのだが、こういう小説を読んでいる時間というのは、とにもかくにも幸せである。

■行成薫の選択

思い返してみれば、小説すばる新人賞を受賞した二〇一二年のデビュー作、『名も無き世界のエンドロール』（刊行時に応募時の「マチルダ」から改題）からして、人物造形とプロット造りの巧みさが光った一冊であった。プロの交渉屋が依頼を遂行していく物語のあちこちに、少年と少年と少女からなる三人組の青春を鏤《ちりば》めた『名も無き世界のエンドロール』は、著者が、時間の流れを巧みに操って先を読ませない——死亡フラグを立たせない——かたちで完成させた小説であり、そうした構成で語るからこそ、中心人物たちの心がくっきりと伝わってくる小説であった。しかも、作中の景色の美しさが、ストーリーと絶妙のハーモニーを奏でていて、読者の心にくっきりと残るのである。ほとんど車も通らない道に降る雪の、なんと切なく美しかったことか。清冽《せいれつ》な衝撃を覚えたデビュー作であった。

そんな行成薫は、この『ヒーローの選択』で身近なヒーローを活躍させたように、ちょっとだけ超能力を使える人々が、その能力をどう活かし、その能力とどうつきあうかを連作短篇のかたちで描いた『僕らだって扉くらい開けられる』（一七年）や、プロレスラーという屈強な肉体や抜群の身体能力を持つ男たちが恍惚《こうこつ》と不安とともに生きる様を語った『ストロング・スタイル』（一八年）など、また別のタイプのヒーローを作品の中心に据《す》えてきた。それらを読むと、あらためて行成薫がヒーローを読者と地続きの存在として描いていることがよくわかる。地続きであるが故に読者が親しみやすく、ヒーローであるが故に常人には不可能な活躍も出来る。エンターテインメント小説の中心に据えるには最適な存在ではないか。

三十年の歴史を閉じようとする遊園地の最終日の模様を描く連作短篇『廃園日和』（一八年）は、寂しさのなかでも次の一歩を踏み出す小さな勇気を語る滋味《じみ》に満ちた一冊なのだが、ここにもヒーローを題材にした短篇が含まれている。かつてこの遊園地のヒーローショーにスーツアクターとして登場していたが、今ではゆるい肉体を抱えた会社員となってしまった中年男が主人公の一篇だ。戦隊もののキャラクターの中と外、その過去と現在に着目した一篇であり、行成薫の描く〝ヒーロー〟を知る上では読み逃せない一篇である（この短篇はまた役者志望の人々の物語としても上出来だ）。

さらに、それらの作品に加え、友達とトモダチと犯罪をビターに描いた『バイバイ・バディ』（一六年）や、ある中学に伝わる〝人が一番大事にしているものを盗む怪盗〟という伝説を青春小説にブレンドした最新作『怪盗インビジブル』（一八年）にも共通するのが、リズムの良さである。セリフや地の文での言葉の選び方、組み立て方、また、エピソードの切り取り方や並べ方、語り手の選び方、書いて伝える情報と書かずに伝える情報の取捨選択などなど、行成薫の小説は、これらいくつもの次元で、それぞれにリズミカルであり、かつ全体としてもリズミカルである。読みやすく、読み始めたら止められないのだ（最も重い『バイバイ・バディ』でさえも、だ）。ヒップホップやラップを重要なモチーフにした本書『ヒーローの選択』は、そうした行成薫を象徴する作品なのである。

それと同時に、本書が、行成薫のターニングポイントであることも指摘しておきたい。デビュー作『名も無き世界のエンドロール』から『怪盗インビジブル』までの七作品のすべてで、行成薫は登場人物たちの光と影にしっかりと目を配って物語を紡《つむ》ぎ上げてきた。その光と影について、第二作『バイバイ・バディ』までは、影の部分が作品に色濃く表れていた。もちろん第一作はその路線で新人賞を獲得したし、第二作も同様に完成度は高かったのだが、行成薫は、この第三作『ヒーローの選択』で、光の側を前面に押し出すように軌道修正したのだ。それに手応《てごた》えを感じたのか、第四作から第七作まで も、『ヒーローの選択』と同じく、光と影でいえばいずれも光の作品となっている。正直なところ、最も影の色が濃い第二作も強烈に読み手を惹きつける作品であり、どちらのタイプを好むかは、もはや読者の趣味趣向の相違でしかない。

行成薫は一九七九年生まれの作家であり、これからもまだまだ多くの作品を世に送り出していくだろう。その際、光と影のどちらを重視し、どんな言葉を選び、どんな人物の視点でどんな時の流れを組み立てるのか、今後の行成薫の選択からは目が離せない。

■ヒーローの選択

さて、本書を読了されたあなた。

二百人の命と一人の命。どちらを救うか選ぶ立場になったなら、どちらにするか、という問題に対する答えは、御自身の心の中に、既に宿っていることだろう。

そう、ヒーローの選択だ。困難な選択かもしれないが、その道を選ぶだろう。その選択肢を、そしてそれを選ぶ勇気を、この小説は与えてくれる。最強の一冊だ。

本書は二〇一六年十一月に、単行本として小社より刊行されました。
文庫化にあたり、加筆・修正しました。

|著者|行成 薫　1979年、宮城県生まれ。東北学院大学教養学部卒業。2012年、『名も無き世界のエンドロール』で第25回小説すばる新人賞を受賞しデビュー。他著に『バイバイ・バディ』『僕らだって扉くらい開けられる』『廃園日和』『ストロング・スタイル』『怪盗インビジブル』がある。

ヒーローの選択《せんたく》

行成《ゆきなり》 薫《かおる》

講談社文庫

定価はカバーに
表示してあります

2019年3月15日第1刷発行

発行者――渡瀬昌彦
発行所――株式会社　講談社
東京都文京区音羽2-12-21　〒112-8001
電話　出版（03）5395-3510
　　　販売（03）5395-5817
　　　業務（03）5395-3615

Printed in Japan

デザイン―菊地信義
本文データ制作―講談社デジタル製作
印刷―――豊国印刷株式会社
製本―――株式会社国宝社

ISBN978-4-06-514245-5

講談社文庫刊行の辞

二十一世紀の到来を目睫に望みながら、われわれはいま、人類史上かつて例を見ない巨大な転換期をむかえようとしている。

世界も、日本も、激動の予兆に対する期待とおののきを内に蔵して、未知の時代に歩み入ろうとしている。このときにあたり、創業の人野間清治の「ナショナル・エデュケイター」への志を現代に甦らせようと意図して、われわれはここに古今の文芸作品はいうまでもなく、ひろく人文・社会・自然の諸科学から東西の名著を網羅する、新しい綜合文庫の発刊を決意した。

激動の転換期はまた断絶の時代である。われわれは戦後二十五年間の出版文化のありかたへの深い反省をこめて、この断絶の時代にあえて人間的な持続を求めようとする。いたずらに浮薄な商業主義のあだ花を追い求めることなく、長期にわたって良書に生命をあたえようとつとめるところにしか、今後の出版文化の真の繁栄はあり得ないと信じるからである。

同時にわれわれはこの綜合文庫の刊行を通じて、人文・社会・自然の諸科学が、結局人間の学にほかならないことを立証しようと願っている。かつて知識とは、「汝自身を知る」ことにつきていた。現代社会の瑣末な情報の氾濫のなかから、力強い知識の源泉を掘り起し、技術文明のただなかに、生きた人間の姿を復活させること。それこそわれわれの切なる希求である。

われわれは権威に盲従せず、俗流に媚びることなく、渾然一体となって日本の「草の根」をかたちづくる若く新しい世代の人々に、心をこめてこの新しい綜合文庫をおくり届けたい。それは知識の泉であるとともに感受性のふるさとであり、もっとも有機的に組織され、社会に開かれた万人のための大学をめざしている。大方の支援と協力を衷心より切望してやまない。

一九七一年七月

野間省一

講談社文庫　目録

芥川龍之介　藪の中
有吉佐和子　新装版　和宮様御留
阿川弘之　春　風　落　月
阿川弘之　亡き母や
阿刀田　高　ナポレオン狂
阿刀田　高　新装版　ブラック・ジョーク大全
阿刀田　高　新装版　食べられた男
阿刀田　高　新装版　妖しいクレヨン箱
阿刀田　高　新装版　奇妙な昼さがり
阿刀田高編　ショートショートの花束1
阿刀田高編　ショートショートの花束2
阿刀田高編　ショートショートの花束3
阿刀田高編　ショートショートの花束4
阿刀田高編　ショートショートの花束5
阿刀田高編　ショートショートの花束6
阿刀田高編　ショートショートの花束7
阿刀田高編　ショートショートの花束8
阿刀田高編　ショートショートの花束9
安房直子　南の島の魔法の話

相沢忠洋　「岩宿」の発見〈幻の旧石器を求めて〉
安西篤子　花　あ　ざ　伝　奇
赤川次郎　真夜中のための組曲
赤川次郎　東西南北殺人事件
赤川次郎　起承転結殺人事件
赤川次郎　冠婚葬祭殺人事件
赤川次郎　人畜無害殺人事件
赤川次郎　純情可憐殺人事件
赤川次郎　結婚記念殺人事件
赤川次郎　豪華絢爛殺人事件
赤川次郎　妖怪変化殺人事件
赤川次郎　流行作家殺人事件
赤川次郎　ABCD殺人事件
赤川次郎　狂気乱舞殺人事件
赤川次郎　女優志願殺人事件
赤川次郎　輪廻転生殺人事件
赤川次郎　百鬼夜行殺人事件
赤川次郎　偶像崇拝殺人事件
赤川次郎　四字熟語殺人事件〈ベスト・セレクション〉

赤川次郎　三姉妹探偵団
赤川次郎　三姉妹探偵団2〈キャンパス篇〉
赤川次郎　三姉妹探偵団3〈珠美・初恋篇〉
赤川次郎　三姉妹探偵団4〈怪奇篇〉
赤川次郎　三姉妹探偵団5〈復讐篇〉
赤川次郎　三姉妹探偵団6〈危機一髪篇〉
赤川次郎　三姉妹探偵団7〈駆け落ち篇〉
赤川次郎　三姉妹探偵団8〈人質篇〉
赤川次郎　三姉妹探偵団9〈青ひげ篇〉
赤川次郎　三姉妹探偵団10〈父恋し篇〉
赤川次郎　死が小径をやってくる〈三姉妹探偵団11〉
赤川次郎　死神のお気に入り〈三姉妹探偵団12〉
赤川次郎　次女と野獣〈三姉妹探偵団13〉
赤川次郎　心地よい悪夢〈三姉妹探偵団14〉
赤川次郎　ふるえて眠れ、三姉妹〈三姉妹探偵団15〉
赤川次郎　三姉妹、呪いの道行〈三姉妹探偵団16〉
赤川次郎　三姉妹、初めてのおつかい〈三姉妹探偵団17〉
赤川次郎　恋の花咲く三姉妹〈三姉妹探偵団18〉

朝井まかて　すかたん
朝井まかて　ぬけまいる
朝井まかて　恋歌
朝井まかて　阿《お》蘭《らん》陀《だ》西《さい》鶴《かく》
朝井まかて　藪医《やぶい》ふらここ堂
歩《あゆみ》りえこ　ブラを捨て旅に出よう〈貧乏乙女の"世界一周"旅行記〉
アダム徳永　スローセックスのすすめ
安藤祐介　営業零《ぜろ》課《か》接待班
安藤祐介　被取締役《とりしまられやく》新入社員
安藤祐介　おい！山田〈大翔製菓広報宣伝部〉
安藤祐介　宝くじが当たったら
安藤祐介　一〇〇〇ヘクトパスカル
安藤祐介　テノヒラ幕府株式会社
青木理　絞首刑
天祢《あまね》涼　キョウカンカク　美しき夜に
天祢涼　議員探偵・漆原翔太郎〈セシューズ・ハイ〉
天祢涼　都知事探偵・漆原翔太郎〈セシューズ・ハイ〉
麻見和史　石の繭〈警視庁殺人分析班〉
麻見和史　蟻《あり》の階段〈警視庁殺人分析班〉
麻見和史　水晶の鼓動〈警視庁殺人分析班〉
麻見和史　虚空の糸〈警視庁殺人分析班〉
麻見和史　聖者の凶数〈警視庁殺人分析班〉
麻見和史　女神の骨格〈警視庁殺人分析班〉
麻見和史　蝶の力学〈警視庁殺人分析班〉
麻見和史　深紅の断片〈警防課救命チーム〉
赤坂憲雄　岡本太郎という思想
有川浩　三匹のおっさん
有川浩　三匹のおっさん　ふたたび
有川浩　ヒア・カムズ・ザ・サン
有川浩　旅猫リポート
青山七恵　わたしの彼氏
青山七恵　快楽
荒崎一海　無流心月剣〈宗元寺隼人密命帖㈠〉
荒崎一海　幽霊の足〈宗元寺隼人密命帖㈡〉
荒崎一海　名花散る〈宗元寺隼人密命帖㈢〉
荒崎一海　江都落涙〈宗元寺隼人密命帖㈣〉
荒崎一海　門前仲町〈九頭竜覚山　浮世綴㈠〉
荒崎一海　蓬萊橋雨景〈九頭竜覚山　浮世綴㈡〉
浅野里沙子　花篝《はなかがり》　御探し物請負屋
朱野帰子《かえるこ》　駅物語
朱野帰子　超聴覚者七川小春〈真実への潜入〉
東浩紀　一般意志2・0〈ルソー、フロイト、グーグル〉
朝倉宏景　白球アフロ
朝倉宏景　野球部ひとり
朝倉宏景　つよく結べ、ポニーテール
安達瑶　奈落の花〈堕ちたエリート〉
朝井リョウ　スペードの3
朝井リョウ　世にも奇妙な君物語
足立紳　弱虫日記
有沢ゆう希　ムサヲ原作　恋と嘘〈映画ノベライズ〉
有沢ゆう希　末次由紀原作　ちはやふる　上の句〈小説〉
有沢ゆう希　末次由紀原作　ちはやふる　下の句〈小説〉
有沢ゆう希　末次由紀原作　ちはやふる　結び〈小説〉
有沢ゆう希　ろびこ原作　となりの怪物くん〈小説〉
有沢ゆう希　小説　パーフェクトワールド〈君といる奇跡〉
蒼井凜花　女唇《ルージュ》の伝言
秋川滝美　幸《こう》腹《ふく》な百貨店

講談社文庫　目録

東 芙美子 原作 雲田はるこ 脚本 羽原大介 小説 昭和元禄落語心中
赤神 諒 神遊の城
五木寛之 ソフィアの秋
五木寛之 狼のブルース
五木寛之 海峡物語
五木寛之 風花のひと
五木寛之 鳥の歌(上)(下)
五木寛之 燃える秋
五木寛之 真夜中の望遠鏡〈流されゆく日々'78〉
五木寛之 ナホトカ青春航路〈流されゆく日々'79〉
五木寛之 旅の幻燈
五木寛之 他力
五木寛之 こころの天気図
五木寛之 新装版 恋歌
五木寛之 百寺巡礼 第一巻 奈良
五木寛之 百寺巡礼 第二巻 北陸
五木寛之 百寺巡礼 第三巻 京都Ⅰ
五木寛之 百寺巡礼 第四巻 滋賀・東海
五木寛之 百寺巡礼 第五巻 関東・信州

五木寛之 百寺巡礼 第六巻 関西
五木寛之 百寺巡礼 第七巻 東北
五木寛之 百寺巡礼 第八巻 山陰・山陽
五木寛之 百寺巡礼 第九巻 京都Ⅱ
五木寛之 百寺巡礼 第十巻 四国・九州
五木寛之 海外版 百寺巡礼 インド1
五木寛之 海外版 百寺巡礼 インド2
五木寛之 海外版 百寺巡礼 朝鮮半島
五木寛之 海外版 百寺巡礼 中国
五木寛之 海外版 百寺巡礼 ブータン
五木寛之 海外版 百寺巡礼 日本・アメリカ
五木寛之 青春の門 第七部 挑戦篇
五木寛之 青春の門 第八部 風雲篇
五木寛之 親鸞 青春篇(上)(下)
五木寛之 親鸞 激動篇(上)(下)
五木寛之 親鸞 完結篇(上)(下)
井上ひさし モッキンポット師の後始末
井上ひさし ナイン
井上ひさし 四千万歩の男 全五冊

井上ひさし 四千万歩の男 忠敬の生き方
井上ひさし ふふふ
井上ひさし ふふふふ
井上ひさし 黄金《きん》の騎士団(上)(下)
井上ひさし 一分ノ一(上)(中)(下)
井上ひさし 司馬遼太郎 新装版 国家・宗教・日本人
池波正太郎 私の歳月
池波正太郎 よい匂いのする一夜
池波正太郎 梅安料理ごよみ
池波正太郎 新私の歳月
池波正太郎 おおげさがきらい
池波正太郎 わたくしの旅
池波正太郎 わが家の夕めし
池波正太郎 新しいもの古いもの
池波正太郎 作家の四季
池波正太郎 新装版 緑のオリンピア
池波正太郎 新装版 殺しの四人〈仕掛人・藤枝梅安(一)〉
池波正太郎 新装版 梅安蟻地獄〈仕掛人・藤枝梅安(二)〉
池波正太郎 新装版 梅安最合傘〈仕掛人・藤枝梅安(三)〉

2018年12月15日現在